江南物华录

寒石 著

宁波出版社
NINGBO PUBLISHING HOUSE

每个人心里都有一个江南

一

人常常被价值、意义绑架，干什么都先问有没有价值，值不值得，有没有意义。有价值，就值得，就有意义；反之则不值得，无意义。以至于做许多事情时，刚有个念想，就马上被扼杀在萌芽状态。

我来自乡间，是个在山脚下田畈里野大的孩子，自由、散漫、率性。干任何事，目的性不强，更谈不上目标、规划，更没有前瞻性。在写作这件事上，多年来我一直处于惬意的无序状态，天马行空，漫无目的，兴之所至。自己写着高兴，想到什么写什么，想写什么写什么，遵循灵感优先原则。就像在一片土地上撒下一把种子，长成啥样，有多少收成，全凭老天造化。这样做的好处是，写得轻松、开心、没压力。也不能说没收获，稀里糊涂了半辈子，却也绝无大长进，纯属自娱自乐。

这期间，不时有师长、朋友和兄弟好心提醒我，是不是该换种写法？向着一个方向使劲、突破？积累到一定程度可以结集出书……我知道大家用心，替我着急、操心，却颇不以为然。人与人不同，于我而言，长期坚持一类题材写作，会觉得累，全无乐趣，灵感会慢慢枯竭，最终将失去动力，无以为继。至于出书，就更甭提了，我以为出书的根本目的是传播，前提是有人愿意读你的书。倘若一个作者孤心苦诣写的一本本书，结果无一例外都被塞在床底下、阁楼上，无人问津，这样的书，不出也罢。于是乎，当周围人兴致勃勃地执着于各自的“领地”，出着一本本“专业”的、各有所长的书，各领风骚或自我感觉良好时，我依然沉醉于自己自由、散漫、趣味至上的梦里，并乐此不疲，没觉着有什么不好。

直至有一天，我参加作协组织的名家阅评会，《江南》主编钟求是先生点评我的文章时说：“你已经发表了那么多作品了，早过了为发表而写作的阶段。多发一篇、少发一篇已经没有意义了。应该有所规划了，给自己寻找一个适合的方向和突破口……”

我承认同样一句话，从不同人口中说出来，分量是不一样的。钟先生的话点醒了我。或许我真该有所改变，从自己的“心魔”里走出来了。

我开始留意属于自己的那个“出口”。

二

说来也巧，兄弟“三耳秀才”抱来一摞画，是他出钱请人画的一些国画。展开了，画的尽是冬瓜、黄瓜、茄子、茭白、白蟹、带鱼、黄鳝、泥鳅……之类，嘱我写一些文字配图，一图配一文，一文合一图，三五百字即可，完了合起来出版。我说我试试。

我是有意写的，不然不会说试试。因所画之物皆是我感兴趣的，也再熟悉不过。因为天天在餐桌上谋面，好多在乡下老父的田亩里几乎年年轮流登台，活色生香，且画得好。怎么个好法，我说不上来，只能说别有意味。画家是位海派名家，笔法简拙，着墨俭省，两三笔，那熟悉的可爱面目便跃然纸上，神了。

我便先挑了一幅藕、一幅莲蓬来写。一着笔，才发觉不行，收不住了，三五百字绝不是我能表达清楚的，这太难了。我向三耳秀才坦白，说这活可能不适合我，道行不够。他说先写几篇出来看看。我便把藕和莲蓬完结了，一计字数，皆有两三千字，再怎么删减也达不到三五百“标准”。我便拿去交差。三耳秀才神色凝重，说要交给出版社编辑看看。

其实看不看，结果我心里都已经有了。大家清简的养心小品，配你臃肿的、老气横秋的文字，就像二八小娘与八二老翁，就不是配不配的问题，压根就不该往一起扯。回复很快来了：这不是编辑想要的文字。我却因此释然了。不必削足适履，硬着头皮写自己并不擅长的文字，而继续自己任性、无羁的写作，不是挺好？

三

不过，这次谈不上夭折的合作，却让我心思为之一动：这可否成为我今后写作的一个方向？我的文字配图固然不合适，但按自己的思路、写法，写成一个风物美文系列，可不可行？答案是无可无不可。许多事情就这样，开始前没人能够准确告诉你行或不行，只有开始了，答案才会慢慢明朗。要不然，没有风险与代价，这样的人生固然平稳安逸，却也会乏味无聊得很。

但是，想法有了，却迟迟没有动笔，原因是不敢。我有些畏惧，甚至有些恐慌。我意识到倘若不加取舍，这一题材于我显然太过宽泛，像一个人面对太平洋。单就这类题材而言，以全国范围为限，完全可以写成一部文学版大百科全书。这显然不是我这样一副单薄的，甚至有些先天不足的肩膀所能够承担的。

真正让我决定将表达范围圈定在江南的，缘于一次阅读和一个生活场景。

“——这太不公平了！这时节，我的家乡还处于一年中最不堪时期：蒙尘一冬的冰雪将化未化，乌白扒黑，出门两脚泥泞，举目一片枯荒……”这是一位写作者面对明秀可人的江南三月，发出的由衷的感叹。没有比较就没有伤害。可以想见，江南明媚的三月是如何击溃一个西北文人脆弱内心的。两年前，老家村里一位小伙迎娶一个东北姑娘。年关，岳父母来他家过年，儿女亲家自然好生招待。两家人一起走亲访友、迎宾待客。几天下来，两位老人心情复杂，郑重地问女婿你们南方人平时怎么吃的？天天这么吃可不成——要吃穷的！再好的家境也扛不住这么个吃法……

好了，我的这个江南风物主题系列的写作范围，就这么定下来了。

四

每个人心里都有一个江南。之所以举上面两个例子，并无炫耀或展示地域优越性的意思，而是确实。在许多人眼里，江南是不一样的。“水光潋滟晴方好，山色空蒙雨亦奇”是江南；“试问闲愁都几许？一川烟草，满城风絮，梅子黄时雨”是江南；在一条“悠长、寂寥的雨巷，逢着一个丁香一样的结着愁怨的姑娘”也是江南。在更多人眼里，江南是一只悄然划过窄窄水巷的乌篷船，是一匹优柔似水吹面如风的绸缎，是一盅氤氲在青花瓷盖碗里的龙井茶，是一壶醉过古今多少骚人墨客的花雕酒……我用近两年时间，把我心目中的“这一个”江南搬到这部书上，是我这个“无意义”了半辈子的人做的一件自觉有些意义的事情。我希望诸君在读完这部书后，也会这样以为。

这是一部有关“吃”的江南，这是一个物质的、饮食的、文学的、文化的综合体，一个江南人心目中的江南，我的江南。

这部书的大多数篇目都在大江南北的刊物上发表过，感谢众多素不相识的编辑老师给予的极大关注、抬爱与宽容。特别是《南方都市报》刘晨先生和《中国青年》杂志郝志伟先生，作为两家具有全国影响力的传统媒体，我的这个江南系列书写内容并不符合报刊特性。但是两位愣是腾出版面，给予我极大的鼓励和支持。此外,《意林》《视野》《散文选刊》《文学港》《牡丹》等杂志也刊出多篇。窃以为,是他们心里有一个自己的江南,或许是我的书写拨动了他们心里那根有关江南的琴弦。

最后说说本书的策划编辑徐飞,这位敦厚的江南先生,在听了我的写作构想后,只淡淡应了一句:“你放开写吧,我给你时间。”我知道,他是懂我的。

是为序。

寒石于藕池居

2023 年 12 月

目 录

草木间·春

草木间·夏

草木间・秋

草木间・冬

水江湖·江湖里

水江湖·滩涂上

水江湖·大海中

草木间·春

林下笋新生（三题）

谁在热心操办这一个个约呢？哪些笋哪些方位哪个阵营今天发，哪些笋哪些方位哪个阵营明天、后天或隔几天发？这都得有人谋划、统筹。假如笋真是一支支张弓满弦的箭，谁又是那个最后的发号施令者？

春天的笋

大地暗藏机关，这一点我深信不疑。

暮春、立夏时节，去竹林子，脚举得小心翼翼，落得犹犹豫豫，总担心踩着不该踩的，仿佛脚下有暗器。事实上，竹林里确有不少伤脚“暗器”—— 竹砍伐后留下的锐利竹茬 —— 不小心踩上了，确实很伤脚。但是，显然，我要说的并非竹茬，而是笋，刚刚从大地露出尖尖角的笋，雨后春笋的笋。

笋是春天的美物。笋的象征意义有奇倔、坚挺、守诺，还可引申为力量、生命、鲜嫩、美味 …… 都是美好的词儿。笋甚至可为春天代言。神奇的是，笋的时节，人在竹林里走，往往走得很小心、扭扭捏捏，像个小脚老媪。是脚（人）怕笋？抑或笋怕脚？都不是。这其实体现人对美好物事的垂怜、珍惜与呵护。美好的东西往往以弱者的面目呈现，如花朵、孩子、女人。坚挺而脆嫩的笋，让人在竹林里变得优柔寡断，举脚不定。

笋之美好，或曰可爱，除美食范畴，还在于其外貌。笋是竹之初，却以须示人，像一个俊美少年蓄了一把滑稽的山羊胡子。有的笋须笔尖紧凑，有的松散飘逸，加上刚钻出地面，往往还披戴着泥皮、腐叶，以及晶亮的、映着斑斓晨光的露珠，看着既精神又萌趣。再大个儿的笋，最先冲破地表、见识世面的往往是一撮尖须。毛笋是笋族里的武士，披一身铁锈色盔甲，雄壮威风，却蓄一把嫩绿、剔透的须。

“黄泥拱”的须是嫩绿里掺了更多的明黄，像一块露出地表的美玉。不同品种小竹笋的须色也各不相同。鳗笋的须红褐色，“白头拱”像刚从扬絮天归来，“黄壳郎”却蓄了把绿胡子，红巾笋让人想起古时某支义勇队伍头上的纱巾……当一片竹林里一夜间呼啦啦冒出密密麻麻一片这样蠢萌的笋尖儿，一瞬间你会感觉自己走错了地方，像是某个植物玩偶制作工厂，或是某个非典型游乐园。你感觉有股神秘力量一直在地下积聚，积聚，在某个合适的时段突然一拨拨地暴发、勃起，让你无所逃遁。一方面你会为无从下脚而局促、视线顾不过来而尴尬，另一方面又有种想迅速逃离的窘迫和不安。

笋的最初形象貌似脆弱的锐利，抑或坚硬的柔媚；似笔锋又似箭矢，像刀刃又像蛾眉。那确是一支支静默的、架在地面下的长箭，只待一声令下，突破地面的束缚，射向亘远的天空。我们看到的只是某个不同时段的凝固。最终，它们将定格为一炷炷摇曳的香，或一支支没能挣脱地表、永远指向天空的长箭。

一株兀立于旷野的竹，确乎很像一支纤细摇曳的香或箭。竹纤维的坚韧与根本的发达程度，让一株貌若纤弱的植株，在大地上得以安身立命。据说，一株竹的地下根系分布范围比以其高度为径的范围还要大。这是竹立世之本，也是竹强悍的繁殖能力的保证。竹之根在地下散漫行走，把生命因子到处播撒。萌生的第二茬、第三茬竹又一遍遍把遗传基因扩散开去。我们或许想象不到，我们看到的一片竹林甚或一片竹山、竹海，有很多竟源自一竿竹。我曾在一处圮废多年的果园棚屋灶洞里发现一株笋。如果不是这株毛笋把那口底上有道很长豁缝的锅拱得侧翻过来，没人知道里面会有笋现身。棚屋与最近一丛竹中间隔着一片桃林，相当于一个篮球场的长度。你当然不会以为那笋是为探灶洞里的余温而来的。那只是一根在地下野蛮奔走的竹鞭的杰作。偶然加巧合，让它成为一株生长在灶洞里的笋，进而生长为一株灶洞里的竹。更多的偶然加巧合，使得这里要不了几年，就将淹没在一片竹海中。这让我想起幼时在祖母家院子里，某天早上，无意中发现墙脚边倒覆着的一口青酒缸突然变魔术似的侧悬起来，像一顶扣在稻草人头上的帽子。我惊讶莫名，忙把小脚的祖母叫来。祖母一看，哑然失笑，说又是贪玩的笋闹的把戏。把缸翻过来，果然见一株胳膊粗、歪脖子的“黄壳郎”笋牛气哄哄地立在那里，弯的笋脖子无疑是顶缸顶的。

所以，每次去竹林里，每一步迈出去，我都要悉心感受一下，脚底有没有收到源自地下的某种震颤感，或许正好有一根竹鞭路过这里，隔着一层泥土与我交会。这是片鳗竹林。鳗笋黛青泛紫，红褐的须齐崭崭地紧攒着，像刚让负责的理发师打理过，还上了发胶。我闭着眼睛，想象左前方应有几株笋，出落似北斗状；右前方有天女散花状的一片；后面也一样，后左方应似群星闪烁；右后方又似繁花满地。睁眼一看，果然。第二天来，又是一片。隔几天再来，又是同样的一片。连续几天，一拨拨的笋潮水一样从地下泛上来，仿佛天天同一阵营，整齐划一，约好似的。谁在热心操办这一个个约呢？哪些笋哪些方位哪个阵营今天发，哪些笋哪些方位哪个阵营明天、后天或隔几天发？这都得有人谋划、统筹。假如笋真是一支支张弓满弦的箭，谁又是那个最后的发号施令者？想到这里，我忽然觉得脚底发痒，此处不宜久留。春天的竹林里没有空闲地方。我觉得一个人如果没事就着椅子坐在竹林里不动，几天后一定会连同椅子被一些笋架起来，高举在半空中。

后来我想明白一件事，大地或许真有机关，那些春天里的笋就是他的暗器。谁触碰了大地的机关？不是春风、春雨，就是温煦的春光了。

赖被窝的冬笋

冬笋是小阳春时节降生的，这点竹爸竹妈心里有数。

怀冬笋的竹是毛竹，亦称楠竹，是竹族里绝对的大个子，最高可达二三十米；其粗壮亦颇可观，早前帆船的桅杆，用的普遍是毛竹，可见其壮实程度。不过毛竹更让我惊叹的是其强盛的繁殖能力。路遇一丛竹，一片竹，或者一坡竹，绿油青黛，风起云涌，生机无限。这都是看得见的。看不见，或者说你想不到的，是这样一个茂盛、荡漾的竹子阵营，其“出处”或许仅仅是一竿竹，那竿竹是它们共同的祖宗。我这样说或许还不太明事理。我讲一件事。我老家村后山上，最早并无毛竹。大约二十世纪七十年代，村里一位老人赶市日回来，途中捡到一竿一人多高、大拇指粗的带须竹秧，就把那竿竹秧种在山脚自留地里。种便种了，孤零零一竿竹，不死不活，又不占地方，就任其竖着。不曾想，几年后的某个春日，老汉的自留地里突然冒出数十个乌溜溜的笋尖儿脑袋，齐刷刷几乎把老人的自留地占满。老人被惊着了，舍不得拔，任其长着。又几年，已成林的竹子大军掉头向坡上进发。那种进发是无形的，以年为单位，一年一个样，一年一年地扩展、壮大自己的地盘。如今，老家村后那座山，已被称为毛竹山，整座山被波浪一样的竹林覆盖，不见树木。

毛竹为何具有如此强盛的繁殖能力？这就说到笋了。跟别的竹不同，毛竹一年四季只干一件事，就是繁殖、出笋。笋是竹幼芽，这无须多言。春有春笋，夏有鞭笋，秋长冬笋，冬时冬笋在土里蓄势待发。这就难怪毛竹近乎蛮横的繁殖力了。这让我想到人，人若能一生保持专注，只干一件事，不成功也成神了。

这里单说冬笋。说是冬笋，其实冬笋是“秋天里发生的事”，是竹爸竹妈这个秋季的“结晶”。竹属无性繁殖，通过地下竹鞭发芽膨大成笋，长而成竹。民间有九月小阳春说法，入秋后，暑气退尽，寒流未及，阳光温煦干爽，是谓小阳春。要说爱情，只能说竹子跟秋日暖和的阳光谈了一场恋爱，便有了冬笋。

入冬后，冬笋已膨大到一定程度，但尚未出土露峥嵘，此乃笋之幸，竹之幸，更是人之幸。以笋之水嫩，自是经不起冰雪寒流的侵袭，避免成天然速冻笋之殇。冬笋在土地里蛰伏过冬后，一阵春雨一阵暖，成第一拨“雨后春笋”，此所谓竹之幸。冬笋躲在深厚土层下，没沦为大自然的速冻笋，成就人类一道绝美的寒冬美味，岂不是人之幸？

想起早年一次掘冬笋之旅。朋友安排我们一家子去他老家——浙东某著名竹乡掘冬笋。儿子尚年幼。到竹林里，见一竿竿青竹密匝匝、齐刷刷，遮天蔽日。枯叶铺地，土质疏松，显得素静萧瑟，独不见笋。稚儿雄心勃勃，拖着一柄比人高的镢头，嚷嚷，哪里有笋，笋在哪里？朋友说，笋从哪里长出来，土里呀。那就往土里找，总不会长天上的。儿子还是嚷，没有呀，哪里有笋啊？朋友指引我们，瞅准一地方，用镢一挖一扒拉，果见一黄茸茸沾着泥的笋尖儿冒出来。瞅准了，几镢下去，一株手腕大的肥嫩黄泥冬笋从土里蹦出来。儿子恍然：难怪找不到，原来冬笋宝宝藏在土地下面呀！可不是，朋友解释说，这些天多冷啊，人都快受不了了，冬笋宝宝若长在地面，不早冻死了吗？冬笋宝宝真聪明！儿子由衷赞叹，土地下面多暖和呀！原来冬笋宝宝在赖被窝啊！儿子为自己的发现而兴奋，更加兴致勃发，吃力地拖着镢到处扒拉。尽管所获甚微，却兴致不减。

“冬笋宝宝赖被窝”这话，让我隐约意识到儿子在语言表达上有一些天赋，

这是那次掘笋之旅的另一种收获。冬笋赖被窝是因为怕冷。就像个孩子，冬日早晨不想早起，在暖烘烘的被窝里装睡。跟肃杀寒冷的天气比起来，泥土确实要温润舒适得多，何况冬天的地表很可能还有冰雪覆盖。冬笋不愿在冬天里不识趣地冒头，让笋壳和热土像睡袍、被子一样裹紧自己。你说它装睡也好，赖被窝也罢，反正谁也叫不醒它。只有温煦春光和如酥春雨例外。

冬笋色如白玉，质地脆嫩，口味纯正，鲜美无匹，被誉为山珍中的山珍。冬笋切片，被厨艺界赋予一个可爱的名字——玉兰片，可见其江湖地位。冬笋之美还在于，它可炒、爆、熘，也可烧、烤、煮，甚至不抗拒与任何食材配伍。色泽上，配青、红、黄、黑则更白嫩醒目，与白色搭配则浑然一体，不分彼此；口感上，无论老的韧的坚的，无论烧煮时间长短，都不夺其脆嫩天质；口味上，重味的匀和，无味的增鲜，异味的祛杂解腥……是厨艺界标志性的“白鲜美”。更神的是，高手用鲜冬笋做菜，通常不用任何调味料：在冬笋的鲜美口感面前，任何调味品都显得苍白无力，还可能破坏冬笋纯天然的鲜洁口味。

大冷天，应允许冬笋宝宝赖被窝。赖被窝的未必都是坏宝宝，而赖被窝的冬笋一定是好宝宝。

行者鞭笋

伏暑时节，食欲像身体一样萎靡，一碗咸齑鞭笋汤恰逢其时，那鲜香酸爽的口感，让人忘了世间还有海味山珍。

咸齑是雪菜咸齑，鞭笋可以是毛竹的，也可以是其他小竹笋的。咸齑的醇香与鞭笋的清鲜是绝配。当咸齑遇上鞭笋，咸齑的黄褐映衬鞭笋的玉白，汤呈隐隐的琥珀色，淡雅又不失明媚；咸齑不复有咸菜的艰涩咸苦，同时给鞭笋缥缈在云端的鲜牵了根线，变得稳笃、踏实。天大热，于我而言，一顿饭，一碗咸齑鞭笋汤就很解决问题，此外不复求其他“下饭”。端碗扒饭，端碗饮汤，汤匙都可以省略。有时干脆来个汤泡饭，吃着更畅快、过瘾。

鞭是竹之本，鞭笋即竹鞭的萌芽阶段。这就决定了鞭笋的行走与春笋的方向性不同：后者总是努力向上，以突破地表，耸立天际，成为一竿标杆性的竹为目标；鞭笋生来就是为竹族生存繁衍而存在，一开始就与之分道扬镳，选择在地下横向蔓长，一生在黑暗中摸索、行走。

一株竹扎根于某处，我们看到它于岁月风雨中肃穆静止，或偃卧摇曳，动是相对的，不动是绝对的。不动则根生，根生始繁衍。根的横向滋长、蔓生，保证竹之生存与拓展。一株竹种植后，最先萌发的是鞭（笋），鞭在地下横行，之后鞭复萌笋，笋又萌鞭，如此循环往复，一株竹最终繁衍成一个林园，一片竹海。我们所见识的竹鞭，劲健多节，节上附萌芽和须，像一条无限滋长的百足虫。这就是竹这种植物坚韧与强悍的繁殖能力所在。

鞭笋是竹夏秋季的产物。每年春后，新篁成林，浅翠鲜嫩，润人眼目，貌似竹子生长旺盛，其实此时竹已成型，停止生长，却是竹鞭的狂欢季。一支支鞭笋，以各自的源点为出发点，以箭的姿态和气势，进行着一场场无人喝彩的竞走秀或马拉松赛。它们埋头在地下行走或奔跑，本能的方位感确定它们的行进线路或方向。它们把自己武装成一柄柄锋利匕首或犁铧，在地下拓展、进击，没有什么能阻挡。当然，鞭笋也不是不会变通，不似蛮牛一犁耕到头，撞上南墙照样拐弯、调头。我于竹林间一堵岩石下见识过一条竹鞭堆叠而成的河流。一茬茬竹鞭在地下遇上岩基，于是纷纷向两边闪躲、拐弯，形成两个旋涡。原先平整的地面因此隆起，山水把表层土层层冲刷、剥离，最终呈现两个裸露的竹鞭交织而成的巨大涡流。

没人知晓一株鞭笋一生要走的路程，也很少有人清楚鞭笋的行走方向和来路。宋释赞宁《笋谱》云："凡植竹，正月、二月引根鞭，必西南而行，负阴就阳也。谚曰：'东家种竹，西家理地'，谓其滋蔓而来生也。其居东北隅者，老竹也。"意思是说，竹正月至二月用竹鞭引种最好。竹有喜阳背阴的习性，所以种植时要选择地的东北隅，之后竹就自然会向西南方向发展。居东北角的都是老竹。这说法大致不差，"必西南而行"想必也是竹鞭前行的方向。只是，在一片稠密的竹林里，东西南北都是竹，密密麻麻的竹鞭在地下横行、堆叠、纠结，它们自己可能已迷失方向，方位感已毫无意义。我们去林间掘鞭笋。我扛着镢，在密匝匝的竹林间扒拉。头顶上，密不透风的竹叶交织成一顶黛色帐篷，阳光被过滤成缕缕绿色的光斑，在地上跳动。林地一色由枯叶与山泥混合而成，疏松又暄软。不辨东西，更无识阴阳，"负阴就阳"说无从谈起。朋友的经验之谈也不起作用。朋友是有几十年"竹龄"的山农。他的经验是看竹梢的指向，竹鞭一般发往竹梢相反方向。可是，在一片浓得化不开的竹林里，梢与梢相互挤压、挟持，哪里还有自身的方向？只能说，朋友的经验只对朋友本人有效。他这里扒扒，那里挖挖，也确乎不时有一支支光鲜嫩白似鳗的鞭笋被掘出来。我们则始终不得要领。后来我自己找到“窍门”：就是到地面板结又相对干净的林间找。我体会鞭笋在地下漫游，倘若不是游得太深，总会在地面绽放痕迹。这一招果然有效。我就挑地面明显有新鲜缝隙的地方下镢，结果八九不离十。只是在一片茂盛如波涛翻滚的竹林里找一处干净整洁的地面，何其难啊！

鞭笋生来是个夜行客，见不得光。一旦鞭笋露土，见光而不复回土地里，就意味其使命的终结。鞭笋总是在土地浅表层穿行，与土地保持一种默契的平行关系，就像鱼漂在水面上。很少见到鞭笋冒头或露尖。偶或鱼浮头似的露一下，很快又一头扎进土里，恢复原来的身段。我们去南尖峰游玩。那里的山很陡，奇峰兀起，坡岗上只覆盖了一层薄薄的尘土，树都长不好，矮矬稀落，营养不良。唯有竹，打眼都是起伏绵延、汹涌澎湃的竹海。对那里的竹子来说，土就像被子，竹鞭们就在那层薄被下忙碌，穿行，爬山越岭，上坡下岗，走得小心翼翼、战战兢兢，却锋芒不露，让人感觉是披着条土被在地下奔走。多么不易。纵然如此，竹们最终把一面面覆有土层的山坡占领、染绿。在它们的围堵下，别的植物只好缴械投降，只留下一片竹江湖。

天热得不堪忍受。某个暑日，我去菜场，啥也没买，只扛回一捆鞭笋，连壳贮存在冰箱里。午餐鞭笋咸齑汤，晚餐咸齑鞭笋汤，至多切几瓣番茄下去，皆大欢喜。

莲生（五题）

生而为莲，是生之幸。

于人而言，植物分三类，一类供观赏，一类供应用（食用），另一类融观赏、应用于一身。莲属于第三种。人们赏莲叶之田田，莲花之灼灼，莲蓬之拙拙；又食其实、其茎，乃至叶和花。莲悉数献出自己，纵使委身泥沼、污秽，那份清新、超脱之美，亦无愧人们内心那份景仰。

莲乃世间圣物也。

荷叶何田田

起个大早，去公园观莲。

清晨，公园里少凡尘，晨光新绽，晨雾氤氲，风清露净，最好观莲。

莲在园湖南隅，隔湖望去，那一片丛丛簇簇的绿，在熹微晨光里显出一抹幽静的青黛，像一片丛林的影子浴在水里。湖面上波光粼粼，映着晨色，也映着园林灯的幽幽绿光。偶尔几朵微澜花儿一样绽开，不知是被不甘寂寞的鱼儿弄的，还是被晨跑者铿锵的脚步惹的，一会儿开了，一会儿谢了，像什么也没发生过。我凭栏望那片莲，似一池倾开的黛墨，在我视野里渐渐洇染、濡开。

“江南可采莲，莲叶何田田”，脑子里忽然闪现出汉乐府《江南》中的诗句。通常认为，这个“田田”意指莲叶很茂盛、浓郁的样子。隔岸看那片莲，倒真有几分像一片黛绿的田。不过让人费解的是，汉语里如此丰富的同类字词，古人为何偏用“田”字叠加表达呢？

考证了一下“田”字的起源，发现“田”字的变化很多，但变来变去，都是四块“小田”（即“口”）组合的变形，中间的“十”意指阡陌纵横或沟浍四通，构成一块中国式好田。另外，古时“田”与“陈”互通，而上古时“陈”通“阵”。在古人看来，战阵中的军人就像田里的五谷。以“田”为部首的字，多与田猎耕种有关。可见，“田”是个意蕴深远又相对纯粹的汉字。可是，这样一个字的叠加组合——“田田”，居然引申出与本义截然不同的含义，且专门用来形容荷叶盛密、浓郁、鲜碧的样子。历代诗文中，诸如此类的描写还有很多。如：南朝齐国谢朓《江上曲》“莲叶尚田田，淇水不可渡”；梁江淹《水上神女赋》“野田田而虚翠，水湛湛而空碧”；北宋王安石《送吕望之》“池散田田碧，台敷灼灼红”；陈造《早夏》“安石榴花猩血鲜，凉荷高叶碧田田”；五代齐己《湖上逸人》诗“澹荡光中翡翠飞，田田初出柳丝丝”；南宋姜夔《念奴娇》词“田田多少，几回沙际归路”等，“田田”则直接用来指代莲叶。同一个字，单用和叠用，用意的差异竟如此之大，令人匪夷所思。

老实说，我无法参透“田”与“田田”间的关联和古人这种文字创意的妙处。或许我们可以这样理解，田的平坦宽阔暗合了莲叶的宽大。当一片田里栽满莲时，盛密、连绵、浓郁、鲜碧的莲叶覆盖了田，其实也就是田的样子。如此说来，说莲叶很“田”似乎也没什么问题，只是可能导致语焉不明或表达混乱，于是约定俗成，莲叶就这样“田田”了。当然，这只是我的个人想法。

阳春三月，莲塘水暖，一枚枚莲尖在水面上若隐若现，像池沼里的触须，寻觅新莲的出处。古人早告诉我们，“小荷才露尖尖角，早有蜻蜓立上头”。一羽羽蜻蜓在塘面上乱舞，忽于某处落定，敛住，那必是有莲尖露出水面了。新莲出水，呈半透明的嫩绿色，像一幅卷得漫不经心的画，从两边向中间卷，卷到中轴，仄着身子从水面露出，纵看像一副插在水里的眼镜。这幅画边向水面上抽，边向两边舒展、拓开，最终长成一爿爿碧盈盈的小小的“田”。

任何一个物种的长相，造物都自有道理。换个角度说，荷叶田田，大有大的好处。小时候，去学校的路边有一片藕塘，经常遇见一只只青蛙把青碧的莲叶当跳台，一遇风吹草动就纷纷从叶子上跳将下去，溅起一片哗哗噗噗的落水声。鸟儿们在上面举行赛歌会，各类鸟儿各据其台，唱和应对，民族、通俗、美声、花腔，各种唱法轮番上阵。那份热闹、精彩，把我们都看呆了。对于这些小动物们来说，莲叶给了它们施展才华、自娱自乐的平台，也给我们这些好事者一个不买票欣赏一台台自然好戏的机会。

莲叶因其大，也给人类带来一些意想不到的成全。盛夏里，骄阳似火，或突遇雷阵雨，摘一片莲叶在头上顶着，遮阴，避雨，还格外清凉，比斗笠强多了。唐代郑谷有一首有趣的《莲叶》诗："移舟水溅差差绿，倚槛风摆柄柄香。多谢浣纱人未折，雨中留得盖鸳鸯。"照诗人的意思，池塘里就一枝莲，鸳鸯在莲下躲雨，浣纱人就只好冒雨浣纱后回家了。诗不是论文，诗的趣味就在这似是而非、若非还是的逻辑悖论里。中国传统民间饮食里，有一道鼎鼎大名的菜——叫花鸡，有鸡，有泥，再加一片大大的莲叶，这便是成全。鸡烤熟了，酥嫩可口，肉香里融合莲的清芬。这是这道江湖名菜流传至今的原因。莲叶本身具有很好的药理作用，可治泻痢，解火热，止血固精，清凉解暑，止渴生津。中国饮食里还有很多因莲叶得以成名的菜，如荷叶粉蒸排骨、荷叶糯米鸡、荷叶包粽子、荷叶糯米饭等，都是用莲叶包裹制作的。 夏秋时节，我们家蒸点心，从不用蒸布，母亲总是随手从塘边摘两片莲叶回来，垫在蒸笼里，蒸出来的南瓜饼、发糕的底面有一层淡绿的印痕，另有一种清新味道。

从植物学上来说，植物的叶可吸收营养和水分，促进光合作用。由此，当我们在菜场看到一支支肥大的藕时，也就不难理解莲叶为何会如此大了。莲叶何田田。莲叶长得越丰茂、宽大，潜在淤泥下的藕也就越健硕、水嫩，两者是因果关系。

观莲叶未必要趋得很近，隔岸相望就很好，但我还是循着湖边的让雾润得湿漉漉的小道绕过去，来到那些莲跟前。初夏时节，莲花们刚刚露出尖尖角，像一支支没化开的巨型狼毫。莲叶们丰盛茂密，高出湖堤一截。我站在由参差的曲石砌成的堤岸上，莲叶油润的大脸盘已经蹭到膝盖了。我忽然觉出清晨赶早近观莲叶的好了。无风。莲们静静排列着，高低错落，像一顶顶朝天展开的青碧的斗笠。夜露抹去它们沉积一日的风尘，显得那样圣洁油亮。一粒粒露珠在顶顶浓绿的叶盘和渐渐明亮的晨光映衬下，像一颗颗硕大的钻石，晶莹剔透，闪着曼妙的光泽。当一片片润亮油绿和一颗颗晶莹闪烁的组合，朝着一个方向绵延、铺展开去，跟远处的草坪和绿树融汇在一起时，湖水消失了，像凭空托起一片绿色田地。人在这片盛大的浓墨前待久了，像面对一片丰沛的草坪，会滋长出一脚跨上去，在上面打个滚、躺一会儿的念想。

似乎忽然有些理解，荷叶何“田田”了。

荷花像假的一样

在公园莲池边，听到一对母女的有趣对话："妈妈，荷花是不是假的？"

那位母亲疑惑地摸摸女儿的额头："你哪里看出这池里的荷花是假的？"

"我知道是真的。可你难道不觉得，这荷花就像假的一样？"

女孩八九岁，束着两条舞蝶一样松散的辫子，面容清秀，好像一枝刚露尖的小荷。母女俩的对话还在继续。母亲的疑惑还没解开，有一种怀疑女儿哪儿出问题了的情切，小心探问着。小姑娘有些不高兴，索性不再理会母亲。

我找个时机小声对女孩母亲说："有没有人这样夸过你女儿，小姑娘真漂亮，像画出来的一样？"那母亲愣了一会儿，旋即会意，笑了，向我道谢。

"哈哈。对呀，这荷花真是漂亮，长得跟假的一样……"

荷即莲。伏天，莲池里的荷花尽情绽放，青碧如篷的荷叶衬托着盏盏明洁绚烂如灯的荷花，让整个莲池沸盈起来，花朵翻涌。荷花，素有"水中仙子"之誉。荷花之美，最突出的一点就是纯净、圣洁，"出淤泥而不染，濯清涟而不妖"。荷花的色泽最常见的除了白色，似乎就是粉色。眼前这池荷花，就是一水儿的粉红。从蒂部的粉，慢慢向浅红过渡，直至在花瓣边上呈现一抹淡淡的胭脂红，像一滴水彩化开在水里。一色这样的花朵在一色青碧的背衬上曼妙舞动，纯粹而鲜明，让人的眼神出现错觉，像那小姑娘一样，疑为遇见一处假的景观。

莲花与佛有很深远的渊源。莲花是佛教中重要表法之物。莲花生淤泥之中，表示佛不离开众生，在度众生中积功累德；出淤泥而不染，表示佛是清净无染之心、清净无染之体；又因莲花刚生出时，莲子就在莲蓬中，表示有因必有果，善恶终有报。《西游记》中，为唐僧师徒保驾护航的观音菩萨的宝座就是一朵盛开的莲花。“三十三观音”中的“持莲观音”，其标志性姿态就是双手捧一支莲花。这是一支抽象的、被赋予神性的莲花，当然不是我们眼见的真实荷花。

世上绝美之物，皆以纯粹、简洁示人。冬日雪景、春天花海、夕阳沙漠……无不以纯粹色彩的恣肆铺陈而夺人眼目，蔚为大观。纵是人间险境、生命禁区，亦美得让人心惊。观世间美女，其面容线条亦多以柔和、圆润、简洁者为美。谁见过脸上线条参差、沟壑纵横的美女？荷花孤零零悬于一茎之上，干净纯美至极。若是绽放在一片繁密的枝杈荆棘上，其美似乎要打些折扣。一朵合掌捧握的花朵，十数片硕大的花瓣，各自以绝美姿态展开，在水漫风盈的湖荡里或曼妙舞动，或凝固定格，不能不让人怀疑，那“中通外直，不蔓不枝”的花茎里是否打了钢筋或衬了石骨？不然如何撑起这片盛大的千古美姿？莲花瓣由纵向的密集纤维与横向瓣膜连接而成，其间的结构组织有一种人工（或机械）的高精编织痕迹。是造物故意留下的“破绽”？抑或天工用来启示凡世的神谕？不管怎么说，莲花可能是自然花卉里“构造”痕迹最明显的一种，让人想起了那些以假乱真的塑料、腈纶花或高档的真丝刺绣花。我猜，那小姑娘一定也是这么想的。

描写纯美圣洁之物，窃以为，用文字最好。宋周敦颐云：“予独爱莲之出淤泥而不染，濯清涟而不妖，中通外直，不蔓不枝，香远益清，亭亭净植，可远观而不可亵玩焉。”寥寥数言，将莲之美刻画得传神动人，呼之欲出。清代李渔一向爱莲，视莲如命，说它“可人、可目、可鼻、可口”。他将春季的水仙和兰花、夏季的荷花、秋季的海棠、冬季的蜡梅，比作人生的四命，所谓“予有四命，各司一时”，又说“予四命之中，此命（指芙蓉）为最”，把他对莲的痴迷、耽爱道得一览无余。

倘用色彩描绘，恐没那么简单。观古人莲花图，极少有单画莲的，往往衬以鸳鸯、白鹭、野凫、螃蟹、蒲草、嶙岩等物。究其原因，从色彩构图上说，单绘荷，画面显得单薄，层次不够分明。清代石涛有一幅《浦上生绿烟》图，描绘的是清风拂过，涟漪荡漾，荷叶与荷花随风轻轻摇动的景象。画家用规整、写实的手法绘莲叶与莲花。在我看来，画家绘莲失之真、实、满，因而整幅画显得芜乱、繁杂，并无多少美感。相反，明末清初朱耷（号八大山人）的《荷凫图》把莲意象化处理了，两羽野凫分处高低两块嶙岩上，相向呼应，莲茎如风筝似的擎着叶与花于高岩之上，画面顿觉灵动生趣起来。另一幅《荷花小鸟图》亦如此，图中的莲采用泼墨勾画手法，莲柄修长，扶摇直上，亭亭玉立，具有君子之风。整个画面墨荷生动，意趣盎然，神韵别具。传统中国画毕竟不同于西洋画，与现代摄影艺术更是风格迥异，无法把莲细微的线条和色彩纤毫毕现于画帛上，采用抽象手法呈现反而更讨巧。这一点在后世的张大千、潘天寿、吴昌硕、李苦禅、刘海粟等大师的墨荷图中得到了印证。他们无一不用泼墨抽象勾彩技法画莲，大笔泼墨，重彩写意，使得莲花的鲜亮在一片厚重深涩得夸张的背景前跳跃、燃烧，让人感受到一种蓬勃、鲜明的力量。莲画到这地步，可谓开启了一个新境界。观这些墨荷图，画的分明是莲，乍一看非莲，再一看还是莲。

人的艺术审美眼光很大部分是天生的。在一片世俗景观里，绝大多数人只能看到其凡常一面，只有极少数人能从中看到其间的艺术天象。那位在莲池边怀疑女儿“哪儿出问题”的母亲或许应感到高兴，她那说“荷花就像假的一样”的女儿很可能具有潜在的、可造的艺术天赋，有一双发现艺术之美的眼睛。

拙拙的莲蓬

荷花谢后，莲蓬露出尊容。

较之荷花的绰约隽永、飘逸清新，莲蓬要呆萌些，仿佛非一娘所生，却也不失可爱：菱圆形，色青碧，仿佛一柄柄通透的小伞。不，也许说小小手掌更贴切些，从水中举上来，努力向天托举着什么。

托举着什么呢？

它是受藕之托。藕一生在暗夜里潜行。藕对行将出发的莲蓬说，老弟，你去吧，托着你姐，向着阳光、风雨、日夜……向着水上世界出发吧。藕付与莲蓬的另一托付，事关莲属的繁衍生存，藕没说出来，但莲蓬心里有数。跟许多植物家属一样，莲保有两套繁殖系统：一是根系繁殖，一是果实传承。根即藕，果即莲子。藕只要不离泥不出水不腐败，没让人炒成蒜蓉藕片，即能保来年田田叶肥、灼灼花鲜。而一枚莲子，即使从上古时代穿越至今日发芽开花，也不会让人感到惊讶。人无远虑，必有近忧。对于莲来说，两套繁殖系统并行不悖，才能确保家族香火绵延不息。使命所在，莲蓬岂敢忘怀？

于是乎，荷花初绽之时，人们只看得见朝雾里花的靓影，晚霞下花的柔媚，风雨中花的舞姿。很少有人想到莲蓬，见到莲蓬。只有到花瓣纷谢池鱼肥时，人们才恍然意识到莲蓬的存在。那一支支小小碧嫩的掌，原来一直默默托举着光华照人的胞姐。它是荷花的舞台，让她尽享万众瞩目、万众点赞，让她独揽万千风光、万千宠爱。然后，当韶华逝去，那一支支小小的掌，依然默默支撑着，托举着，掌心里托着的不再是雍容与荣华，而是一枚枚莲属明妍精灵的心 —— 莲心。它还得为此用心托举着，让心去接受阳光和风雨的洗礼，让心在它坚韧又柔软的掌心里慢慢壮熟、饱满，浓缩、坚实成一颗具有强悍生命力的小小的心。莲蓬是为托举而生的。托举成为莲蓬一生唯一的习惯和姿态。当一个姿势成为一生的习惯，这个姿势就不再是轻而易举的事，它可以入画，可以成为雕塑，甚至丰碑！当荷花集万千风姿于一身时，莲蓬凝一生的姿势于一格，那便是莲之态！莲之托！

想起我在荷塘里的一次偶遇。闲时喜欢找荷塘走走，不止一次遇见一只只青碧的小蛙伏峙在莲蓬上，与莲蓬浑然一体，不细看真瞅不出来。鸟儿也一样，常见一羽羽小鸟，在莲蓬上停歇、啼鸣，或者觅食。它们把莲蓬当成一角舞台，尽情展示才情与欢愉。那天撞见的是一翼蜻蜓，圆头豹眼，黄黑相间的腰身，威武霸气地立在一支莲蓬上，一动不动。这引起一窝小野鸭的注意。开始是一羽，“嘻、嘻”地唤着，一遍遍在莲蓬下画圈。后来，那一窝 —— 五六羽野鸭雏都围过来了，仰着颈瞅着蜻蜓，“嘻、嘻”地唤，一遍遍地画圈。它们是垂涎莲蓬上肥硕的蜻蜓了。我几乎已经看到小鸭雏们扁扁的嘴边挂着的涎水了。后来鸭妈妈回来了，鸭妈妈“嘎、嘎”地唤，蜻蜓一晃，消失不见了，那些小鸭雏依然不甘心，依然“嘻、嘻”地叫着，一遍遍地画圈，有几羽甚至拍着柔弱的翅膀，做着要攀到莲蓬顶上去的尝试。我恍悟，原来鸭雏们心不在蜻蜓，而是有一颗像蜻蜓一样在莲蓬上独占鳌头的野心。它们也把莲蓬当舞台了。天可怜见，一支再壮实的莲蓬也注定撑不起野鸭子：小时候上不去，等它们终于有希望登上去了，量莲蓬也撑不起它们肥大的身躯了。

莲之托，也受人垂涎。那一枚枚青碧的小伞，可心可爱；藏在里面的莲心，脆嫩清甜，食之满口生津。想暑伏天气，在一片树荫下剥食莲蓬，风从腋下过，凉自舌尖生，当是人生一大美事。古人讲究，“莫藏春笋手，且为剥莲蓬”“最喜小儿亡赖，溪头卧剥莲蓬”。黄庭坚格调高，剥食莲蓬，要春笋似的玉手才配；辛弃疾有意趣，在溪头赖着剥莲子吃的黄口小儿，竟也变得可爱了。

因为托举，风雨与日月似流水，渐渐带走一些青葱色素，一些丰润汁液，一些柔软筋腱。随着掌心一枚枚饱实的心脱巢离去，莲蓬耗尽了最后一丝心力，面容枯槁，斜斜支棱在水面上，像夕阳下形单影只的老人的影子。

莲再无所托，莲蓬随之走到生命尽头。

青涩的莲子

莲子只合剥着吃，这是我打小的经验。

男人到中年，口味上更趋于清淡，接纳起来更从容、自然。对甜腻之物，味觉体验上不再有猎奇的快感，本能上是抗拒的。女人恰恰相反，心理上呈现一种戒备、恐惧情状，味觉上依然有跃跃欲试的冲动。暑天大热，莲子羹是女人追捧的凉点之一。诸如银耳红枣莲子、百合麦冬莲子、木瓜莲子、冰糖莲子、莲子粥等，均是些汤汤羹羹、甜甜粉粉之物什，女人趋之若鹜。莲子干水发后，呈绵粉口感，最宜做羹汤甜点。女人是水养的，对这类汤汤水水又甜蜜的吃食有着本能的亲切感，本属自然，想抗拒都难。

本能这东西，往往有着某种先见。莲子本身具滋补作用，又有养心安神、健脑益智、消除疲劳等药用价值，历代医药典籍多有记载。《本草纲目》有云："莲之味甘，气温而性涩，禀清芳之气，得稼穑之味，乃脾之果也……昔人治心肾不交，劳伤白浊，有清心莲子饮；补心肾，益精血，有瑞莲丸，皆得此理。"《医林纂要》曰："去心连皮生嚼，最益人，能除烦、止渴、涩精、和血、止梦遗、调寒热。煮食仅治脾泄、久痢、厚肠胃，而交心肾之功减矣。更去皮，则无涩味，其功止于补脾而已。"现代药理研究也证实，莲子有镇静、强心、抗衰老等作用。《红楼梦》第五十二回"俏平儿情掩虾须镯，勇晴雯病补雀金裘"中写道："宝玉已醒了，忙起

身披衣…… 小丫头便用小茶盘捧了一盖碗建莲红枣儿汤来，宝玉喝了两口。麝月又捧过一小碟法制紫姜来……”莲子中上品者为“建莲”，即产自福建建宁的莲子。在清代，建莲是闽地贡品之一。不过感觉公子哥儿宝玉并不怎么喜欢，一盖碗建莲红枣汤，他只“喝了两口”。若问宝玉为何喝得少，他回复或许这样：没觉得好吃，太甜腻。虽然宝玉在怡红院的脂粉堆里长大，但毕竟是男儿身，如此作答，亦在情理中。

除了羹汤甜粉，莲子当然另有吃法，但委实不多。莲子和玉米粒、松仁、枸杞、芡实，旺火明油炒出来，出锅前撒几粒青翠葱花，是道不错的开胃小炒，色泽明妍，红黄白绿相映，且绝对绿色营养，讨人喜爱。倘以当季鲜嫩莲子入菜，又将上几个档次。鲜莲子清嫩鲜甜，口感脆爽，非水发陈莲子能比。

每年暑伏时节，总能在街头遇见挑担售卖鲜莲蓬的莲农。莲蓬葱绿青黛如掌，在箕担里挤作一堆，五元钱一支。我总要买个十元二十元的回家，剥开生吃，或配上玉米炒炒，颇受欢迎。一家子剥食莲子，人手一支莲蓬，大手捧着小手，安静沉稳，喜感实足。

想起幼时一次有趣的经历。有一天，我带妹妹在桑园里捉知了玩。那时节蚕已“上山”（结茧），桑树蓬勃如云，成群的知了在桑园里嚷成一片，震得耳膜生疼。桑园一边是一片藕塘。天热，知了捉得烦了，妹妹坐在桑树荫里，小脸通红，眼睛却瞄向了藕塘。莲叶大如凉帽，开白色的碗口大的花，还有一支支碧绿的、小掌似的莲蓬。我没多想，顺坡下到塘堤上，挨着堤边够了几支莲花和莲蓬，又摘了两片莲叶兜着，来到妹妹身边。妹妹捧着白色的花朵嗅嗅，又拿起拙拙的莲蓬看看，笑开了花。

我那时大概十多岁，妹妹小我七岁。自打有了妹妹，我感觉我的人生意义有了些不同，有了一种天生的责任感。保护妹妹，逗妹妹开心，是我这个哥哥的担当。暑天里，母亲出门前，总要叮嘱我：“带好妹妹，让着妹妹，别到处乱跑，你是哥……”我总是不耐烦地道：“我知道！”我确实很“知道”这点。妹妹在家里憋坏了，我带她到桑园里捉知了。知了玩腻了，妹妹看上了藕塘里的莲花，我义无反顾，把花和莲蓬采到她手里。妹妹还不知道莲蓬是可以吃的，我示范给她看：扒开莲蓬盖，取出里面一粒粒心一样嫩绿的果儿，剥皮，把白生生的莲肉塞到她嘴里，并且告诉妹妹：“嫩嫩的，甜甜的，好吃。”妹妹开始不太接受鲜莲子的味道，觉得嫩、甜之外另有一种青涩。但她很快接受了，自然了，一双小手摁着一支碧绿的掌，又扒又剥，吃得虎虎生威。

那天下午一直在桑园藕塘边盘桓到太阳落山。妹妹很享受这样的时光：在桑荫底下，有花，有莲子吃，还伴有知了不知疲倦的啸鸣。其间，村里一位叔伯悄然来到我们兄妹身边。他笑着，我却莫名紧张起来，意识到做了件不当的事，这片藕塘是村里的。我嗫嚅着，说妹妹喜欢。那叔伯依然笑而不语，转身又从藕塘里采了几支莲蓬给我们，说别再自己去塘里摘了，塘泥深着呢，陷下去可不得了。又说，天热，早点回家，要吃热的。后来，我就带妹妹回家了，花和没吃的莲蓬用莲叶兜着，又摘了两片莲叶做凉帽，戴在头上。

那天下午剥莲子吃的味道一直在记忆里。妹妹现在暑天里也常做莲子羹吃。我不知道她记忆里还有没有那天下午莲子的味道。倒是常听她说起，莲子怎么吃，也没小时候剥的鲜莲子的味道。

不过莲子可不是生来专供人食用的，里面蕴藏着莲属生命传承的基因。郑州仰韶文化遗址出土过两枚莲子，经测定，年龄有五千岁，被称为最古老的莲子。成熟的莲子有一层坚硬的外壳，使得里面的莲心能够经历漫长的岁月和恶劣的自然环境而不变质。看过一则资料，有人将出土的几千年前的莲子敲裂了播种在水塘里，不出几年就繁殖出一片蓬勃翠绿。清代士人沈复（字三白）在他的《浮生六记 · 闲情记趣》里，记录他莳弄碗莲的一段经历：“以老莲子磨薄两头，入蛋壳使鸡翼之，俟雏成取出，用久年燕巢泥加天门冬十分之二，捣烂拌匀，植于小器中，灌以河水，晒以朝阳，花发大如酒杯，叶缩如碗口，亭亭可爱。”

沈三白的这个栽种方法，有点邪乎，都用上老母鸡、燕巢泥、天门冬了。不过他说的“以老莲子磨薄两头”倒是经验之谈，跟把莲子敲裂了播种属异曲同工——便于莲芽早日冲破外壳，发苗生长。

夜行的藕

上菜场，见一摊位售鲜藕，受不了那份嫩白，买了两节，回。

藕的白，委实让人心动，尤其新出水的嫩藕。怎么形容呢？说其白如凝脂、美玉？浮了些，浅了点；说似婴儿、少女的水嫩肌肤？似乎更贴切些。吹弹可破、能滴出水来的嫩白恰到好处。总之一句话，那种白能让半老夫子的我怦然心动就是了。

容我大胆揣想，藕的白，或许跟生长环境有关。试想，藕倘若结在枝头藤蔓上、阳光风雨下，绝不会有这样一身好肤色。就像一位佳人，再好的皮肤，也经不起天天酷日暴晒、风雨肆虐。生意人最懂得保养藕的一身天然嫩肤，刚上市的嫩藕，不经风，不见光，浸水里，方能延驻青春容颜。或许有人说，红薯、土豆、萝卜一样长在地下，为何不见白？这跟人的肤色是一个道理：人家不是“白种人”，让红薯、土豆长出藕白肌肤，岂非笑话？

藕是夜的潜行者，一生在水下淤泥里行走。锥形的藕尖如犁铧，掀开暗夜的被褥；一节节的藕身像履带，目的是走得更坚实、稳当。或许，它更像是一列夜行火车，穿过一片片深重的暗夜，迎接它的不是黎明，而是黑夜。顾城说：“黑夜给了我黑色的眼睛，我却用它来寻找光明。”暗夜给了藕一身嫩白的肤色，它却并不打算离开黑夜，而是为了衬托夜的更深、更黑、更沉。换种说法，为了让莲的叶、花、实在阳光下更妍美动人，藕愿一生潜行在黑夜里。这样说，固然令人感动，只是估计藕要在黑夜里暗暗脸红了。

藕在暗夜里有多能走？季羡林在《清塘荷韵》里说得明白：最初只是隔窗扔出几粒莲子，五年后，“不到十几天的工夫，荷叶已经蔓延得遮蔽了半个池塘。从我撒种的地方出发，向东西南北四面扩展。我无法知道，荷花是怎样在深水中淤泥里走动”。自然，走动的肯定不是荷花，而是藕。藕的能走，我也深有体会。一帮外乡人来老家承包土地，砌堤养莲藕。几年后，外乡人回乡了，莲塘被推堤还田，与莲塘相隔十几米的邻里人家田里，竟亭亭然冒出诸多莲叶来，让田的主人哭笑不得，留也不是，拔也不是。

莲源自印度，单从外观上看，它是不是跟我们更合宜投缘些？这让我想起，佛禅诞生在喜马拉雅南麓，却在东方这片古老国度获得更多感应与信众。这或许可叫“耦合效应”。古往今来，多少文人雅客在藕身上获得“感应”。杜荀鹤《送人游吴》中的“夜市卖菱藕，春船载绮罗”描绘一种景状；杜甫《泛溪》中的“得鱼已割鳞，采藕不洗泥”阐述一种情怀；温庭筠《相和歌辞·懊恼曲》中的“藕丝作线难胜针，蕊粉染黄那得深”诉说一种情节；孟郊《去妇》中的“妾心藕中丝，虽断犹牵连”则是坦陈一种欲说还休的无奈……

还有一个典故。明代宰相李贤，喜欢一个叫程敏政的后生，赞他知书识礼，意欲招他为婿。一天，李宰相设宴款待程敏政。席间，李贤指着桌上的炒藕片曰：“因荷而得藕。”程敏政猜出宰相的用意，脱口而出下联：“有杏不须梅。”李贤见他果然才思敏捷，即把女儿许配给他。李贤出句原意为：“因何而得偶”，程敏政巧妙以“有幸不须媒（媒人）”对之，一时被传为佳话。

两节嫩藕采买回家，摩挲有加，难以释手，如何吃法，却有些不得要领。熟知的食藕方式，无非莲藕炖排骨、蜂蜜糯米藕而已。且那藕无疑得是成熟老成才可以，况且我也不想如此铺排。当然，学李贤家的厨子，旺火清炒是不错的选择。

问题是，说来容易，真操作起来，恐没那么简单。没点行厨技艺，弄不好，糟蹋了两支雪白嫩藕，才真正罪过。

后来一想，“出淤泥而不染，濯清涟而不妖”，素来形容莲花的高洁明妍，其实用来形容藕更适合，藕才是真正“出淤泥而不染”。既如此，对于藕，清清白白的吃法也许是最相宜的。我将藕在水龙头下冲净了，切薄片，码在一个素白碟子里，然后坐到电脑前，打字。用牙签戳一片藕放在嘴里，牙轻轻一磕，只听有蚕食桑叶般的脆响逸出，丝丝脆嫩、缕缕清甜在舌尖口腔里水一样滋出，漾开，顺着喉咙一路畅行，有一种说不出的惬意、安妥。

纯、真的物或事，最忌杂乱、混淆。嫩藕清吃，清清白白，本色本味，可以成为一条美食经验：你所品味的，正是你所期待的。

豌豆近仙

在须的引领下，豌豆苗肆无忌惮地在丛林里漫游，其柔软的茎、围脖状的腋生叶和对对互生的茎叶在丛林里漫舞，完成各自温柔的侵占和美丽的掠夺。

蔬菜里面，最数豌豆仙气，仙得近妖，仙到骨子里。

豌豆的仙，在豌豆苗时即绽露无遗：白糯的根，一萌生就呈现一种舞者的柔韧之姿，轻柔而勃发；绿莹的芽，一出世即显出生命的张扬之美，纤柔而饱满。前者躬身向下，后者奋然昂起，组成一帧海燕贴着海面侧飞的剪影。一粒朴素圆实的豌豆，完成华美蜕变，成为一首清美的诗，一幅清奇的画。

几宵春雨，满地生意。最先冲破地表的豌豆苗，颤悠悠，绿生生，像两枚蜗牛的触角，又像是两个小小音符，在春天的阳光、晨露和风雨里颤动。就像刚出世的孩子，经风就长：打一个呵欠、伸一下懒腰，大人们就说这是在长个儿呢。豌豆苗在风雨中的每一次颤动，都是在生长，仿佛空气中有什么在招引着它，让它不断地抽身、拔高，把自己拉得细细柔柔的，晶莹剔透，弱不禁风。实在撑不住了，就偃卧下来，片刻后又倔强地昂起了头。

豌豆苗长“手”是三五天后的事。乍临世间，豌豆苗很快意识到，光有脚（根）有头（苗）是不够的，还得有手，没有手什么也干不了。不久，豌豆苗真的长出手来了——两根貌似更细更柔更弱的触须，像鲶鱼胡须似的蜷曲着。它细若游丝，透着一丝丝的绿，像春天的一缕液态空气。它在阳光中静止的姿态，就是一个舞者的写真或者定格。你以为它会以一个姿势一直凝固下去，不是。你以为一阵风、一滴雨、一缕阳光就会让它轻快舞起来，也不是。它其实在等待一个合适的时机，或者在寻找一个出手的对象，之后才是永久的凝固。它也是豌豆苗的眼睛，它决定了一茎豌豆苗行走的方向和发展的空间，决定它是一茎向着阳光微笑的苗，还是一茎萎靡在地的草。别看它只是两根无所事事的胡须，其灵敏度并不比鲶鱼或者猫的须逊色。没有什么它不敢抓的：一树一枝一茎敢抓，一截电杆一根屋柱乃至一堵墙一座楼也敢抓，甚至你伸过去一个手指、胳膊或者腿，它也会毫不犹豫地扑过来，紧紧卷上、缠住，再不松手。庄稼人最清楚豌豆苗这一德行，在豌豆苗还没长须前，就预先在畦上遍插竹梢或树枝，一株苗一根竹梢或树枝。这样，豌豆苗长舒坦了，庄稼人心里也舒坦了。豌豆畦就像一夜间长出了一片丛林，然后静待勤奋的豌豆苗们把这一片片齐头高的丛林爬满、染绿。

在须的引领下，豌豆苗肆无忌惮地在丛林里漫游，其柔软的茎、围脖状的腋生叶和对对互生的茎叶在丛林里漫舞，完成各自温柔的侵占和美丽的掠夺。绿得像雾，漫得像岚，与晨雾、晚霭或初夏正午的暑气一同构建出一片如仙如梦的氛围。豌豆开花时节，这种氛围越发浓酽。豌豆花由上下两瓣组成，上瓣为互开的一对，像一叶轻盈飘飞的舞蝶，下瓣则单生一瓣，像一滴不慎从笔尖坠下、洇开的墨汁。更神奇的是，上下瓣花的花色也截然不同。上瓣如果是白色，下瓣则可能是黑色；上瓣如果是黄、粉红、粉紫色，下瓣则依次可能是玫红、紫蓝和深紫色，下瓣的色泽就像是上瓣的结晶或凝华。一朵花本身奇妙地组成一幅动静结合的景致：一叶舞蝶忘情于一朵刚刚绽开的花蕾。而繁盛的花事本身又招徕成群的舞蝶和蜜蜂前来采蜜。花开蜂拥蝶舞。当一片一片的豌豆林被真真假假的花、蜂、蝶所笼罩和淹没时，这样的林子应该有神仙出没，并为之陶醉、沉湎。

豌豆荚躲在疏淡的茎叶间，忧郁得似有什么心事不能与人说。它似乎并不情愿被人采食，所以给自己着上与茎叶完全一致的轻绿，待完全成熟，茎、叶和果实又同时趋于黄熟色，你同样难以分辨。青嫩的豌豆荚纤细若月牙儿，青翠澄澈，举在阳光下，可看出里面一粒粒鼓突的青豆粒儿。青嫩豌豆荚只合一种吃法，那就是加盐水煮：水开了，再煮两三分钟即可。用高压锅还要省事，气阀一响，立马离火，在水龙头下冲水释压，开锅，上盘。其时，豌豆荚青绿鲜亮，皮与豆一同软熟。手持荚蒂，唇齿含豆荚轻缓一拉，豆粒与外层鲜嫩的皮层尽留口唇里，手里

剩一具完整的茎络。

青豌豆的清鲜可口，是一种能够滋润到人心里去的味道，绵而清鲜，嘴里刚刚着味，味蕾已经把这种滋味传遍全身，每一个毛孔和发梢都能感觉、品味到。豆吃完了，留下一碗青莹莹的汁，里面饱含青豌豆煮熟过程中释出的营养和滋味，同样不可浪费。我习惯一口把它喝了，或者放凉了当茶喝，美味不输豆荚本身。我甚至觉得可以对青豌豆汁进行工业化开发，加工成一种绿色自然的夏令饮料。

天寒时节，想一碟豌豆苗吃。一把豌豆，泡过，在一个垫了湿纸巾的平底盆里发几天，即可得一碟曼妙无比、可爱得让人不忍吃的豌豆苗。娉娉婷婷、绿意漫漶的豌豆苗焯了，绿得晶莹剔透，撒上蒜末、盐，淋几滴香油，或直接蘸酱吃，让人在苦寒天里体味春天的清甘味道。豌豆苗自发，瞅着豆苗儿伸手展脚，更有清趣。

豌豆的美是一种骨子里的美。其味也是，能鲜到人骨子里，成为一种味觉记忆。待我老了，去乡下租几畦地，种上几畦豌豆，年年有豌豆苗、豌豆荚吃，将是件多么美好的事。

青青的青

清明到了,人们自然就想起了青,仿佛之前青不存在似的。过了清明,许多的青还葱嫩青郁着,可是这时,人们似乎又把青给遗忘了,当它不存在了。可青还是一往情深地青着……

青是一种非主流的草，一年中，只有在某些特定的日子，才会被人想起。

说青非主流，因它是草，却很少有人知道它属哪一科哪一属，叫什么（学名），我是那大部分不知者中的一个。因在乡人眼里，青是有恩于人的草，却非餐餐相见的菜蔬、顿顿不缺的蔬果；因它貌似艾，却非艾。艾作为一种草，根扎于千古《诗经》里，香逸于无以计数的古方药典，在源远绵长的懿行流传中，它甚至具有某种神性，被挂在端午的门前，以祛秽辟邪保平安。青不是。青在大部分日子里，只是一株普通的乏人问津的草。它有艾的形貌、艾的神韵、艾的气象，却非艾，是青；它色比艾纯正，味比艾清甘，貌比艾秀逸，却非艾，是青；它长在沟堤、河岸、溪畔、土丘、瓦砾间，长艾的地方长青，有青的地方亦有艾，但它非艾，是青。

青是乡土叫法。乡人朴拙，乡人念青的恩，所以既不在“青”字上加草字头，也不直呼“青草”，就这么“青、青”地叫着，就跟叫某个可人的邻家女子一样，透着股亲切和热乎劲儿。

青之所以叫青，还有个原因：它本身就是青的，青莹莹、青郁郁、青灵灵的青，青出于蓝而胜于蓝的青。幼时嫩时青着，壮了老了也青着；有人惦记时青着，没人惦记时也青着，被人采回家做成某种食物时还青着。所以，它就青了，没有理由不青地青了。这也是青与艾最大的不同：青就是青，从叶到茎都是一色的青。艾的背面有白色绒毛，茎秆呈青红之色。青味清、甘，艾味苦、涩，所以青可入食，而艾只可入药。青长在春天里，清明前后才会被人记得，是一种清明的草，而艾即便老成一把枯槁，还时不时可在许多人家的门楣窗棂旁瞧见。

青是否跟青衣有关？不得而知。青属于自然，青衣属于舞台。在自然舞台的百草园里，青就像个乡间丫头，娴静毓秀，不起眼，无声息。在国粹京剧舞台上，青衣不是可有可无的角，却也绝非舞台的亮点、中心。从这个意义上说，青跟青衣，还真有某些相通处。

青跟清明有关。清明到了，人们自然就想起了青，仿佛之前青不存在似的。同样，过了清明，许多的青还葱嫩青郁着，可是这时，人们似乎又把青给遗忘了，当它不存在了。可青还是一往情深地青着，不青就不是青了。或许，这正是青让人感念的原因吧。青让人体味到了植物难得的人情味儿，和一些在人世变得越来越珍稀的美德：坚守、执着、忠诚和缅怀。

清明前夕，老母亲采回青后，洗净，在沸水里焯过，揉烂，就可以和面了。面是糯米面，跟揉过的青连渣带汁一起揉，一直揉，直揉到面色润亮，呈粉粉的绿色，就上锅蒸。蒸透了，这时，面坨坨复又神奇地还原青的青郁之色，出锅后倒入石臼里，用捣子头搡。这活儿得两人配合着做，一个抡捣子头，一个转面。老父年轻时，抡捣子头定是他的活，而转面则非母亲莫属。随着一声吆喝，父亲把捣子头抡过头顶，母亲趁机用蘸过水的手（防黏）把面转过面儿。母亲的手刚离开石臼里的面，势大力沉的捣子头就随之落下，如泰山压顶 …… 如此往复，直至青与面充分糅合，结实、起劲、富有弹性。

毫无疑问，这活儿有极大的风险。石臼是大块的青石凿成，捣子头是一个半圆的石礅上镶个木棒和柄。当父亲把几十斤重的捣子头抡得虎虎生风时，我看得心惊肉跳，心里极矛盾：一方面不敢看，心里常常会有些不祥的念头冒出来，怕出什么事；一方面又极想看，看父母一唱一和，配合默契，富有节奏、韵律和美感地忙碌着，是一种享受，甚至有几分羡慕。

青面搡好后，后面几步工序会简单得多，不同工序能达到不同的结果：将面在一个扁平盘里按压成薄片，晾凉后切成长方片，即成麻糍；里面裹上豆沙、芝麻蓉或咸菜笋丝等馅，搓成鸡蛋大小的圆，即成青（米鬼）；外面蘸匀泡发的糯米粒上锅复蒸，就是雪团；滚上松花粉在木模板里按压成形，就是金团。

人感恩青，是因一株不起眼的青能产生这么多变化，让人吃出别样的滋味。青跟清明有关，是因人们在这样一个万物复苏的日子里怀念故去的亲人。青即春，是春和景明，是一年的回环复始，是让在另一世界的亲人们品尝春的味道，告诉他们，人间正在迎来一个春天，你阳世的亲人一切都好，请勿惦念。

乡人朴拙。在中国乡间，生长着一茬茬朴实无名的青，也生活着一代代淳朴可爱的人们——我们的父老乡亲。

鄞江问茶

老人一只被熏染成茶褐色的大手,轻柔地一揉、一抄、一撒,嫩绿的茶叶就像被赋予了生命,在锅与手间涡流与瀑布一样流转、跌宕……随着色泽的凝着、深沉,体积也在不断收缩、紧致,直至成一枚细长青碧的绿梗。

一

鄞江是该产茶的，如同西湖产龙井一样。

茶与水相契。顺着一脉水回溯找茶，理论上没有问题，关键是溯的节点、程度。不能直趋源头，那样就不是找茶了。

鄞江是个有故事的地方，也是条有故事的江。千古小溪（鄞江古名），集县治、府城于一身。这里有古代水利建设的典范和传奇 —— 它山堰。五龙蛰伏，岁月安好。双韭锁钥，蜜岩流蜜等。当然，关键要水好，对于茶，这一点尤为重要。有好茶没好水，茶就糟蹋了，等于无茶。反过来说，好水配好茶，乃上天之安排，没有道理可讲。

鄞江自古产佳木。或许是品类原因，鄞江自古少有称木的茶。就我所见，鄞江一带山野，常见的茶多细弱成垛、簇状，干纤、枝柔、叶稠，掺杂在其他庞杂的林木荆棘丛中。但也无妨称之为木，佳木者，佳茗也。

鄞江畔，四明山麓的山谷溪滩，自古雨水调和，空气潮润，壤质适度，最宜茶生长。晴江岸、樟溪河畔、龙王溪边、双皎旁乃至周公宅、杖锡的溪谷深岙里，随处有茶清美的身影摇曳和茶清甘的气息漫溢。茶生于野，其地也清。清为茶性，亦为水性。茶与水、水与地、地与茶，就这样建立起联系，形成一个美妙的绿色循环链。

鄞江水，源于四明山腹地，经竹木枝叶浸洗滋润，沙泥根须吸收过滤，一路跌宕奔波至四明锁钥的鄞江，将出山而未出，水性柔和，酸碱中和，又未经污染，最宜于茶。鄞江产茶，乃天道人心。

最初，或许仅仅是鸟嘴里一粒籽，撒落在江边滩畔，这棵茶苗自此扎根、绵延，摇曳成景。

二

自三江口，顺着鄞奉江、鄞江，至鄞江、它山堰，鄞江于此分野：往上，为龙观、章水，乃至四明山的源头活水；一路水经它山堰分流，迂回至鄞西平原，后入城区水网，终汇流三江。从地理地势上说，自此向西，山高峡窄，坡陡地稀，为鄞江原茶之发轫区域；踅而向西南，问茶觅幽之旅，则悄然进入另一境界。

它山堰者，我国古代四大水利设施之一。一堰横江，曲尽阻咸、泄洪、蓄淡、分流之妙，为世界水利史上一大传奇。而今，它山堰又成鄞江茶之化身、代言，集绿茶、红茶和白茶于一身，为鄞江茶第一品牌。以鄞江的名义，以世界名堰名鄞江好茶，让鄞江茶走出宁波，走向世界，内中有太多契合，不失为一手好牌。

它山堰下游百步处，鄞江支流——清源溪，在此与主干交汇。清源溪不长，由清秀岭、蜘蛛岭二岭相夹，向西南方向逸出，全程仅二十余千米，溪床平坦，滩石袒露，水流平缓。沿岸地形亦相仿，多滩地和丘陵缓坡，田不广但质肥，山不高而林茂。沿途山水清绝，风光旖旎，幽静闲适，更有杨梅青黛、翠竹如涌、樱花铺展和大片茶园葱翠、绵延、起伏，不枉清源美名。

这样的清源溪，注定是诗、禅、茶的原发地。历史上，清源三村金陆、禅岩、卢王（今合称清源村）就曾是诗、禅雅集之地，众多文人墨客在此留下足迹。南宋大梁诗人张良臣（字武子）就曾隐居禅岩村，其诗“人生贵适意，毋容矫吾真。渊明兀余年，漉酒乃一巾”，抒写归隐禅岩的生活与心境。今禅岩村尚有张武子庙留存。明代叔侄二尚书、布政张家潭人张邦奇、张时彻都有诗咏清源溪，张邦奇《清源诗》云：“幽溪荫翠云，芳泉清且洌。呼童汲水华，莫损旧苔色。”张时彻诗云：“山人笑我雨还游，雨里看山山更幽。密树丛中清涧出，虚岩洞口白云稠。僧因好客来偏惯，鸟为留春啭未休。石径苍苔尘不到，人间只此是丹丘。”

问茶至清源。缘溪向西南走，一路翠鲜绿嫩，红娇粉妍，雾晕岚染，兼有涧水和鸣，鸟语啁啾，尽显古人诗意禅境，一幅曼妙山水图。

几分钟车程，即至有“清源第一村”之称的金陆。村口溪畔，置一亭、一桥，皆呈新构初建状，格近朴拙。

三

茶有道，许多人信然。然道，乃人深得茶之妙后的附庸与派生，跟茶本身并无多大关系。一个真正爱茶之人，除茶，想必不会在乎茶之外种种附丽。很多时候，人们品茶、论茶，顺带默许那些皮外的造作与矫情，如此而已。

金陆的溪边那片樱花园子，算不算茶之“附丽”？我不敢说。我不知道这片樱花跟茶园子有没有关系，想必是巧合吧。乡村好多事，在原初阶段是说不上统筹与谋划的。就跟那亭子和桥一样，如果当初知道金陆的茶园子会吸引那么多造访者，也许会建得更精巧些。

但是，这种无意的巧合，摆脱了刻意和造作，反显得自然、舒坦，更易让人接受。何况樱花本身也是春天一大胜景。

说来，樱花与茶，真是天意配搭的一对。樱妩媚，茶清雅；樱花悦目怡心，茶可生津、止渴、清心…… 更重要的是，樱花与茶同在谷雨清明时节为盛，一个“粉蝶飘飘作满眼雨”，一个“绿蚁绵绵成连天碧”，真是太搭了。

过桥，一条新铺的混凝土山道蜿蜒延展，两边便是烂漫的樱花园子。一色的粉。一树树樱花宛若美丽的新娘，妩媚、娇羞、梦幻，要多美有多美。樱花的粉，是与春天最相宜的色彩，明妍、水嫩，跟新绽的绿一样，疑心会被一阵风吹破，一阵雨打破。樱花开了，晴空为之失色，其他粉色家族都得暂时退避，不然就是自找没趣。这片樱花园子不大，但已足够。毕竟人们初心是来探茶的，一举两便，也赏了樱，没什么不好。在樱妩媚的粉下留影，快门闪过，眼神是粉的，容颜是粉的，连发际衣领上也戴着披着浅红粉雾。有风无风，粉瓣朵朵，洋洋洒洒，如清明时节的雨，时停时歇，曼妙绮丽若梦。心也一下变得烂漫轻盈起来，忘记了年龄。

居然还有茶，粉树红伞下，白衣女子施施然，给盘桓的游人斟茶，一盏盏绿的、红的、白的茶，在簇簇花树下，相映成趣。这自然是组织者匠心构建的一个环节了，无关附丽，因其实质是茶。

四

这就见着茶园了。

一波一波春天的茶垛子，水一样在坡岭上流淌。清源溪两岸的山，不高不峻不陡，坡度大，最适合开发成茶园。山是凝固的水，水是液态的山。远处看，潮平岸阔，绿韵盈盈，绵延至天边。趋近了，苍黛的老枝上，一枚枚新芽初展，黄嫩浅绿，生意盈然，交织成一匹匹丰润的绿毯、一帧帧清雅的碧画。这春天的绿之水，像一股股轻灵的山泉，循山依势，蜿蜒、起伏、绵延、流淌，水波荡漾，轻盈灵动。一波波茶垛子像一匹匹水嫩绿绸，平顺饱满，手一触碰，传导的动感会水一样荡漾开去。往低处流是水的特性，茶垛还可以向高处淌，一匹匹的茶绸往高流过山岭坡岗，向低淌过浅沟坦谷，流得从容、优雅，又汪洋恣肆，大开大合。整座山，整面坡，在这水样绿绸的缠绕、漫漶下，波涛一样起伏、汹涌起来。

春天的茶园，养眼。那一波波的绿，干净、纯粹，嫩黄着翠，清澈透亮，嫩得要滴出水来。那样的绿一垛垛一棱棱一波波地辐射、荡漾，波浪一样扩展，把一片片低缓起落的山坡染绿，直至目之所及，与远山的青黛融汇在一起。人在垛间走，心沉浸在里面，熨帖无比，水滴一样纯澈、悠然，不含丝毫杂质，尘世生活的种种晦涩、不适意，都暂时被过滤掉，好比水滴无视风和阳光的存在一样。

凝神细看，茶园的绿还是有区别的，一部分绿得润泽、光亮、纯正，另一部分像蒙了一抹雾，栽了一层绒，透着丝丝朦胧的亮白。经人指教，方知后者是白茶，眼前这片正是茶园新选育的白茶新品。白茶原来是种的，我之前一直认为白茶跟红茶一样系酵制而成。长见识了。金陆这片茶园，出产的它山堰品牌绿茶、红茶已名气在外，现在又推出同品牌的白茶，集三大茶品于一身。每年头两茬茶用来制绿（白）茶，之后则经发酵制成红茶，资源挖掘至极致。

这时节，茶园里待着的，除我们这些安闲之士，便是远近错落、三三两两的采茶女，她们统一着装，衣、裤、头帕，一色的青花水印，在一片水嫩、漫漶的绿里，显得恬淡、安静而醒目。她们有清源本地人，也有来自安徽、江西、四川的异乡客。问：为何选择来山上采茶？答：我们本是乡间女，受不了城市的喧闹和流水线的束缚，莫如在这青山绿水间采采茶，呼吸新鲜空气——惬意啊。面对"长枪短炮"、手机的聚焦，闪光灯闪烁，她们从容自若，两只手如蝶飘飞，采撷不歇。她们就是一株株春天的茶啊。

同为它山堰牌的三色茶饮，在三盏小巧青花茶盅里一字斟开，绿者意韵漾溢，红的酡颜润泽，白则琼亮盈然。依次品来，绿者清甘，白者清纯，红的淡雅醇正，不似别的茶红得深稠，却也别具一格。茶山坡顶上有几处黄墙黛瓦的建筑，近看，有茶艺茶道表演，即岔身，于道边立住，看一老者现场炒制手工茶：一炉，一镬，柴火幽冥，老人一只被熏染成茶褐色的大手，轻柔地一揉、一抄、一撒，嫩绿的茶叶就像被赋予了生命，在锅与手间涡流与瀑布一样流转、跌宕，彼此不再散离，而是像茶垛一样成为一个整体。渐渐，随着色泽的凝着深沉，体积也在不断收缩、紧致，直至成一枚细长青碧的绿梗。

一股浓郁的、本质的、混杂着柴火的茶香，在春天的茶园里发散、飘逸，很远很远都能闻到。

草子烤烤其

牛一见到鲜美的草子就耍横，赖着不走，或者边负轭耕地，边冒着吃鞭子的风险瞅空撂一口草子，嚼得津津有味，并且有耐人寻味、长长黏黏的涎水从厚嘴唇边垂下来，直垂到正在翻耕的田里去。

草子即紫云英。

草子是甬地的叫法。宁波人何以舍紫云英这样诗情画意的名不用，偏用简俗的草子二字？我不得而知，或许，这跟宁波人务实厚道的性格有关。

草子仿佛是为春天而生，秋末播种，在朔风严寒里成长，然后在春天里烂漫成一片淡紫的浪漫、一派优雅的妩媚。草子花开在春天里，像一匹铺在地上的绚丽云锦。一盏盏紫红或粉白的小灯笼，给春天引路，将大地扮靓，给经历了寒冬，还有些僵滞的人心洒一抹温暖和亮色。

我想人类原本是不吃草子的。草子最初的成长好像跟人类无关，它原本是作为一种普通的草存在。人类什么时候开始吃草子？我不想考证，也懒得考证。因草子至今仍不是我们的主菜蔬，甚至连家常菜都不是。当人们想到要在田里播种草子时，也仅仅是把它当作大地的肥料和家畜的饲料，跟人类自身没有直接关系。但是，当草子连片满畈地繁殖蔓延开来时，尤其是当人们看到牛、猪、羊甜美地享用着甜美的草子时，心里仿佛被什么虫子叮了一下，痒痒得不行。

开春时节，是牛最饿最馋的时节，也是最忙最累的时节。一方面，歇了一冬的田野等着要起畈；另一方面，吃了一冬粗草杂粮，用人类的话说，牛嘴里要淡出鸟来了；还有一方面，满畈鲜嫩的草子摆在那里，吃还是不吃，对牛来说，这不是个问题。所以，我们经常看到，主人牵着牛去耕地，牛一见到鲜美的草子就耍横，赖着不走，或者边负轭耕地，边冒着吃鞭子的风险瞅空撂一口草子，嚼得津津有味，并且有耐人寻味、长长黏黏的涎水从厚嘴唇边垂下来，直垂到正在翻耕的田里去。

还有种最不堪的情形，也许是草子实在太鲜嫩美味的缘故，竟还有倒霉的牛为贪吃草子而暴毙的——吃得太多，最终被草子撑坏了胃而死。贪吃的它最终让人们开了荤、打了牙祭。

不过纵然如此，第一个吃草子的人注定不能跟第一个吃螃蟹的人相提并论。因人再饿再馋再贪也不至于犯牛那样的错。剩下的就是吃法的问题了。时至今日，有关草子的吃法还很有限，这跟草子至今没被当作一种家常菜蔬有关。我最早听父母说过草子饼，那至少是三十多年前的事了。据说，三年困难时期，农村大食堂曾经做过草子饼，就是用鲜草子和上适量米面蒸成馍，称草子饼。我没吃过草子饼，至今不知草子饼的味道。用如今的眼光看，草子饼至少具备了现代美食的几个要素：一是粗，草子是粗粮无疑，如果面也采用粗粮的话，那就粗到家了——很符合营养学家关于多食粗粮的学说；二是色泽美观，有青翠的草子作底色，估计草子饼跟青莹莹的青块一样，会让人看着都眼馋；三是绿色，天然的草子加入天然的面，再没比这更绿色健康的了。不过在老一辈吃食堂饭的人眼里，草子饼是不是美食就难说了。

草子最基本亦最常见的吃法是㸆。年幼时在祖母家吃的草子是㸆的，如今人到中年，自己下厨房掌勺还是㸆。区别在于，那时家家户户灶间里可用来烹煮煎炒的物什太有限，农活又太冗杂，家庭主妇们撂下农活拔腿回家，顺手在田头撸把草子回家，“咸菜卤㸆㸆其”，图的是简便实用。如今吃草子，则是为换个口味图个新鲜。不过，这“㸆”是宁波人的习惯叫法，似乎有些名不副实，无非是把洗净的草子在热锅上翻炒至干瘪，兑入少量清水，再添适量的咸菜汁焖烧一分钟即成，与这一般㸆的热油、猛火、加盖焖烧等要素一点也挨不上，唯一的调味品是咸菜汁。如此清淡的㸆法，恐怕唯草子独有。草子口感清爽，却也无可避免地有着草的腥味和涩味，用醇香的咸菜汁克之，恰到好处。春日里的草子鲜嫩多汁，火候过了，从色相到口感都会显老，所以，与其㸆，不如煮、炒。也唯有这不㸆之㸆，才会落得满口清淡鲜香，一如春天的味道。

桃有羞色（两题）

当桃表皮上的茸毛褪得只剩一层霜时，桃的小脸也脱去了最初的青涩，变得粉白、丰润，当然还免不了内心潮起的羞赧，白里映着红。这时的桃，美白红润的小脸不时在叶丛中闪出，像一个情窦初开的女孩……

桃花

没有一种花，比桃更妩媚。

桃是真正春天的花。桃花没开，别的花开得再热闹也不顶事。桃花一开，春天正式登陆人间，上天在大地上做个美丽标记，警告冷空气：行了，适可而止吧！冷空气便蔫了。农谚云："吃了端午粽，还要冻三冻。"那也只是给春寒最后一个表达内心不甘的机会，春天与冷空气间的拉锯战至此宣告终结。

对于春天，桃拿捏得极准。桃有使命感，认为它盛开与否不仅是自己的事，还关乎节气、大地和别的什么花。农历的立春、惊蛰、雨水、春分等节气，都跟春有关，但说到底那是人类看天吃饭、结绳记事而已。现代气象学的"连续五天温度"的界定方式稍稍客观些，目的也仅仅是尽量减少春季来临预报之误差。这至少说明一点，人类确实很聪明，但对于自然规律与季节更迭的预判与掌握，还差得远，远不及一棵桃。桃花开了，它的"堂妹"李和杏也前后脚绽开，同期开苞的还有"表妹"杜鹃。对于这个杜鹃表妹，桃无话可说，它实在太野，满山坡撒野，不过只要桃一开，它自会紧跟着进入花期，从来没二话。如此一来，春天约定俗成，不得不发。

《诗经》里说，"桃之夭夭，灼灼其华"，可能是形容桃最经典的句子，看着都觉得热闹得很。虽然用"夭夭"形容桃之繁盛美丽，未免怪异——或许用"妖妖"

更好理解，但好在其后缀有“灼灼其华”，于是豁然开朗。“灼灼”强调的或许并非色彩浓烈，而是鲜明，有文火慢煮的效果。

其实无论夭夭、妖妖，抑或灼灼，桃花之美早已深植于国人心中，无论怎么涂描或形容，都无法改变人们心中桃花固有的模样。桃花基色是粉，在粉白、粉红、粉紫、粉绯基础上衍生，由浅到深地变化，色泽因而更丰富，形成一种风韵别具的桃之红。桃花单瓣簇生，感觉比樱花色深，是那种重一分浓了，轻一分淡了，不偏不倚恰到好处的艳，就像情窦初开的女子脸上不时出现的那抹羞色。这样一种让人心生柔软的色彩，无论一棵树、一片林子，还是一撇山坡地笼着、洇着，都让人心醉。

醉是兴奋的晕，是积极地犯糊涂。这就是人们越激动、越兴奋，越易出错犯傻的原因。

桃花时节，春气蓬勃，草长莺飞，还有桃李梨杏和杜鹃美艳的铺张，一切都如此美好，跟梦境一般。在汉语环境里，很少有一种花能跟桃花一样，挑起人心中某些隐秘的情感与欲望，草尖一样萌生、滋长。《诗经》里那首最著名的《桃夭》：“桃之夭夭，灼灼其华。之子于归，宜其室家……”是说于美艳的桃林中，遇见一位美丽的姑娘，就想入非非，把她娶回家有多好。唐代崔护的《题都城南庄》是对往年桃花中偶遇的佳人的追恋：“去年今日此门中，人面桃花相映红。人面不知何处去，桃花依旧笑春风。”说的还是那回事。唐代贾曾的《有所思》曰：“洛阳城东桃李花，飞来飞去落谁家。幽闺女儿爱颜色，坐见落花长叹息”，则是对落花流水、归处无寄的叹息。而桃花运、桃花劫、命犯桃花等词直接把种种暧昧的情感命理用桃花命名了。还有，对名人明星的情感逸事，直接冠之以桃花颜色——绯闻。

桃花是知道这些的，难怪它总是红彤彤的，面有羞色。

一直觉得桃花美好，没有一种花比桃花更妩媚。但是，倘若你用“妩媚如桃花”赞美某位女子，或许会遭白眼，这是不是另一种“桃花劫”？

桃子

桃是以茧的形式降世的。它小心地给自己裹上一层密匝、乳白的绒毛。你认为它怕冷也行，觉得它是为寻求安全感也可以。反正那时的桃，乍见之下，让人疑为非桃，而是一头毛毛虫。这就对了。它太弱小，让人觉得是桃，虫子就会找上门来。又有一身绒毛装，鸟儿见了也会嫌弃，觉得这小虫儿不可口，没什么意思，算了。

桃树茶褐，老皮皱起，叶簇生，窄圆披针形，貌似粗犷强悍，实则是种柔弱胆小的植物。《本草再新》云，桃叶有发汗、除痰、消湿、杀虫的功效。偏这能杀虫的树特招虫，是虫儿的美食。好好一棵桃，枝叶丰茂，坐等收果，突然哪天就现颓相，一天天干枯下去，明眼人一看就知招虫害了。暑热时节，虫害最猖獗，有些虫儿在桃叶上下功夫，一片林子不几天就枝叶疏落，虫眼斑驳。有的虫子一头钻进树干里使坏，打洞啃噬，吸树的汁液精血，一棵树就这么毁了。暑天里，父母常告诫闲在家里的孩子，没事别往桃园里去，小心让“洋辣子”蜇了。我们知道大人是假借“洋辣子”之名，以免孩子“瓜田李下”之嫌。“洋辣子”是一种寄生在桃林里的毛虫，有毒，人被蜇后皮肤红肿，奇痛奇痒难忍。这只是桃林寄生虫的一种。在南方，千古几百岁的树多了去，独少见有桃树，或许跟桃多虫害有关。

我国是桃的故乡。《诗经·魏风》中就有“园有桃，其实之殽”的句子。《管子》

《尚书》《韩非子》《山海经》《吕氏春秋》等古籍都有关于桃的记载。据传，印度的桃也是从中国引种的。唐僧玄奘《大唐西域记》，曾记述关于桃树引入印度的传说：公元1世纪时，中国甘肃一带部族的商人经常到印度去，带去漂亮的丝绸制品和各种名贵水果，其中就有桃。甜蜜的桃像丝绸一样在印度广受欢迎，被命名为“至那果”，意即“中国果”。更有甚者，据说南美大陆上的桃树也是从我国流传过去的。这就形成一个悖论，桃是最柔弱的，同时又是最坚韧的。它与我们最亲近，同时又走得最远。看来物种的流传，本身的韧性不是决定因素。

一枚桃躲在树的胳肢窝里，顶上簇拥着的叶子像守护神，为它遮蔽风雨和阳光。它也不想早早暴露在人们的视野里。桃长到拇指肚大小时，心形的小脸开始有青郁之色，中缘线开始饱满，凸起若女孩的唇角。遍身的绒毛依然在，只是稍显浅淡。虫儿、鸟儿有多馋涎这新桃儿呵。它们连桃叶树干都不放过。你说桃儿生性害羞也行，说它胆小怕事也行，反正它不想早早招来那些无聊之人的搅扰就是了。

桃树受损或被虫蛀，疤痕处会分泌出一种汁液，久而凝结成琥珀色冻状物，曰胶。《名医别录》曰：“桃茂盛时，以刀割树皮，久则胶溢出，采收，以桑灰汤浸过，曝干用。”《本经逢原》：“桃树上胶，最通津液，能治血淋、石淋，痘疮黑陷，必胜膏用之。”桃胶是味好药，对今人而言，它更是一种美食，好吃又美观，据说还养颜。桃胶最配银耳，加红枣炖成羹，色泽、营养、口感，全齐了，最对女人口味，要讨一个女人欢心，给她炖一盅试试。此外，桃胶银耳煮牛奶，桃胶银耳炖莲子、炖皂角米、炖燕窝等，皆有异曲同工之妙。就凭这点，桃这妙物再脆弱，也足以在世上千古留存。

当桃表皮上的绒毛褪得只剩一层霜时，桃的小脸也脱去了最初的青涩，变得粉白、丰润，当然还免不了内心潮起的羞赧，白里映着红。这时的桃，美白红润的小脸不时在叶丛中闪出，像一个情窦初开的女孩，渴望展现，又怯于展现，心形、瓜子状或南瓜扁的脸上泛起阵阵潮红。黄桃是个大脸婆，黄的门面上透着厚厚肉感。蟠桃或许是被孙猴子在蟠桃会上闹怕了，藏在树丫里，脸被挤得又扁又窄。水蜜桃是桃园里的女神，心形的小脸丰润光泽，飘着朵朵红晕，蒂心部位还缀有点点紫酱或赤褐的美人痣。

桃的甜，是非常类型化的那种，让人入口难忘。稍生鲜的桃甜而生脆，一口咬下，可以看到水蜜桃皮色漂亮，心里更美，核是紫的，越往外越淡，肉色依次是紫红、玫红、水红，至外皮就剩红色斑点了。蟠桃是一色的玉白，黄桃黄得比表面纯正，有寿山石的韵致。桃熟后，肉最终趋向流汁，尤其是水蜜桃，鲜甜清香，柔滑爽口。著名的奉化水蜜桃，名曰琼浆玉露，熟透后，可以扎根吸管吸着吃，果真跟名字一样。

桃有羞色，它生怕自己不够美。

春天的椿

椿芽发了不及时采，长成枝，遮阳，自家院子里的太阳会越来越窄；邻家栽的树，邻家的椿芽，长多大，隔多少年都是邻家的，关系再好也不能随便。这是母亲通过椿芽告诉我们兄妹的一个朴素的做人道理。

喜欢香椿，单这“椿”字，就讨人喜 —— 木字傍春，一棵树长在春天里，饱含满满的绿意和春天气息，让人瞅一眼就心生欢喜。想来老祖宗是偏爱椿的，天下那么多树，单把这一美名授予了它！

不过，这名可不是随便给的，采过椿，见过春天椿模样的人，都知做一棵椿的不易。

椿在春分、清明时节生发、萌芽，橙赤、红嫩的椿芽蜷曲如孩儿的粉拳，后慢慢舒展。但是，局外人并不易见识这一进程。通常，椿的嫩枝丫还没在枝头上踢腾开，就已被纷沓而至的袭扰摧折个精光，人们拗其头、折其脑、采其叶，无所不用其极。结果，兴冲冲赶去采椿的人，见到的永远是一幅光溜溜的枝干光溜溜支棱在明媚春光里的景观，与滴翠凝绿的三月形成鲜明反差。

椿因其美味和极高的营养价值而广受青睐，自古是人们尝春、咬春的野菜之一，可谓风行东西，南北通吃。民间所谓“春八仙”者，其中之一就是香椿，有“一箸入口、三春不忘”的说法。香椿在老北京人爱吃的炸酱面里也扮演着重要角色。有一首关于制作炸酱面的歌谣是这样唱的：“青豆嘴儿、香椿芽儿，焯韭菜切成段儿；芹菜末儿、莴笋片儿，狗牙蒜要掰两瓣儿……”金代元好问曰：“溪童相对采椿芽，指似阳坡说种瓜。”古人明事理估计要比今人早，两个孩童隔溪采椿芽，竟已在操心种瓜点豆事宜了，说那片朝阳的坡地，用来种瓜正好。有佚名诗云：“嫩芽味美郁椿香，不比桑椹逊几芳。可笑当年刘秀帝，却将臭树赐为王。”宋代《本草图经》载：“椿木实而叶香，可啖。”苏东坡也在《春菜》诗中道：“岂如吾蜀富冬蔬，霜叶露芽寒更茁”。史书记载，汉朝的人曾将香椿、荔枝作为贡品，深受皇上及贵人们的喜爱。

椿的香颇奇特，类似于香菜或臭豆腐，好之者谓芳香，恶之者闻之掩鼻。这跟口味没关系，更多是习惯。清代夏曾传在《随园食单补证》中说：“（香椿）鲜者拌豆腐，到处有之，嗜者尤众。”戊戌六君子之一的康有为也很喜欢香椿，其诗《咏香椿》曰：“山珍梗肥身无花，叶娇枝嫩多杈芽。长春不老汉王愿，食之竟月香齿颊。”梁实秋在散文《豆腐》中描述：“香椿就是庄子所说的‘以八千岁为春，以八千岁为秋’的椿。取其吉利，我家后院植有一棵不大不小的椿树，春发嫩芽，绿中微带红色，摘下来用沸水一烫，切成碎末，拌豆腐，有奇香。可是别误摘臭椿，臭椿就是樗，《本草》李时珍曰：‘其叶臭恶，歉年人或采食。’”汪曾祺曾在《豆腐》一文中写道：“香椿拌豆腐是拌豆腐里的上上品。嫩香椿头，芽叶未舒，颜色紫赤，嗅之香气扑鼻，入开水稍烫，梗叶转为碧绿，捞出，揉以细盐，候冷，切为碎末，与豆腐同拌（以南豆腐为佳），下香油数滴。一箸入口，三春不忘。”可见香椿香郁独特，自古至今，好之者甚多。香椿拌豆腐可能是中国菜里面最有人缘的一道，从普通食客、文人到美食家、文化大师，不知有多少人对其心心念念，难以忘怀。究其缘由，不是豆腐，还是香椿那卓尔不群的香。

我幼时不好香椿，非但不觉其香，甚而觉其臭。后来多吃吃，就习惯了。邻家院子里栽着几棵香椿，几条侧枝隔墙斜逸到我家院子，每年清明前后，叶梗透着鹅黄色的嫩绿，叶尖则呈玛瑙色的淡红，晶莹剔透，煞是好看。母亲总是让大哥踩把凳子上去，把椿芽细细采了，捆成一匝，给邻家送去。可是每次，邻家总是原封不动地把椿芽退回来，说伸到你们家的椿芽就是你们的，只管采了炒鸡蛋或凉拌了吃，不用客气。过一年，我们两家总又要过一遍有关香椿芽的客套情节。我不解，说送来送去的，多麻烦。母亲道：椿芽发了不及时采，长成枝，遮阳，自家院子里的太阳会越来越窄；邻家栽的树，邻家的椿芽，长多大，隔多少年都是邻家的，关系再好也不能随便。这是母亲通过椿芽告诉我们兄妹的一个朴素的做人道理。

好东西往往是最纯粹的。香椿芽除了拌豆腐，基本就剩炒鸡蛋、凉拌和腌制咸菜几种吃法，且做法都极简洁：第一步焯水，第二步即进入实质的炒、拌、腌阶段。老北京有种椿鱼儿，就是把焯水后的椿芽儿挂上蛋糊，油炸成金黄色，貌似一尾尾小鱼儿。这吃法我个人不推崇，想这么嫩生的椿芽儿，要经受热火狂油的煎熬，不是味儿。

香椿营养丰富，富含钙、磷、钾、钠等微量元素，民间有“常食椿巅（椿芽），百病不沾，万寿无边”的说法，称其为长寿菜。《庄子·逍遥游》载：“上古有大椿者，以八千岁为春，八千岁为秋。此大年也。”可见椿本身也是一种长寿树。所以，古时常用带椿的词来形容福寿绵延，例如：“千椿”形容的就是千岁；将已过耄耋之年的父亲称为“椿庭”，取长寿的美好祝福之意。且椿芽生发极快，欣欣向荣，古人也把香椿当作吉祥树，种在庭前屋后，既可年年迎春尝春，又寓意家宅兴旺。

椿年年要为人类奉献几茬春嫩幼芽，成材率极低，我们见到的椿永远是关节暴突扭曲、一身斑疤、一树沧桑的样子。但这不妨碍它成为一种优质木材，其木心红褐，略呈金黄，纹理通直，花纹美观光润，且清香宜人，被誉为“中国的桃花心木”，并有“辟邪木”“百木之王”之称。

一棵椿站在春天里，在骀荡的春风里不作声，成全了人们对一棵植物所有的审美和赞许，也成全了人们对自己贪欲的一次次放任。

五月的甜

一树桑葚熟透了，鸟儿总是最早获知信息，它们欢啼着，叽叽喳喳，七七八八，忙碌有序……鸟儿们是我们的好向导、好对手。当我们发现一群鸟儿萦回在一棵桑树上时，我们瞄着赶过去，总没错。

走进五月，果园里一些赶早的果实开始露出成熟的笑靥，枇杷、杨梅先后开颜，西瓜、冬青瓜开始袒露胸怀。还有桑葚，红的红，紫的紫，结绸似的在枝叶间闪烁。空气中有丝丝清鲜味儿飘逸，泛着甜，挟着酸，像无数透明的拔丝儿，被风吹到天空中。

桑葚跟杨梅一样，没有外壳和皮囊包裹，唯有一层比蝉翼还薄的膜护着粒粒晶莹的肉珠儿。被鸟啄了，或熟透掉地里，甜甜酸酸的味儿就一拨拨泼向空气中，甜的是桑葚，又酸又甜的是杨梅。

桑葚是种桑养蚕的副产品。种田养桑麻，是天大的事。早先，人们种桑养蚕，蚕结了茧，茧变成丝，丝织成衣，衣穿在身。这里面还有一个环节，种桑养蚕者售茧收获钱，用来养家糊口。有没有人用这钱购一身丝绸衣穿，达成一个圆满的循环？有，但肯定不多。对于那个时代的种桑养蚕者来说，穿一身丝绸衣裤是件极奢侈、可耻的事儿，大多有这心没这心劲儿。至于桑葚，叶一茬茬地被采摘，桑葚自顾自嘟嘟噜噜地长大、红紫，似乎跟人们没关系。

那时桑葚不值钱。谁都知道桑葚好吃，水水甜甜，用现代价值定义，还极有营养，但除了孩子，就没人把它当水果看。它长了就长了，红了就红了，紫了就紫了，甚至什么时候从枝头消失也没人关心。因为桑葚无法变现。那时人们穷，都缺钱，奇怪的是有些钱却是赚不得的。那时的市场仅仅为解决温饱生计而存在。你想发财致富？马上会有人给你念紧箍咒。就说桑葚吧，现在经常看到有些摊贩把乌紫乌紫的桑葚分盛在一个个小碗中售卖，八元或十元一碗。那时却几乎没人在集市卖桑葚，有也没人买。那时桑葚太低贱了，不能作为一种商品上市交易。或许在人们眼里，要吃桑葚，自己去树上摘就是，不值得用钱去交换。

不过，这样反而让孩子们觉得桑园是近乎天堂一样的地方。蚕“上山（织茧）”后，桑园就成了孩子们的天堂，每天放学后，我们总是不忙着回家，背着书包顺道岔进桑园，不分你家他家还是我家的桑树，一棵棵地巡查过去，见有的桑葚熟得紫了，就摘了扔嘴里。没紫的再养养。有时候发现一树桑葚都熟得发紫了，就一枝条一枝条地撸下来，大把大把塞嘴里大嚼，腮帮子鼓得像吹胀的两只气球，不时有紫红汁儿从紧闭的唇间溅出来。更多的汁水则像汹涌的河水通过喉咙滋润心田，那份酣畅劲儿，像一丘龟裂冒烟的田汇入一股清泉。

熟透的桑葚的甜，很醇很正，不掺一丝杂味儿，让人觉得其天生就这味儿。其实，青红色的未熟透的桑葚的酸是很有杀伤力的。这种酸涩味连鸟儿都嫌弃。一树桑葚熟透了，鸟儿总是最早获知信息，它们欢啼着，叽叽喳喳，七七八八，忙碌有序。它们忙碌是与我们抢食，有序是因为不想错过每一粒成熟的桑果。哪棵桑树上的桑果熟了，就群集在哪棵树上。鸟儿们是我们的好向导、好对手。当我们发现一群鸟儿萦回在一棵桑树上时，我们瞄着赶过去，总没错。

由桑葚的美味，我认为桑叶也一定很可口。有天，我混进村里的蚕房，观蚕食桑。我吃惊地发现，桑叶甚至可能比桑葚还美味。我目睹了蚕匾上成千上万蚕食桑的奇观，乃至自己也想爬上去争一叶吃。蚕进食不借助任何工具，它柔软的颈肢，沿着桑叶饱满的边缘做着一次次接近二百七十度的弧形运动，那叶上随之出现了一个类似弧形的孔缺，并渐渐放大，直至把整片叶侵吞、填满。所有的蚕都在一刻不停地做着一样的动作，没有一条蚕是无所事事或心猿意马的，它们一直在吃，认真专注地吃、吃、吃。蚕房里弥漫着一片肃穆、悦耳的沙沙声。进食也许是件美好、幸福的事，活色生香；也可以是件艰难、痛苦的事，味同嚼蜡。我没想到进食竟可以如此神圣、庄严。蚕对桑叶不挑剔，保有最完整的敬意。一把桑叶撒下去，蚕们很快各就各位，不多会儿，桑叶就只剩一具干净的粗老筋络，拎起来依然是一片完整的抽象的叶。之后，它们把各自的首昂起来，齐齐立着，晃摇着，像无声呐喊，期盼又一批新叶甘霖似的撒下来。

也会出现另一种情形，当新一批的桑叶上匾后，蚕们奋不顾身地扑上去，大多数蚕儿都能准确无误地找到适当的位置开始工作。也有个别蚕用力过猛，扑到阔大的叶面当中，这才发现过犹不及，就像一个懵懂的孩子捧着个大西瓜茫然失措，无从下嘴。这启迪我们，有时候拥有越多，失去越多，贪心不足蛇吞象。一把钥匙开一把锁，找对位置才是最紧要的。

后来，有意无意，我习惯用桑叶来包裹一些食物或作为铺垫。比如去村供销店割斤肉、买条鱼回来，嫌手拿着腻腥，从路边摘几片桑叶裹着拿回家。有时蒸麦果点心，母亲不在，我也用桑叶代替蒸布，出笼的点心便有一片淡淡的水绿印痕，一股淡淡的青涩的微甜味儿。别的叶也不是不可以，但我独对桑叶有信心。至于桑葚，我有件最得意的事：有一天我打了两斤老酒，预备晚上和父兄们喝。恰好那天从桑林里出来，兜里装着吃剩的一大兜桑葚儿，因为吃撑了，实在吃不动了。我突然灵机一动，找个瓶儿，把一兜桑葚装进去，分一半老酒倒进去。晚上，我紧张又带些兴奋地把那瓶新泡的水粉色桑葚酒捧出来，老爸狐疑地抿了口，赞不绝口，说阿三灵的，老酒喝了半辈子，这么有味的酒，还是第一次喝。打那年始，每年桑葚时节，我家都要泡些桑葚酒喝喝，不为别的，就觉得它口感好，好喝。

现在看来，我年少时有做大厨的潜质，粤菜中就多有用到桑叶的，如蒸鱼柳、蒸仔鸡时垫的多是桑叶。桑叶具有疏风散热、清肝养肺明目的功效，对人体有不一般的好处。事实上，用桑叶直接入菜也不在少数，如冷拌桑叶、桑叶蛋饼、桑叶肉卷、桑叶豆腐等。海宁有道特色菜——桑叶清炒虾仁，跟著名的龙井虾仁异曲同工，用新嫩桑叶与鲜嫩河虾仁炒出来，清甜鲜嫩，口味纯正。

五月，空气里有丝丝清甜味儿。我觉得无论桑葚还是桑叶，代言这时节的味道，都是合适的。

草木间·夏

大地之灯（两题）

鲁迅说它“像小珊瑚珠攒成的小球”，难道他不觉得更像是小珊瑚珠攒成的一盏小灯笼吗？一粒粒小珊瑚珠鲜红、透亮，每一粒里面都有一粒燃烧的火种，无数这样的火种攒在一起，就是一盏盏红彤彤、美丽可爱的小灯笼。

入梅之后，雨雾迷离，天地晦暗。大地需要照明，众生需要照明，“该掌灯了”。

荒野众生，蚂蚁个小，腿矮而细，在泥泞中跋涉，它得找准落脚点，有灯指引，才不会沉陷。瓢虫飞不远，又不得不飞，每一次起飞都是一种冒险，更需要灯照明，避免一头撞上一株草。兔子这家伙眼大无光，雨季更需要灯光，不然它会找不到一棵青菜或胡萝卜的位置……

天空之灯，是月亮、星星，当然也包括太阳。大地之灯，不同时节以不同形式呈现：春天是各色花儿，那些明媚绚丽、灿若繁星的花朵，把初醒的大地装扮、照亮。入夏之后，就变成了果实，最早点亮的是一些姓草或树的莓们。

草或树的莓们，真的是为灯而生的吧。它们一生下来，就是灯的模样，长大成熟了，红亮得能放出光。鲁迅说覆盆子“像小珊瑚珠攒成的小球”，难道他不觉得更像是小珊瑚珠攒成的一盏小灯笼吗？一粒粒小珊瑚珠鲜红、透亮，每一粒里面都有一粒燃烧的火种，无数这样的火种攒在一起，就是一盏盏红彤彤、美丽可爱的小灯笼。它们有的系在一些带刺的草茎上，与大地保持很亲近的一段距离。它们为一些小个子动物提供照明。

梅雨时节，草茎以下的通道拥挤而泥泞，那些小家伙们为生计奔走不易，一坨泥巴、一摊水渍、一节横生的草茎，都可能阻断它们前行的路，让它们迷失方向。而一盏盏这样的灯点亮，让它们的行走变得轻车熟道，安逸许多。也有的挂在稍高一些的枝梢上，一棵或一丛这样的树或枝，一排排一串串一簇簇这样的小灯笼一挂，整棵树、整丛枝就惹眼地明亮起来，把周围好大一片空间照亮。大眼睛的兔子循着迷雾中几盏灯的坐标，可以顺利找到山脚下某片菜园里的一颗胡萝卜或青菜。满载而归的山鼠们在灯的照耀下，在雨雾中顺利找到自己的洞口。雨天，地下潮闷难耐，蚯蚓们都钻出地面呼吸新鲜空气来了，鸟儿们可以趁机换换口味，开开荤，在灯光下，一啄一个准。

草或树的莓们个不大，位居丛林和荒野的最低处，心态却格外明亮高调。初夏时节，天空经常给大地添个乱，唱唱反调。大地觉得都入夏了，雨可以歇歇了。天空偏不，天天梅雨不断，满世界泛潮、渗水。好在草或树的莓们不怕雨淋，相反，越落越淋，它越鲜艳动人，光芒润泽得似乎要滴出水来，照亮别人，同时也照亮了自己。

或许是太招人喜欢了，草或树的莓们给自己武装了一身倒钩的棘刺，干上枝上柄上茎上叶上，到处都是。但是，纵然如此，依然无法抗拒爱慕者的痴迷与狂热。

如果有人说兔子喜爱草或树的莓，没人会表示怀疑。兔子本身就是个蔬食者，三瓣嘴用来采食草莓，再合适没有。莓儿的柔嫩与甜蜜是青菜、胡萝卜无法比拟的。当然，兔子只爱那些系在草茎上的红灯笼。对于那些高挂于树枝上的莓，它向来敬而远之，至多投去暧昧一眼。山鼠除了跟兔子抢食低处的草莓，还时而兴起，冒着被扎得遍体鳞伤的风险，受虐爬树去采食那些高处的灯笼。田鼠们表示，草灯笼甘甜，树灯笼甜里带点酸，偶尔换换口味，找点刺激，挺好！至于昆虫们，它们无所谓高处低处，棘刺再锐利也对它们无效，遇到哪盏是哪盏。

没有鸟儿不喜欢莓儿。一只鸟儿，在莓成熟光芒的感召下，几百米高空就可以准确锁定一棵草或树的莓，它们呼朋引伴，叽叽喳喳，不怕被毛刺扎破皮、弄乱羽毛，一阵风卷残云，就把一树红莓收拾了，然后拍拍翅膀，心满意足地远走高飞。鸟儿的满足来自莓儿的甜蜜和饱腹的欣慰。鸟儿不知道的是，它拍拍翅膀远飞，顺带也圆了小小莓儿一个漂洋过海、远走天涯的宏愿。所以，每当耳畔响起俄罗斯歌曲《红莓花儿开》的优美旋律时，就对莓这种植物油然而生由衷的感佩和敬意。

人类对莓的喜爱，单从培育出种种肥美的草莓品种就可见一斑。还说野外自生自灭的草或树的莓们。我幼时，每当大地被那些星星点点的草或树的莓们点亮，村里小伙伴们约好似的一窝蜂涌向村口溪头或山坡，把一盏盏的小灯笼摘下，或塞进嘴里，或用草茎串起来，一串串红玛瑙、珊瑚珠儿似的挂胸前，一个个笑靥如花。

有一天，有个孩子踌躇满志，胸前挂了三串红彤彤的莓儿回家。大人打趣，问这三串莓都给谁吃。孩子答曰：一串给妈妈，一串给爸爸，另一串给城里妹妹…… 那一刻，孩子被一种曼妙光泽照亮，通透如玉。

覆盆子、种田红与蛇莓

覆盆子好吃可爱，但名真不咋的，不好念又不好听。种田红、蛇莓都比它强。

名以形命，取“一只覆着的盆子”之意。可见这形意本身就不高明。谁见过有盆子这么扁、这么大的？又有几人见过覆盆子那样鲜艳的盆子？我原本以为，覆盆子之名定是现代一群乡间小顽皮在野外无意中撞见覆盆子惊喜莫名、冲口而出的结果。查验资料，居然不是。有人认为覆盆子是李时珍取的名，因其性温，味甘、酸，有益肾、固精、缩尿之功能，有夜尿症的人吃了，晚上可不用尿盆子了，把尿盆子覆起来，所以叫“覆盆子”。这当然只是传说或猜想。《本草纲目 · 覆盆子》里说得明白：“当之曰：子似覆盆之形，故名之。时珍曰：五月子熟，其色乌赤，故俗名乌藨、大麦莓、插田藨，亦曰栽秧藨。”显然，就是以形命名。相比之下，种田红——种田时节红，蛇莓——蛇吃的莓子，虽也不见得多么高明，至少简洁明了，说明问题。

覆盆子在民间其实还有很多叫法，不同地方不同名，有悬钩子、山藨、马灵果、刺毛等。单看浙江的，台州叫葛公，诸暨叫鸭公公，嵊州新昌叫葛公葛婆，宁波叫描红、谷公、田红、哥红红……这些名，一个普遍特征是形象生动，要么跟形状色彩挂钩，要么与时节传说关联。还有一种说法，覆盆子之名是“抄袭”某种鸟的鸣声而来。覆盆子成熟时，正值农历四五月布谷鸟繁殖季，“谷公谷婆、割麦插秧”的鸣啼声不歇，便有了类似谐音的名。但是，偏偏其中最不让人待见的覆盆子叫得最响，传得最远。说来，这得归功于鲁迅。先生在《从百草园到三味书屋》中普及道：“如果不怕刺，还可以摘到覆盆子，像小珊瑚珠攒成的小球，又酸又甜，色味都比桑葚要好得远……”这一美丽又美味的初夏野果子自此广为人知，从乡间走向城市，乃至享誉世界。

说了那么多，覆盆子其实是蔷薇科悬钩子属植物，有木本、草本之分，树枝与茎叶上都长有倒钩的棘刺。木本的即覆盆子，又叫悬钩子、山蔗、马灵果、刺毛、葛公葛婆、树莓等；草本的有种田红、描红、哥红红等。前者果小，马奶子形，实心，甜里略带酸味；后者略大，中空，色更鲜艳，味更甘甜。江南的荒山野坡、田头屋脚，到处都有，因果实鲜艳明亮，口味甘甜可口，是一种深受乡间孩子喜爱的野果子。每年早稻插秧时节，是覆盆子、种田红的成熟季，孩子们在野外采摘嬉耍，用草茎把一只只鲜美的覆盆子、种田红串起来，挂在脖子上，真如鲁迅先生说的，像在胸前镶了一串鲜红的“小珊瑚珠”。孩子边摘边吃边玩，兴奋莫名，连唇和小脸都成鲜红的“小珊瑚珠”了。

《本草纲目》云，覆盆子气味甘、平、无毒，有益肾固精、补肝明目之功效，其根茎叶也能入药。“食之令人好颜色，榨汁涂发不白”。不仅好吃，还有强身美颜之功效，可见人们喜爱覆盆子是有道理的。现在，好多地方开始人工种植覆盆子，“钱”景见好。台北故宫博物院藏有宋代诗人苏轼行书信札一则，上云：“覆盆子甚烦采寄，感怍之至。令子一相访，值出未见，当令人呼见之也。季常先生一书，并信物一小角，请送达。轼白。”瞧，苏居士居然也如此待见覆盆子，甚至郑重其事到要托人“采寄”。

所谓蛇莓，是另一种蔷薇科草本植物，与覆盆子、种田红最大的区别，是其茎、叶无毛刺和倒钩，其果实与种田红类似，味微甜，寡淡一些。小时候，家长不让小孩子食蛇莓，说是蛇食，有毒，不洁。其实，蛇莓本身并无毒，只因贴地而生，又无钩刺保护，恐沾染病菌和蛇虫毒素。《本草纲目》曰“蚕老时熟红于地……中实极红者，为蛇残莓，人不啖之，恐有蛇残也”，说的也是这层意思，因此还是不吃为好。

杨梅那个红

杨梅没有外壳和包皮，红是由里及外的红，紫是由里及外的紫，水水的像一把水珠子攒在一起，攒成一粒颤巍巍的、乌紫乌紫的珍珠或玛瑙，触碰不得，挤压不得，颠簸不得，除了挂在碧莹莹的枝上，最好的去处是嘴巴……

杨梅自然是红的。杨梅若不红，感觉就不是杨梅了。白种杨梅也是杨梅，但是，白种杨梅还是杨梅?

杨梅没有外壳和包皮，红是由里及外的红，紫是由里及外的紫，水水的像一把水珠子攒在一起，攒成一粒颤巍巍的、乌紫乌紫的珍珠或玛瑙，触碰不得，挤压不得，颠簸不得，除了挂在碧莹莹的枝上，最好的去处是嘴巴，是肚子。吃过杨梅的嘴也是紫的，从唇到牙到舌头，肚子肯定也紫了，只是看不到。

杨梅由青而青红而粉红，然后转红再转红紫，最后变紫，这是个漫长的过程。你不是梅乡孩子，不知道这过程有多漫长多难熬。杨梅刚刚泛红时，个儿尚未放开，就像刚进入发育期的女孩儿。大如念珠，味道是不讲道理的酸，能酸掉你的鼻子;等到红了，还是酸，只是酸里开始有丝丝的甜，但毕竟甜不敌酸，倒牙;终于紫了，熟透了，酸就酿成了甜，只剩那股劲儿，让你记得每年的这时节去赶故乡山上的杨梅盛宴，让你记得那甜甜酸酸的味道是杨梅的味道，也是故乡的味道。

杨梅时令紧，上市落市最多不过半月。所以杨梅红了的时候，得抓紧，无论栽杨梅的摘杨梅的还是吃杨梅的，都得抓紧，恍恍惚惚、稀里糊涂的可不成，不然一场风或者一夜梅子雨过后，你上山看去:满地落红，抑或满地落紫。那可真是满地啊，一地的玲珑，一地的晶莹剔透的紫，满得你落不下脚，又不忍心落脚。

杨梅红了，栽杨梅的得紧着把杨梅摘了上市，一篮篮一筐筐让人拎着回家，你就回家慢慢数钱去。摘杨梅玩的也得紧着出门，出城。城里不长杨梅，长了也最好别吃，上面沾染了太多俗世味道，吃不得了。杨梅是深山云雾缭绕地方的好，红得紫了，依然水亮亮的，酸是酸甜是甜，醇，就像那里的空气和天空。得紧着去，去晚一步，满目满地是紫的红的涂鸦，满鼻子是沤败的酸腐味儿，要尽兴只好等来年了。吃杨梅也得抓紧。吃得趁时，味儿就跟水灵杨梅一样坚挺、饱满、丰盈，真正的杨梅味儿；吃晚了，味儿败了不说，价也不便宜 —— 物以稀为贵，人家都落了，独我有，嘿嘿 …… 更晦气的是，落市杨梅大多快要出虫了，吃杨梅几乎等同于吃虫子，只是你吃了还不觉吃了。落市杨梅最好泡酒，因喝的是酒，标的转换了，再多的虫子也不碍。当然，醉了酒的虫子有一部分会趁着酒劲翻滚到酒里，也不碍，大不了把虫儿滤了捡了，喝酒。

杨梅红了，空气里也会飘泛丝丝酸甜的味道，口腔里的津液就不失时机地泛滥起来，胃或许也开始有了久违的饥饿感。那味道开胃呢！你暂时没有不打紧，过两天，再过两天，我敢打赌你一定会有，一定会有久违的饥饿感。杨梅开胃，是真的，我不骗你。是的，杨梅怎能不开胃呢？

当然，杨梅红了，无论如何都要吃的。杨梅水水地紫在眼前，酸甜甜地招惹着你的味蕾，你能控制着不吃？杨梅是味很好用的药，可以止渴、消食、涤肠胃、和五脏、止呕哕、断下痢 …… 可是谁会为治病才吃杨梅呢？一盘乌紫紫的杨梅当前，我的体会是没体会，吃了再说。吃完了，畅快地吁口气，才发觉牙尖上有丝丝寒风闪过似的蚀痛感，鼻尖脑门上渗着一粒粒细碎晶亮的汗珠。肚子撑得不行了也不碍，你忘了杨梅有“消食、涤肠胃”的功效吗？杨梅好吃，又有药用价值，真是天赐一妙物啊。

明代田汝成在《西湖游览志馀》中道：“闽广荔枝 …… 西凉葡萄 …… 未若吴越杨梅。”说得真好，真是畅快。作者拿杨梅与葡萄和荔枝比，且旗帜鲜明地把赞誉给予了杨梅，令人畅快。大约苏先生其时刚吃过杨梅，从生理到心理地畅快着，说话也就无与伦比地畅快了。苏先生会说话是有名的。他后来还说过“日啖荔枝三百颗，不辞长作岭南人”，似乎也很旗帜鲜明，但跟上面那句没得比。后句是他一时一地的感受，或许还考虑到主人的因素，可以理解。而前句呢，我们听着舒坦，从中庸的角度说，其实是苏先生最“不会说”的一句。他这一比，把大半个中国比进去了，想想要得罪多少人！这是最忌讳的。可见杨梅在苏东坡心目中的地位。不过这话好是好，范围稍显广了些。杨梅产于吴越没错，但我认为真正地道的好杨梅非阿拉宁波莫属。慈溪、余姚的杨梅甭说了，鄞州、江北、宁海、奉化的杨梅亦非等闲之辈啊。所以，倘若将“未若吴越杨梅”中的“吴越”改为“四明”或“甬上”，岂不更妙？当然这样改也是很得罪人的。人家也不让。

杨梅的红还可以通过其他介质显现，譬如浅色的服饰或白酒。上山摘杨梅最忌穿浅色或白色衣服，一旦有杨梅落身上，就会有一朵红里透蓝的雅致小花在你衣服上绽放，这是最纯粹的杨梅红，除非立马冲洗，否则等到下山就不用洗了，洗不掉了。怪的是，等到明年杨梅红了，痕迹会自然褪去。杨梅烧酒好喝，酒里兑了杨梅味道，再没酒量的人也能喝几小杯；杨梅烧酒好看，晶莹莹的红，晶莹莹的蓝，玉一样柔润、透亮，看着都会上瘾……

杨梅那个红啊。

立夏的黑饭

那是一种源自原野的春天的气息，是草木与稻米的气息有机结合、相互调和之后散发的一种神奇的气息……以至于多年之后，远离家乡和亲人的游子，每当端午来临，吸吸鼻翼就能闻到来自故土的这股清香幽凉的气息。

立夏独自回老家，途中收到老婆的微信：山上的黑饭叶子可以摘了吧？别忘了采一些回来做点心，慰劳慰劳我们正积极迎接中考的儿子。老婆的微信提醒了我，端午前后正是黑饭叶初展之时，红嫩透亮，用来做黑饭正好。当然，好不好另说，老婆的指示，必须照办。

黑饭是一种小型灌木，不高，一丛丛自由散乱地分长在家乡的山峦上，椭圆形翠亮的叶子，着细碎纷繁的小白花，缀紫色浆果，秋后成熟，味酸甜酸甜的，很讨山里孩子喜欢。不过，黑饭最引人关注的时节并非美丽的花季，也非秋后果熟期，而是端午前后、五黄六月间的嫩叶初展时，因为这时节的黑饭叶可用来煮饭。用它煮的饭乌紫润亮，清香清凉爽口，据说还有清热解毒、开胃养眼之功效，令人百吃不厌。过了这一时节，黑饭叶就老了，做的饭颜色发沉发黑，再没那股春天一样清新的山野气息，品质大打折扣。

作为时令食品，早年浙东乡间，黑饭也是新女婿端午孝敬岳父母必不可少的一种礼品。

黑饭好吃，自无须我多说，古人已有定论。唐人陆龟蒙曾作《润卿遗青䭀饭兼之一绝，聊用答谢》一诗，表达他对黑饭的赞美和喜爱，诗曰："旧闻香积金仙食，今见青精玉斧餐。自笑镜中无骨录，可能飞上紫云端。"青精即黑饭，玉斧喻指神仙，把黑饭比作神仙的餐食，其情可鉴。我国的傣、壮、苗、布依等少数民族还有流传吃五彩饭的，将糯米浸泡于某种野生植物的根、茎、花、叶、果制成的汁水中，从而煮成五种色彩的饭（其实也是乌饭的一种，只是颜色不同而已），用以祭祀和食用，并互相赠送，以表盛情和敬意，今仍盛行。

黑饭树的学名叫什么我没考证过，植物学上有无这种植物的位置也难说，反正家乡的男女老幼都这么叫。它的最大功能除了取叶煮饭，大概便是斫了当柴烧了。但我却因此对它倍感亲切，因为在我看来，黑饭是亲情树，无论用来煮饭还是用来烧火，都与我们农家人的生活密切相关。

年幼时，每年端午前夕，母亲总要亲率我们兄弟几个一块上山摘黑饭叶子，一方面是孩子小怕上山有闪失，另一方面又怕小人儿认不准黑饭叶子，摘错了，误了一锅好米。母亲腰系粗布围裥，弓着腰，瞅准颤悠悠的嫩枝儿，两手开弓，一把一把地捋，一把一把地往布裥里塞，布裥便一把一把地鼓起来。黑饭叶汁儿很快将她不白皙的手涂上一抹淡淡的茶褐色。孩子们皮肤嫩，不敢捋，怕生硬的梗扎了手，所以只能一片一片地挑，一片一片地摘，速度固然没有母亲快，却干净，不碎不烂，一叶叶玉佩儿似的养眼。

采回黑饭叶，用石臼捣碎了，和水泡上半天，然后去渣，留下黄澄澄的水汁浸糯米，就可以煮饭了。我幼时常常惊异于黑饭的神奇：叶鲜碧泛红，汁色清亮，煮出的饭却是一锅堪称神奇的紫，紫得发光发黑，紫得爽心悦目，熠熠生辉。我认定这是母亲的一种戏法，并且坚信既然母亲有能耐让一锅白米变黑饭，那么必然有办法使一个黑脸包公变成白面书生。某年秋，我在田头逮泥鳅黄鳝，滚爬了一夏，晒得一身黝黑，被乡邻们戏称为包公的第百十代子孙时，我便央求母亲将我变白。母亲说这好办，我们包家小儿长大了，要面子了，要好看了…… 回头妈去摘些黑饭树叶来，和你一块放锅里煮一煮，就变白了。我一听要让我与黑饭叶同煮，抱头鼠窜，再不敢提白不白、黑不黑了。

更神奇的是那迷人的气息。那是一种源自原野的春天的气息，是草木与稻米的气息有机结合、相互调和之后散发的一种神奇的气息，清新而芬芳。锅里刚滚开，这气息便开始在灶间游走、弥漫，慢慢扩展、扩散，乃至遍布整个村落的上空，以至于哪户人家在煮黑饭，全村人都知道。以至于多年之后，远离家乡和亲人的游子，每当端午来临，吸吸鼻翼就能闻到来自故土的这股清香幽凉的气息。它是一种召唤和牵引，一种力量，一股永远的乡土气息。

饭熟了，趁热撒上糖和红绿丝，搅捣成泥，摊在不锈钢平盘上压瓷实，待晾凉了，切成棱形。用它做点心待客，让人吃得齿颊留香，回味悠长。孩子们拿着它满街满巷地跑，不用担心散落。它凉凉的，甜甜的，爽滑绵糯；黏黏的，韧韧的，经久不散。

黑饭是一种树，也是一种点心，每当我想起这两个字，心里便氤氲了一片祥和的初夏气息。老婆指示“别忘了采一些黑饭叶子回来做点心，慰劳慰劳我们正积极迎接中考的儿子”，这主意真好，我照办就是。

毛豆毛 ·黄豆黄（两题）

现在讲究绿色，毛豆子是最绿色的，极少有人为毛豆打虫施药，原因是毛豆不招虫。那一身毛把自己里里外外武装起来。大概虫也跟人一样，既怕扎，也怕痒。即使有不怕扎的，估计也要被痒痒得笑死。

一棵大豆长地里，它的前半生是青的，青葱蓊郁，却姓了“毛”，后半生毋庸置疑地黄了，才算回到正题。

毛豆毛

黄豆的青葱期,江南人叫它毛豆。也有人在其后缀个“子”字,称毛豆子。毛豆,听上去颇有些少年老成、未老先衰的意味,但缀了“子”后,人们对毛豆内心的那份喜爱与亲昵,便有了着落。

黄豆的青葱期是青的,何不以“青”名之却冠之以“毛”呢？以我的认知,几乎所有豆子在青葱时都是青的,除约定俗成的青豆(嫩豌豆)外,谁知晓青豆专指哪种豆？而毛豆也确实带毛,毛豆之名就这么落实了。

毛豆子的另一层意思是“子”,即毛豆荚剥开所得的“肉”:圆溜溜、绿莹莹,串起来佩胸前,视觉上不比翡翠逊色。当然,没人真臭美到用毛豆子当项链戴。人们对毛豆的喜好,更多落在口腹欲上。毛豆生性百搭,色泽悦目,口味清鲜,既似小家碧玉,又像从乡下田间滚爬出来的农家小子。一篮毛豆到手,罩在江南主妇们脸上的愁云顿开:先煮一锅毛豆节,高压锅炊,一分钟不要,凉水冲淋后盛盘里,清碧养眼,像把满园的绿色端上了桌。余下的毛豆剥子:配茭白红椒明油烹,和冬瓜腊肉宽汤烩,与海带豆腐素焖,跟咸齑肉末清炒,共鸡爪油豆腐豆瓣酱蒸…… 最后干干净净煮一锅碧玉般的毛豆子汤。一席老少咸宜、清新开胃的夏令农家菜上桌了。毛豆子的翠嫩色泽与清鲜口味，不忌与任何荤素食材配伍，在任何一个菜里都起着提鲜养味、画龙点睛的作用。

毛豆节过杨梅烧酒最好，抿一口酒，剥一节毛豆子，杨梅烧的甘醇与毛豆子的清甜在口腔里相遇，像上辈子约好一样和谐。南风吹吹，烧酒抿抿，毛豆节剥剥，是神仙一样的日子。当然，煮毛豆节并非过酒才好，没事闲着，嘴馋无味，煮锅毛豆节吃吃，也极美。我年少时，这样的事没少干。有天跟妹妹一起，嘴淡得不行，转眼见灶桌上放着篮毛豆节，有主意了：豆冲洗干净，放盐、清水煮。后兄妹俩坐着，下半晌就一心吃毛豆子了，剥下的壳堆成一座山。毛豆子是种能让人安生收心的吃食。6 岁的妹妹不再乱嚷乱跑，葱白的指尖努力剥着豆荚，嫩绿的豆肉塞进嫩嫩的嘴里，安静稳笃。我也就无须两眼紧盯着妹妹，安心吃自己的豆子。由此看来，淑女并非天生，让一个女生安顿下来，丰美的食物是先决条件之一。

有乡间经历的人知道，毛豆生命力旺盛，不择地，也从不占好地，沟堤渠坝、溪头土丘，田头地脑，甚至石缝瓦砾堆里挖个孔、抠条缝，撒几粒种豆下去，踩上几脚，不几天就会有毛茸茸的秧苗挤出来，之后只管恣意悠然成长。毛豆生来就是姓毛的：豆秆、豆茎、豆叶，乃至豆荚，可谓无处不毛。毛豆下种后，隔几天从土壤里拱出两片豆青色、光溜溜的豆瓣出来，呈丫字形。这是毛豆一生唯一“不毛”的部位或者说阶段。之后，丫字中间有绿色芽尖绽出，这便是毛豆的幼苗。蹲下细看，这嫩得似乎经不住风的幼苗周身居然也遍布绒毛，白色，细而柔而浓，像裹了一身蛛网。这蛛网织得密啊，密到清晨粒粒晶莹的露水沾网上，映着霞光，也漏不下去。之后，毛豆叶芽展开，茎枝抽出，豆秆拔长，欣欣向荣。与之共生共荣、不离不弃的是那一身如网密布的毛。豆秆的毛矬而硬，扎手；茎枝的毛粗又糙，辣皮肤；叶面上的毛细复密，沾到手臂上痒痒的。有意思的是豆荚上的毛，密而厚实，像裹了层毛毯。而毛豆的“子”，就藏在两层厚实的毛毯里面。

小时候，大人们白天大多时间都耗在田里。诸如烧饭煮羹这类家务活往往要让未成年的孩子承担。过了农历六月，鲜毛豆陆续上市，农家的餐桌上开始生动起来，这情形可以一直持续到九十月份的“九月毛豆”落市。每天一早，父亲从自留地里挟回一堆毛豆。出门下田前，母亲照例要吩咐我：“妹妹小，别到处疯去。没事毛豆节摘摘其，毛豆子剥剥其……”其实摘毛豆、剥毛豆子才费时呢，一堆毛豆在那儿，兄妹俩一天就不愁没事了。妹妹小，干活还指望不上。我把毛豆搬到阴凉通风的弄堂里，屁股就着凉幽幽的青石板，开始“没事”摘毛豆。妹妹则一心一意在毛豆秆里找她的七星瓢虫玩。毛豆上多有瓢虫，背壳乌漆油亮，有的有星，有的没星。爬时不见足，像半粒黑豆子在挪移。我不觉得好看，偏妹妹觉得漂亮。有时候翻着翻着，突然嘟地飞出只金龟子来，算是意外惊喜。当然更多时候，是声声花容失色的惊叫：“呀，坏毛毛虫，臭毛毛虫！”毛毛虫长毛披身，在豆秆豆叶上蠕动，脖子一拱一拱的。结局往往是被妹妹一脚踩扁。妹妹兴头过了，腻了厌了，就开始嚷痒痒，噘着嘴，手上腿上到处都痒。我骗她是虫咬的，其实那多半是毛豆毛的缘故。

对于毛豆一身的毛，说是网显然是不准确的，其实那更像是毛豆的衣服。其作用类似于人类的防弹衣，有自我保护作用。现在讲究绿色，毛豆子是最绿色的，极少有人为毛豆打虫施药。原因是毛豆不招虫。那一身毛把自己里里外外武装起来。大概虫也跟人一样，既怕扎，也怕痒。即使有不怕扎的，估计也要被痒痒得笑死。当然，也有例外，如一身硬壳的西瓜虫、七星瓢虫就能在毛豆上生活得很安逸。此外便是毛毛虫，这家伙算是找到了对付毛豆的独门秘籍：你长毛，我比你长更长的毛，就该你怕扎、怕痒，或被扎死、痒死了。

但是，显然，这些虫害在毛豆彪悍的生命力面前是微不足道的。庄稼人也坦然待之，对毛豆有足够信心。他们只管种。没人给它除草、治虫、施肥。等豆荚如船、籽粒饱满，自有甩手主人出现，柴一样斩了搂了去，毛豆节剥剥，毛豆子炒炒，滋养各家各户清淡而不乏滋味的日子。

黄豆黄

毛豆老了，就改姓黄了。

黄豆的黄，既没有菜花明妍，也没有黄金闪眼，就一色土得掉渣的土黄。十月寒起，黄豆就像让黄尘蒙了脸，灰不溜秋的叶瓣耷拉着，低眉垂眼的，仿佛要低到尘埃里。父兄把黄熟的豆稞肩挑背扛回来，摊在院子里，像摊开一层蓬蓬松松的尘土。

豆稞在正午阳光下面窸窣私语，应和着豆荚啪啪的炸裂声，一粒粒豆子从豆荚里蹦出来，落在篾簟里。父兄们赤着背，用扁担、冲杠砸豆稞，或穿鞋踩踏，双手捧满一握豆荚，可劲搓，催豆子早些脱胎。枝叶碎屑满天乱舞。待一切尘埃落定，篾簟里挤满了密匝匝、圆溜溜、爽滑慵懒、满脸喜气的黄豆子。仿佛从春到秋，黄豆辛苦忙碌一生，就为期待中的这个日子，能够和主人一道，沉浸在秋日午后的阳光下。黄豆的黄，比豆稞豆叶纯净得多，但依然不改那本本分分的土黄容颜。它比豆稞更接近土壤颜色，仿佛那是开春刚精心整理出来的一畦畦菜地，平整疏松，丰腴如膏粉，用来栽青菜茄子黄瓜花生 …… 而不是黄豆。这是黄豆的本事，也是它的骄傲。主人用它去征服荒莽与贫瘠，黄豆回报的是眼前一片土地一样的平静与安稳。

“呵呵，真好！今年不愁没豆腐吃了。”

父亲两只厚实的手掌握在一起，不断地相互搓着，仿佛里面握着一捧豆荚等他脱壳。庄稼人的手是没得安闲的，空着仿佛就是一种罪过。黄豆打理干净，暂时得闲的父亲的手无所事事，不知如何是好。

黄豆走上餐桌，更能体现它中庸普适这一特征。它可以打豆腐、发豆芽、焐肉骨头鸡爪汤，还可以炒香了跟芝麻一道磨成粉调上白糖做成甜香不腻的年糕、金团馅，跟籼米陈皮一起炒熟磨成粉后炒米粉干或调糊吃，以解家人不时之饥。

我家豆腐不自打。在庄稼人看来，打豆腐是生意人的技术活，里面的技术非一般庄稼人能掌握。当然，其中可能还夹杂了那代人对做小生意的不屑，似乎那不是正经人的正经活。所以，那时候，老家附近几个村落的本地人就没有一家是做豆腐的。但是，豆腐还是要吃，豆腐也自有人上门来卖。而那些操着让人不太能听懂口音的卖豆腐人的来处就颇有些可疑。在我们看来，那一定是些来自很遥远地方的人。他们挑着一担水嫩得走一步要抖三抖的豆腐，走村穿巷，“打豆腐嘞——”的吆喝夹着笃笃笃的敲竹筒声，就像来自天边一样。

豆腐有两种“打”法：要么用钱买，几分钱一块；要么用黄豆换，一碗黄豆可换回两块豆腐。小孩子当家，通常极少有零钱的，就舀一碗黄豆去换。打豆腐人把豆子倒在袋里，扁平方正的豆腐被切刀一横两竖划下来，两块方方正正、白嫩如凝脂的豆腐就铲到碗里。端好，小心地。在打豆腐人的关照下，小孩恍恍惚惚、颤颤悠悠地端着一碗豆腐回来了，跟做了场梦似的。去时一碗黄澄澄的豆子，回来就变成两块嫩白得恨不能咬上一口的豆腐。这一过程在一个尚未发蒙的乡间孩子眼里，委实有些神奇，弄不懂其中的因果关系。大人很少用黄豆换豆腐，宁愿腾钱去打，说黄豆换豆腐太亏，一碗黄豆可以做好多块豆腐呢。话虽这么说，但他们自己也不清楚，一碗黄豆究竟能做多少豆腐。这问题我很晚才弄明白：黄豆变豆腐是植物蛋白从豆汁中析出、凝结的一个过程。而一斤豆子在做豆腐高手那里，最多可产出五六斤嫩豆腐。大人们的判断是对的。

豆腐打回家里，最简单的吃法是直接蘸酱油吃。大人用筷子挑起一角豆腐，在酱碗里蘸蘸，送口里。到孩子那里，就成技术活。孩子们往往如夹菜一样，一夹一个空。豆腐不但嫩，还脆生，根本夹不起，只能挑。小心翼翼挑起一小块，颤颤巍巍，还没到酱碗，手一抖，就掉桌上了。简单的解决办法是用调羹舀，再准备个调羹往上面浇酱油。鲜、嫩、滑，下饭。这是我们家那时最家常的豆腐吃法。村里有户人家讲究，听说用皮蛋、榨菜末拌豆腐。我一听眼都直了，想不通豆腐竟还可以这么吃。这新奇吃法很快在村里传开。后来一打听，人家是从城里亲戚家学的。此外也放汤，烧一锅水，开了，推豆腐下去，再撒些榨菜丝，喝起来又清又鲜又辣又爽，过瘾。还有什么吃法的话，就是与肉红烧，抑或做油豆腐㸆肉。只是平时不常有，因涉及肉。而肉，普通人家若不是来尊贵客人或过年，平常极少进门。豆腐及豆制品还有许许多多的变化，据说可以摆上一桌豆腐佳宴，当然，这是烹饪大师们的事，跟我家无关。我记得的那些年的豆腐菜，也就那么些，却已足够神奇。

除了豆腐，黄豆还有更多变化。发成豆芽，摇身一变有了个高大上的名字——龙须菜，却依然不改家常本色：摘头尾，用大蒜、辣椒，猛火明油炒出来，生脆香辣。只要愿意吃，家家天天见。黄豆与芝麻、籼米炒出来碾成粉，又进入另一个范围：作为馅制成金团，是一款尚好的点心，可以体面待客送人。年糕团只有年底做年糕时才有机会吃，年糕师傅们扯下一团火热的年糕，包上喷香扑鼻的豆沙馅，孩子们捧着，大口啃着，日子忽然无与伦比地火热甜香起来。最暖心的是黄豆炒米粉，母亲将磨好的炒米粉盛在窄口甏里，甏口用塑料纸封起来。每天放学回家，我和妹妹就争先恐后地去揭甏封，舀上满满一调羹在嘴里，腮帮子鼓鼓的，香、甜、粉得开不了口，又一时吞咽不下，只能埋头充分调动唾液调和。一开口，香甜的炒米粉就会从嘴里喷出来。炒米粉充填过我们年少时的饥肠，记忆里弥漫着一股暖暖的炒豆香。

黄豆汤一词，在我年少时的乡土记忆里，有狂放、傲娇之意，含贬义。说一个人自我卖弄、眼高手低、不知自个儿几斤几两，斥以“黄豆汤”三字即可。初不明白朴实安稳如黄豆，怎就惹来这么个不堪名声。后来想到黄豆汤的材料搭配与煨制过程，释然。黄豆汤为简称，全名应是黄豆鸡爪骨头汤。黄豆浸发，鸡爪、猪腚骨清理干净后，与黄豆一起盛入焐粥甏里，加水，埋入炭火红猛的火缸里。头夜煨，翌日一早已有豆香肉香绕梁，满村尽知。此时，鸡爪和骨头酥烂如渣，黄豆融汇了鸡爪的胶原蛋白和骨髓的鲜浓油脂，入口即化，口感绵粉浓稠、醇香无比。黄豆汤名曰黄豆的汤，其实是萃聚了鸡爪和骨髓精华的结果。如此，也就不难理解人们用这种语气说黄豆汤了。

但黄豆依然是黄豆。首先有黄豆，才有后来的“黄豆汤”。

木莲·冻（两题）

这馒头诱人：起风了，小而密的叶子俯仰起伏，像绿色的波澜；雨天，雨水把叶子洗得簇亮，在上面笼一层缥缈的雾岚。花开时节，那白而碎繁的小花又给整个绿馒头披上了一件白纱，清新自然，把一园之隔的我看呆了。

“木莲——冻嘞……”

伏天午后，酷暑炙人，这样的吆喝最销魂：“莲”字拖着长长的尾音，似乎被黏稠的空气黏住了；“冻”字急坠至冰谷，又迅即被攫上来，身上还沾着雾一样的寒气。每次听到这吆喝声，记忆的味蕾就会泛起阵阵带薄荷味儿的清凉，周身毛孔舒张开来。

木莲

木莲这东西，只有到伏暑时节，才会被人想起。

在乡间，有些植物，就在你眼前葳蕤、招展，却生生被人无视，比如木莲。一块地抛荒了，本身不会空闲，自然生长的植物会很快填补庄稼留下的空白，且多半是我们不相识的。一堵墙滋生着青苔，爬满了青藤，给墙增添一抹古意。甚至连一棵树上都寄生、攀悬着大量其他绿植，人们关心的依然是树本身，很少有人会理会那些依附在上面的植物。

木莲是无处不在的。它喜欢攀缘，高墙、陡坡、悬崖，当然也包括树，没有它不敢爬的。拇指肚大小，椭圆形、密密麻麻的叶子，像一个人缜密的心思，给依附物穿上件绿色外衣。木莲是个慢性子，它在哪儿都是一副闲庭信步、不慌不忙的样子。它以气根走路，步步为营，稳扎稳打。在一片荒莽之地，木莲像个小脚女子，走得颤颤巍巍，又四平八稳，却也摇曳生姿。在一堵残垣断壁上，木莲把自己爬成了“百足”，无数的蔓儿，无数的气根，像无数的百足扒在上面，凌波微步，再大的风雨也拿它没有办法。木莲与树气性相投，彼此是相互依存的关系，不像别的藤，一挨上就往死里缠。木莲吸附在树上，从湿润的树皮上汲取水分和营养，树拿它遮阴保湿护身，相得益彰。

木莲四季常绿，叶片虽小，却因长得密匝，乌黑油绿，小巧玲珑，亦不乏可爱。若它趴在一堵光秃秃的绝壁或残垣上，简直有些讨人喜了。北宋史官刘羲叟家后花园，栽着块硕大的“丑石”。其时，风雅的士大夫们园中多讲究栽奇石，叠假山，植奇花异卉。这块石头显然太过“丑陋”，伫立园中，有碍风景，让主人头疼。前来赏园的诗人梅尧臣给主人出主意，让他种诗人自己安徽老家一种叫“木莲”的藤本植物，刘史官欣然接受。木莲在泽州（今山西晋城一带）可是新奇之物，它寒暑无欺，风雨不侵，好侍候，善攀缘，再合适没有。一年之后，木莲如青衣一般将怪石装点得绿意葱茏，风韵独具。为此，梅尧臣还专门作诗曰：“窍引木莲根，木莲依以植。”诗人还在诗尾感慨：“以丑世为恶，兹以丑为德。事固无丑好，丑好贵不惑。”

老家对门有幢老宅子，一楼一平，房东外出多年，无人打理，一直处于空置状态。平房屋墙是用山石堆砌的，荒莽而结实。不知什么时候，石墙诡异的纹路和屋顶的黑土瓦都看不到了，被一些绿色的小叶藤本植物层层堆叠、覆盖，像一个浑圆的绿色大馒头。这馒头诱人：起风了，小而密的叶子俯仰起伏，像绿色的波澜；雨天，雨水把叶子洗得簇亮，在上面笼一层缥缈的雾岚。花开时节，那白而碎繁的小花又给整个绿馒头披上了一件白纱，清新自然，把一园之隔的我看呆了。

绿馒头也结果。到暑伏天，一个个状如馒头亦如莲蓬的绿色果实灯笼似的挂在浓密枝叶间，不留意谁也瞅不出来。大人们称之为木莲，藤即木莲藤，那间石屋也随之被孩子们叫作木莲藤屋。那时不知道，木莲是民间叫法，从果实的形状而来——因其形似莲蓬，且不同地方有不同叫法，诸如凉粉果、鬼馒头、斋粑等，也有地方称凉粉藤，反正都跟凉粉、跟吃有关。

其实，木莲之名本有所属，木莲是木兰科，属乔木，高可二三十米。俗称木莲者另有其名——薜荔，桑科榕属常绿攀缘性灌木藤本植物，果实、浆汁有奇香。相传，齐国相管仲曾选五种气味奇异的高洁香草，号称“五臭”，薜荔居于首位。因薜荔的率性披漫习性，“薜荔衣”自古被视作山野隐逸生活之象征。屈原在《九歌·山鬼》中云：“若有人兮山之阿，被薜荔兮带女萝”，将薜荔当作貌美山鬼的绮丽外衣。白居易“谩献长杨赋，虚抛薜荔衣”，刘商“挂却衣冠披薜荔，世人应是笑狂愚”，孟郊“身披薜荔衣，山陟莓苔梯”，张炎“吟箧空随，征衣休换，薜荔犹堪补”等，无不提到这点。明代陈继儒在《小窗幽记》更是直言：“山中有三乐。薜荔可衣，不羡绣裳；蕨薇可食，不贪粱肉；箕踞散发，可以逍遥。”给这种生活方式做了一个清晰标注。

可见薜荔自古名实相副，堂堂正正，只因人类被它貌似莲蓬的果实误导，以至于木莲诨名迄今盛行于江湖。

木莲冻

当木莲以冻的形状出现时，无疑是它最受人的关注的时候。

“木莲——冻嘞……”的吆喝声通常在午后响起，村落里正被大人“押”着“打中觉”（午休）的孩子们，耳朵一下都竖起来。“木莲——冻嘞……”第二遍吆喝声起，心“大”的孩子再躺不住了，悄悄坐起来。“木莲——冻嘞……”叫第三遍时，有的孩子按捺不住，开始叫身边的大人。此时，大人的反应通常有三种：一种是装睡，怎么叫都不醒，“你永远叫不醒一个装睡的人”的说法或许就是这么来的。一种是装糊涂，揉揉眼睛，嘟囔一句，别闹，睡。另一种则属于“天使”行为，大人眯着眼睛从口袋里掏出一枚五分钱的硬币，去，拿个碗，买去！于是，那碗神奇的木莲冻将成为这孩子一生最美好的记忆之一。

另一类孩子如我，明知这吆喝跟自己没什么关系，还是忍不住要有所“作为”，似乎不这样对不住那碗在想象中悠然而动的冻似的。那时乡下家家户户情形都差不多，大人兜里很少有属于孩子的哪怕是几分的零花钱。我很清楚这一点。我能做的是尽量距那碗冻近一些，用目光向它致意。我像只毛毛虫似的，身子悄悄扭向凉席脚后一头。我家伏天午休通常都在楼下，在地板上铺三条凉席，一家子齐头并排躺开去，从大门往里依次是父亲、大哥、二哥、我和母亲。我意图悄没声儿地从父亲和两位兄长躺着的丛林似的脚上跨过去。天下的孩子是不是都这样馋痨？反正那时的我就这样，想法很简单，就是突破脚的丛林，奔向那诱人的冻——明知吃不到，哪怕能瞅上一眼也好。

那次行动没有成功。在我刚要从二哥的脚脖子跨过去时，耳边传来母亲近乎呓语一样的嗓音："外面热，别出去了。等会儿给你做木莲冻吃……"我怔住了。那时不明白，现在想来，我应该是被母亲镇住了。平时朴实和善到很少大声说话的母亲，即便在睡梦中，居然也能窥见我的内心。此外，神一样的木莲冻居然可以自己做！母亲居然会做木莲冻！那一刻，母亲在我心里的形象，用今天的话说，就是神一样的存在。我无话可说，老老实实回到自己的位置，怎么起来，怎么躺下。我心里无比期待。

那天下午的经历堪称惊艳。一是因为母亲，她居然真的为我做出了一盆木莲冻，那种神奇在我看来跟变戏法毫无二致。再便是因为那间木莲藤屋。虽然它叫作木莲藤屋，老实说，此前，我并没有把它与木莲冻联系起来。那仅仅是间爬满青藤的石屋而已。但是，当父亲真的从那浓密的枝叶间摘下一个个小馒头似的青木莲时，于我，那份惊讶，无异于哥伦布发现新大陆。这就是做木莲冻的木莲？我拿同一问题一遍遍问母亲、父亲、大哥。以至于最后问到二哥时，他很不耐烦：是木莲！不信等会儿做出来，你别吃！

我再次吃瘪。那时没有冰箱，而冻，在一个六七岁孩子看来，唯有冬天可为，如天下雪、水结冰等。在日头喷火，坐着也冒汗的暑天让一盆水凝成冻，委实近乎天方夜谭。结果不用说了，在我双目炯炯的见证下，母亲果真让一盆凉白开变成清甜、幽凉、可口的冻。而且做法极简单：木莲取籽，包在纱布里，在凉白开里反复揉搓洗涤，直至凉开水变得黏粘，越来越稠，然后让大哥把盆用篮吊在门口井眼里漂着。经过漫长的一小时的等待，再取上来时，盆里已是呈冻状的木莲了。

那是我第一次知道木莲藤屋上的木莲真的可以做木莲冻。吃之前，母亲往每碗木莲冻里舀了一勺糖水，甜、凉、柔、滑，还带着丝丝清新的薄荷味儿。一口下去，能从嘴里一直凉爽到肚子里。薄荷味儿源自木莲本身和一粒牙膏。原本乡间常见的薄荷草，不知什么原因，那天父亲和大哥临时出去摘，竟愣是没找到，母亲只好往里面挤一粒牙膏顶替。

因那一粒牙膏的存在，那碗木莲显得不那么纯粹、自然，却是我吃过的最美味的木莲冻，已经融入我的味觉记忆里。古时，医家将木莲当作滋补强壮之药，有些地方称鬼馒头，寓意有鬼神之力暗中相助。《本草纲目》中说薜荔（木莲）之籽“味微涩，其壳虚轻，乌、鸟、童儿皆食之”。岂止乌、鸟、顽童采食，在南方，好多地方以木莲制作成凉粉，为盛夏一种流行的爽心小吃。

木莲在福建、台湾等地有一变种。人们以种其子制作凉粉，口感滑嫩，置于冰水中，另加蜂蜜、柠檬水等调味，名“爱玉冰”，如今仍是夏令最为盛行的冰饮之一。“爱玉冰”之名真好，把我对小时候暑天母亲做的木莲冻的感觉说出来了。

天上的瓜

几绺丝瓜须儿在虚空中摇晃……看上去有些睡眼惺忪、神经质的样子。但是,一旦有什么让它觉得可以凭借、依傍,它就会毫不犹豫地扑上去,蛇一样缠上、卷住,再不松手。

伏暑过后，几场透雨，小区一角突然葱茏起来，几株野生丝瓜通过一棵刚栽的桂花作架梯，攀上一楼人家的防盗窗，缠绕纠结一阵之后，攀上二楼。又一阵缠绕纠结，眼下已经攀上三楼。那是一帘壁立的、重叠郁积、赏心悦目的绿，像一帘挂在各家窗前的绿色三叠瀑布。还有那大大咧咧、吹吹打打的黄花儿，像朵朵从瀑上溅出的金浪花儿，顺着绿瀑一路热热闹闹地绽放，嬉笑娇嗔，明妍醒目。自然也少不了一路悠荡的丝瓜，主妇们乐得从自家窗前捞根瓜给一家子做汤煮羹吃，笑言："这真的是天上掉下来的瓜。"

丝瓜属葫芦科，丝瓜属，俗称布瓜、蛮瓜等。《本草纲目》载，甚至有称丝瓜为"鱼"的。江浙一带则名之曰——天罗——天上的罗，天上的瓜。

丝瓜有大志向，善攀悬、登高，是蔬菜界的励志者。对丝瓜而言，平地是狭隘的开阔，扎根旷野是命运的不公和苦涩。任何一株丝瓜，无论身居何处，一畦平地、一个墙角、一丝罅缝，抑或一片旷野，只要一息尚存，生命不止，就不会放弃"向天"的努力。高处、天上，是它一生的追求。我在一处旷野上见过一簇野生的丝瓜，它们的藤蔓相互纠结攀爬，延了厚厚一簇。不断有藤蔓从堆积丛中突围而出，摆出昂然向上、站立的姿势，但是，过不了一晚，皆已倒伏成堆，之后又有一拨不信邪的藤蔓重新仰起脖、昂起头。丝瓜似乎从没想过自己该站着还是该躺着的问题。它的志向在天上，它一直相信自己是天上的瓜。如果你觉得丝瓜的根是扎在天上云间的，也没有什么不妥。

丝瓜的攀悬能力是无与伦比的。它不是爬山虎，不长吸盘一样的"爪"，它飞檐走壁、攀悬登高，全凭蔓上滋长的貌似纤细柔弱脆嫩的须儿。那是丝瓜的手，却比手灵敏、强韧百倍、千倍。几绺丝瓜须儿在虚空中摇晃，阳光透射它的肌里，须尖微曲，一丝风儿让它不可遏止地狂舞起来。看上去有些睡眼惺忪、神经质的样子。但是，一旦有什么让它觉得可以凭借、依傍，它就会毫不犹豫地扑上去，蛇一样缠上、卷住，再不松手，直到源干汁竭、天荒地老。丝瓜须儿不挑剔，无论一棵枯树、一根电杆，还是一堵残垣、一垛柴草堆，甚或一线从空中垂下的铁丝草绳，只要遇上，能被它抓住，它都来者不拒，绝不嫌弃，之后大义凛然地把整条蔓的性命押上。某年春，在小区绿化带，我见有几茎丝瓜嫩苗冒出，即从六楼书房窗前抛一卷护套线下去。没几日，即见有丝瓜蔓抓住护套线向上爬。之后，我日日坐盼丝瓜勤奋攀高。至暑后秋前某日，书房窗前，竟真有绿苗冒出，紧紧抓住防盗窗的栅栏不撒手，叶展茎舒须蜷曲，黄花可人，似跟人打招呼，又似跟我打趣儿。

其实，丝瓜天天向上，并不想跟任何人有瓜葛，只想跟天空的距离更近一点。因而我想，如果哪天从月球上牵根线下来，没准丝瓜也能攀到月宫桂枝上去。

宋代君瑞《春日田园杂兴》诗云："白粉墙头红杏花，竹枪篱下种丝瓜。"丝瓜心气高，却不难种。犄角旮旯，石堆瓦砾，篱笆下，断墙前，只要能扎根，就能长得好好的，甚至也能在阳台的花盆和泡沫箱安家，只要勤浇水施肥，照样开花结果，回报你纤纤青碧丝瓜。一家子种上两架，吃丝瓜基本不需上街采买。俗话说："人若衰，种瓠仔生菜瓜。"说的正是丝瓜的这一属性。瓠仔是台湾人的叫法，即丝瓜。意思是说，丝瓜这么好种，轮到你竟长出菜瓜，背不背，霉不霉？"墙里开花，墙外结瓜"，说的也是丝瓜能爬、多生、皮实的特征。

丝瓜原产于印度。李时珍《本草纲目》云："丝瓜，唐宋以前无闻，今南北皆有之，以为常蔬。二月下种，生苗引蔓，延树竹，或作棚架。"记叙了丝瓜自古之生长状态。至于"唐宋以前无闻"，则属误判。至少宋代已多有人咏丝瓜，除君瑞《春日田园杂兴》提到丝瓜，尚有杜汝能"寂寥篱户入泉声，不见山容亦自清。数日雨晴秋草长，丝瓜沿上瓦墙生”，赵梅隐“黄花褪束绿身长，白结丝包困晓霜。虚瘦得来成一捻，刚偎人面染脂香”等多首诗。陆游的《老学庵笔记》中也有“徐以丝瓜磨洗，余渍皆尽，而不损砚”之说法。

丝瓜清鲜回甘，富有营养，具清热化痰、解毒去湿、嫩白皮肤、防止衰老等作用。随手摘来做羹汤，应力避赤油浓酱调味，最宜清汤、清炒、清煮，方得色泽淡雅，浅翠悦人。当然，丝瓜并非不能与别的食材配伍，关键是得当，性相近者才合适。如放汤，水开了打入蛋液，做成丝瓜蛋花汤就很相宜，明黄嫩绿相映，悦目开胃。配鲜香菇清炒，不但色泽口感宜人，营养也更丰富。此外，因丝瓜味清鲜纯正，与海鲜水产是绝配，如清虾（包括虾仁虾皮）、蟹、淡菜、黄鱼等，或羹或汤或炒，皆清美可口。这或许亦是《本草纲目》称丝瓜为鱼之原因吧。

今春，于阳台栽两蔸丝瓜。入夏以来，一家子三天两头以丝瓜入菜，大快朵颐，甘美无比。此外，栽丝瓜另有两大好处，可能被很多人忽略。蔓到三尺，我剪切其中一茎，插入矿泉水瓶，隔夜得丝瓜露半瓶，很得老婆欢心。丝瓜露有保湿防晒、美白皮肤的功能，被爱美之士称为“美人水”。老的丝瓜去皮，得籽和络各若干，籽留待明年再用，络作厨房洗涤用具最好，用来洗碗碟，干净利落，绿色环保，洗洁精也省了。日本人有用丝瓜络搓澡的习惯。我试了，整条丝瓜络斜跨背上来回搓，免去背阔手短之虑，头两回粗糙扎人，之后便只剩爽了。

丝瓜，果真是天上瓜、人间蔬鱼啊。

枇杷黄了

“丈母娘一声呕（喊），鸡蛋壳一畚斗。”我倒是建议丈母娘们在煮桂圆鸡蛋的同时，用女婿端午担里的枇杷给自己做一碗枇杷银耳羹吃，既是对新女婿及其家人的认可与赞赏，也是对自己造人育女成功的犒劳，何乐而不为？

“夏月枇杷黄似橘，年年新果第一批。”在浙东宁波、舟山一带，新女婿给岳家挑“端午担”，除了酒、烟、鱼、肉，还有水果。令岳家满意的水果则非枇杷莫属。

为什么是枇杷，而不是苹果、樱桃、草莓之类别的水果呢？开篇那句诗说得明白，它是江南新年自然成熟、最早上市的水果。这就应了时令。时令二字关乎时节，还关乎方位。一种甲地刚上市的水果，不能算乙地的时令水果，飞机空运过去也不算。温室大棚培育的反季节水果更不是。这体现了江南人对本乡本土和本地风物的器重与挚爱，也是对受礼方的礼敬。水果是“新果第一批”，鱼最好也是东海产的野生大黄鱼，次之也得是象山港的马鲛鱼。酒、烟也一样，第一选择还是本地产货。这是题外话了。

五月江南，暑气初起，繁花落尽，草长莺飞，水稻还在田里拔节，杨梅初红酸涩，桃、梨在枝头刚长到纽扣大……唯有枇杷在此青黄不接之际悄然登场，为时节青涩的舌尖抹上一层甜蜜，也让新女婿孝敬岳父母的礼担显得稳妥又甘美。

宋戴复古《初夏游张园》诗云：“乳鸭池塘水浅深，熟梅天气半晴阴。东园载酒西园醉，摘尽枇杷一树金。”枇杷是一种低调、心重的植物，其果、叶因长得像琵琶，因而被人们以枇杷命名，却并不似琵琶在舞台上那样受人瞩目。它几乎是悄无声息地进入人们的视野。在初夏某个不为人知的清晨，人们无意中发现，街头的水果摊位上出现了一枝枝、一蓬蓬黄澄澄、红彤彤的枇杷。粗壮的枝，结实的梗，上面披着一身灰褐的绒毛，配上或椭圆或圆的黄灿灿的枇杷，果真像一把微缩的琵琶。四季水果自枇杷始。人们感念枇杷开了个好头，一年甘甜的日子自此开启，杨梅、西瓜、桃子等各色水果也将陆续登场。人们不知道的是，为赶这个“早”，枇杷几乎把生物钟拨快了半年：秋冬时节，别的水果方才果熟蒂落，准备休养越冬，它却含苞待放了。枇杷四季不落叶，为抵御漫长的冰雪季，它给自己加穿了一件贴身毛衣：大而厚实的椭圆形叶背面是毛茸茸的，花梗、花枝裹了一层绒毛，甚至连新绽的碎白、繁复、不像花的花，也茸茸然像一堆紧凑的破棉絮。花谢果现，新生的幼果竟也像爬满花枝的一堆毛毛虫。没办法，为了越冬，为及早给馋嘴的动物们（包括人类）提供新年头一份鲜美的水果，枇杷也只好如此“武装”自己了。

枇杷果实以黄色居多，也有彤红色的，奶白色的则属于新培育品种。除枇杷外，人们还分别把两种不同颜色的枇杷命名为大黄袍、大红袍等。奶白色的则被赋予一些好听的名字，如白沙、玉露。其中或许也蕴含着人们对枇杷的喜爱和感怀。古人少见奶白色的玉露，所以直接称枇杷为金丸。陆游有“难学权门堆火齐，且从公子拾金丸”的诗句。宋代宋祁道“树繁碧玉叶，柯叠黄金丸”，说得形象生动、情趣盎然。南宋周必大有诗咏枇杷曰：“可人风味少人知，把尽春风夏作熟。”可见其时人们对枇杷的认识有限。枇杷在成长过程中，初生时那身惹眼的绒毛随着气温的回升逐渐褪去，待到黄熟时，已彻底褪尽，变得鲜明细腻，皮薄如纸，且很方便剥食。“浆流冰齿寒”“如蜜少加酸”，这口感，让人不喜欢都难。跟别的水果不同，枇杷肉与核处于天然紧密而又分离的状态。一枚去皮的枇杷入口，只待牙齿在枇杷肉上下切开两道缝，里面大而滑的核会自动从肉里游离出来。让人觉得它时刻处于待命状态，一旦突破最后的束缚，就会自动开启生命传承之旅。或曰枇杷心重，此乃实证之一：其核足有拇指肚大，光滑润亮，呈茶褐色，生命力极强。只要给予种子适当的光照与湿度，不几天，就能见到一枚绿色生命的萌芽。

枇杷也是画家爱物，花鸟画家鲜有不画枇杷者，虚谷、赵之谦、任伯年、柳村等历代画家都有多幅枇杷画传世。吴昌硕有幅《枇杷图》，虬枝硕果，趣味横生。

“五月天热换葛衣，家家卢橘黄且肥。鸟疑金弹不敢啄，忍饥空向林间飞。”这是图上的题诗。鸟类对于枇杷的认识，肯定比人类早一些，对枇杷的喜爱也不会比画家少。“鸟疑金弹不敢啄，忍饥空向林间飞”显然是画家书生式的主观臆断了。

枇杷秋冬作花，夏初结果，古人称它是“秋萌、冬花、春实、夏熟，备四时之气”，全身是宝。中医认为，枇杷花性味甘温，入脾、肺经，有疏风散寒、润肺止咳之功。枇杷的果实性味甘、酸、凉，入脾、肺、肝经，有润肺止咳、和胃降逆之功。岳母在世时，特意在墙前屋角种植了两棵枇杷树。有经验之士告曰，种子繁殖的枇杷结果太难，或要等七八年，甚至十年以后。岳母笑曰，不碍事，没想要等枇杷吃。原来她老人家只是把枇杷当作一味好药。每当家人乡邻大人小孩有头疼脑热、伤风感冒症状，就第一时间撸把枇杷叶来，刷洗后在陶罐里加冰糖炖煮，连着喝三天九碗自制冰糖枇杷露后，染恙者必告痊愈。岳母离世已两个年头，那两棵枇杷已长到齐屋檐高。去年两树始着花，岳父采些花絮在屋檐上晒干了泡茶喝，清甜可口，好喝极了。

“丈母娘一声呕（喊），鸡蛋壳一畚斗。”甬地习俗，新女婿上门，对岳母叫声“娘”，岳母满心欢喜，煮桂圆鸡蛋给女婿吃。我倒是建议丈母娘们在煮桂圆鸡蛋的同时，用女婿端午担里的枇杷给自己做一碗枇杷银耳羹吃，既是对新女婿及其家人的认可与赞赏，也是对自己造人育女成功的犒劳，何乐而不为？

田头蓑笠翁

芋善舞，风起时的芋地，像一个宽袖古典女子，在风中翩翩起舞，斗笠晾篷也好，宽袖也好，都恰到好处地舞动起来：旋转、倾侧，复回；旋转、倾侧，复回……

暑伏天，烈日骄阳，芋自备斗笠蓑衣，不怕晒。

汉字形，“芋”字像一株孤立于江南田畴上的芋：草字头，两横是斗笠蓑衣，中间竖钩即粗壮的叶柄和壮硕的球根。如此一株芋立于田间，像煞一个斗笠蓑衣加身的老头儿！

芋喜水。芋对环境要求不高，长于水洼里，也生于近水高畦里，只要利于灌溉，保持土壤潮湿即可。芋不惧高温暑热，只要壤土不干，天气越热长得越滋润，叶如翠玉，阔绰如盾，叶柄壮硕，高可摩肩，绿波盈然。

江南水乡潮润的田畴上，芋的阵仗，浩大如城垛，若战阵。一畦芋就是一支绿装的士兵，一丘芋就是一个列队的方阵。小时候，暑天里，割猪草、帮大人打理菜园，总喜欢往芋地里钻。一方面，芋地里猪草长得肥嫩，颜色都是嫩绿色的，猪爱吃。最主要的是，芋地里阴凉，垄沟里有水，头顶有芋的“斗笠”遮着，透射到背上的阳光就温情清凉多了。遇雨，摘一朵硕大的芋叶在头上顶着，立马成真正的斗笠，且比真斗笠有趣味得多，小雨躲躲过去了，大雨就算顶着回家，也不至于把衣服和身体淋透。

稍长大，懂得生活以外的某些美好，觉得起风落雨时去芋地里待着，看看，也蛮好。芋善舞，风起时的芋地，像一个宽袖的古典女子，在风中翩翩起舞，斗笠也好，宽袖也好，都恰到好处地舞动起来，姿势、形态那么柔和统一，旋转、倾侧到一定程度，复回；旋转、倾侧到一定程度，复回……仿佛有一只无形的手在指挥着，舞出一种旋律、一种韵味。下雨时，大小不一的雨滴打在芋叶上，发出的声响也各不同，有的清脆如蚕食鸡啄，有的沉闷似蛙鸣牛哞，有的响亮像子夜更夫打更的梆梆声。其间还伴有芋叶承受不住雨水积聚而倾覆的哗哗声响。起风时是形体的诗，下雨时是声音的画，待风止雨歇后，那就是诗配画了：一切都停憩下来，一片清寂中，绿莹莹的芋叶上停驻的水珠静美如颗颗颤悠悠的钻石，映着蓝天丽日，让人的呼吸也不自觉轻下来，仿佛一不小心就会把一场绮丽的梦惊醒。

芋的精华在根部。秋后，风阵阵凉，芋阔大如斗笠的叶枯黄萎谢，便是芋头上市的时节。用锄掘出来的芋头，大的如头颅，小的如拳头，披一身如蓑衣的灰褐毛须。芋头周围遍长着鸡蛋大小、同样一身灰褐毛须的芋子，就像鸡婆孵着一窝未出壳的小鸡。

芋头、芋子的另一种叫法，叫芋艿。这个艿，跟奶有关，有的地方直接叫芋奶。依我看，芋艿其貌不扬，扒开褐色毛须与外皮，内里确乎嫩白如奶。“香似龙涎仍酽白，味如牛乳更全清。莫将南海金齑脍，轻比东坡玉糁羹。”苏东坡将芋艿比作龙涎和牛乳，根本原因还在芋艿的白。“艿”与“奶”，区别或许就在于部首的不同。

芋艿富含淀粉，适合做羹。一个芋头或一把芋子，刮干净，切块，过油，在高压锅里炖一炖，不勾芡也能做出羹的韵味。与排骨、老鸭同炖，芋的绵粉清爽与肉的油润醇香相互渗透、混合，在火的长久炙烤下，不吃也能闻到天荒地老的味道。在芋艿头的著名产区浙江奉化，芋艿头最经典的吃法是用咸齑卤熻——整个芋艿头连皮洗净后，在大锅里加水和一定比例的咸齑卤同熻，大火烧开后改微火，焖熻一夜。第二天一早，头大的芋艿头焖至酥熟，扒皮，内肉呈酒红色，香醇酥粉，入味又暖胃。

芋注定是种民间食物，登不了大雅之堂，大锅灶台、农家乐才是其最适合的去处。明末清初画坛“四僧”之一，八大山人（朱耷）的芋艿吃法更见粗犷，“洪崖老夫煨榾柮，拨尽寒灰手加额。是谁敲破雪中门，愿举蹲鸱以奉客。”（《题画芋》）鸱是古时候的一种恶鸟，即猫头鹰。老先生用老树根的炭火煨芋艿。煨熟的芋艿貌似蹲鸱，想必雅不到哪里。大雪天，有客来访，无以待客，唯有蹲鸱。他不怕吓着客人，蹲鸱貌似大不雅，却有真乾坤。懂他的访客，接过主人用树枝叉着的烤芋艿，剥开焦黑的外皮，方得见真章。

顺便说下芋柄，即芋高茂壮硕的部分，乡人称芋艿蓊。乡人不会轻易放弃任何植物可食用的部分。芋艿掘回后，芋艿蓊也可作为一味老味道。清洗后的芋艿蓊切段，晾瘪，用盐和咸齑臭卤腌了，十天半月即可开埕取食，其味软烂臭香，下饭，回味悠长。

夜里开的花

雨来了恰好相反，叶、花和瓜都纷纷像得了多动症，叶不厌其烦地抖动、倾覆，周而复始。瓜集体大幅度摆动起来，像一群醉汉在荡秋千，一次次在藤、棚、架上撞个结实，回头继续摆，仿佛酒精让它们丧失了对疼痛的感知力。

低调如昙花、夜来香，选择在晚上绽放，却因而更惊艳、更芬芳。

夜开花是一种农家花，说不上低调，实在由于长相谦虚了点，为避人耳目，所以共沉沉暮色一起绽放，在熹微晨光里凋谢，花期短至仅一晚。

夜开花瓣白而不纯，带丝丝绿筋儿，又不齐整，瘪软蔫巴，像个刚从田里滚爬回来的村妇。当然，夜开花也是花，它的绽放，目的性强，并没想要取悦谁，就是为结果，为生存繁衍。除了夜色和夜开花本身，极少有人留意它的花开花谢。晨光里，萎蔫的花蒂处，现出一枚细若牙签、毛茸茸、翠嫩的瓜蔓，花的使命即告终结。

农家花在庄户人眼里并不是花。豌豆花清秀，扁豆花紫艳，萝卜、青菜、紫云英、蚕豆的花都颇耐看，但一律被庄户人无视。在他们看来，花是作物的一部分，花的目的是实，华而不实的花就像口惠而实不至的人，是讨人嫌的，西北人直接称之为谎花。从这个角度说，夜开花的主角不是花，而是瓜。花是瓜的前缀。花是给瓜暖场的。花谢后，就该瓜登场了。

小时候愣不懂这个理。一早，父亲摘回两支粗溜圆长的夜开花，一脸成就感。那两支夜开花，胳膊粗长，光溜圆翠喜人。母亲也满脸欢喜："好圆实的夜开花。看样子今年夜开花有得吃了！""好，今年夜开花好着呢！"明明是瓜，为何一口一声花？父亲闷声说："小小人不懂，夜开花就是夜开花！没有为何……"母亲道："夜里开的花，日里结的瓜！所以叫夜开花。"花为何夜里开，瓜为何日里结？日里开不开花，夜里结不结瓜？"夜开花长得不好看，觉得难为情，所以才夜里开的吧……"我还是不懂。母亲的回答，带来的问题比解答的还多。但我不想再问下去。对于一个乡下孩子来说，成长中遇到的问题，很多注定是找不到答案的。

现在我知道，夜开花学名瓠瓜，属葫芦科，是葫芦的变种，因夜间开花而得名。夜开花叶肥而圆，巴掌大，两面覆一层柔柔的茸毛。苗长盈尺时，就该搭棚置架了。父亲从山上斫来竹子或柴棒，四根一把，一头扎起，一头撑开插在地上，在瓜畦上竖起一个个四脚架，然后横着扎几道，几个架子相连，就成为夜开花棚。夜开花是一种循规蹈矩的瓜。它的瓜蔓斯文踏实，攀爬时只向着自家头顶上那片地盘儿。不像扁豆、豌豆那样率性、张扬，到处掠地盘、占空间。夜开花蔓优雅地在棚架上攀延，触须柔软而筋道，像支高举着的多毛的小手，目标明确地向上探摸着，一旦让它抓住某个着力点，就会紧紧攥住。随之藤蔓和大脸盘的叶子也顺着涌上来，把高高的棚架覆盖、染绿，像平静的大海上骤起蓬蓬绿浪。

夜开花棚可以遮阴避雨。幼时，父母在田畦忙碌，我和小妹在畦头捉蝈蝈、蚂蚱玩。太阳在头顶耍泼，母亲从芋艿田里支起身，朝我俩喊："太阳太毒了，别疯了，赶紧去棚下乘乘凉！"或者一朵积雨云撑过，晴天里有豆粒大的雨滴砸下，父亲的大嗓门随之而来："要下雨了，还不快躲起来！"不用告诉我们往哪，兄妹俩抱着脑袋径自往夜开花棚下钻。夜开花叶肥圆厚实，它们顺着棚架绵绵密密地铺开，像一面面盾牌把阳光箭雨挡在一面，阴凉、干爽和我们在另一面。从来没有如此近距离地去打量一架夜开花。阳光下，粗圆的叶子四周蔫巴着，像一顶顶垂到眼前的遮阳帽。花已经不成花，蜷缩成一个个灰色的疙瘩。只有一支支大大小小的夜开花依然精神抖擞，像一场混杂年龄的跳水比赛，一个个从高高的棚架上跳将下来，要入水前一瞬，突然都直直地凝住，一口气憋着不动，仿佛一松气，都将下坠入水。雨来时恰好相反，叶、花和瓜都纷纷像得了多动症。叶不厌其烦地抖动、倾覆，周而复始，除了风和雨，谁也阻止不了它。花皱缩成一团，战栗着，跳动着，不知如何是好。瓜集体大幅度摆动起来，像一群醉汉在荡秋千，一次次在藤、棚、架上撞个结实，回头继续摆，仿佛酒精让它们丧失了对疼痛的感知力。

作为黄梅时节的应景时蔬，夜开花的吃法太多。新摘的夜开花，刮皮，滚刀切片，油翻后注水稍焖，即一道家常夜开花羹，色泽嫩绿悦目，口感柔和清鲜，有时令味道。农家还有更直接粗放的家常做法，夜开花不去皮，切段，整个儿的土豆洗净，一起置大锅里，不放油，加开水和适量的咸齑汁，加盖，旺火猛熻，直熻到水收至三成，土豆绵粉，夜开花表面起皱，闻着有浓浓咸鲜味，方可起锅。这样的夜开花熻土豆，既是羹菜，亦是饭食，耐吃又耐饥。土豆、咸齑和夜开花的味道相互吸收、渗透、融和，鲜香可口，久吃不腻，年少时一气可以吃一大碗。考究人家的做法是擦丝，与倭豆肉、咸齑末和鳝丝一起下锅，勾芡，是甬帮传统名菜，曰"夜开花黄鳝羹"。这道菜在宁波久负盛名，无论家庭小聚还是酒店宴请，都可以端上桌待客，不会驳主人面子。如今，夜开花可以大棚化种植，一年四季上市供应，这道宁波名菜也就没了时令限制，从年初一直可以吃到岁末。

如此，当"夜里开的花"遭遇"日里结的瓜"，结果可想而知，想不成为陪衬也难。

煮一锅倭豆饭

锅尚未揭，饭香已四散飘逸，嫩倭豆的清鲜，老咸肉的咸香，加以糯米饭的香糯，那味道招惹人。味蕾迎风绽放，生物钟早早鸣响开饭哨，肠胃也跟着咕噜噜乱叫。

倭豆剥肉，咸肉切粒，与糯米煮一锅香糯可口的倭豆饭。

春夏之交，倭豆正美，肥绿的倭豆荚藏在枝叶里，剥壳，去皮，留在指尖上的，便是绿得像玉、嫩得要渗出汁的倭豆肉。

倭豆是种极皮实的作物，没有它不能落脚生根的地儿。年前，顶着寒风，找不预备种别的庄稼，或者说别的庄稼没法生长的土地下锄。房前屋后，田埂沟堤，瓦砾石缝间，瞅准了，一锄下去，往缝隙里撒几粒种子下去，用脚把土踩实了。转年，春暖雨润，便有胖胖的嫩芽从土里拱出来。倭豆秆多棱，叶粉绿绵厚，花貌不扬，有纯白、水红、粉紫诸色，花蕊一律呈黑心，像一枚枚敛翅采蜜的蝴蝶。“水墨花开入画宜，种成一顷讵为箕。紫樱未饱青梅小，正是蛾眉上簇时。”这是清代诗人谢朝辅《蛟川物产五十咏》中《蚕豆》一诗，描述了朴实的蚕豆花。民谚有云：“油菜开花黄如金，萝卜开花白如银，倭豆开花黑良心……”民间因而有用倭豆花鞭挞黑心无良之人的。其实，倭豆是最重情，最懂得感恩的，它不避雨雪风霜，不嫌地薄肥寡，像瘠贫人家的孩子，啃冷饭、嚼咸齑疙瘩，照样结膘长个。待到春夏时节，一节节小青船似的倭豆荚变得饱满圆实，便是倭豆回报庄户人家的时候。

倭豆是蚕豆的俗称。宁波人绝少有称倭豆为蚕豆的。事实上，倭豆的叫法确跟宁波有关。其中有很多版本，不过，不管哪种都和倭寇（日本海盗）有关。说法之一，相传明朝时，每年倭豆上市时节，倭寇都要来犯宁波沿海地区。有一年，不堪其扰的岛上居民收集蚕豆，倒在倭寇上岛必经之路上，并用发酵的“白药”促其腐烂。几天后，倭寇上岛，果陷其中，村民冲杀上去，镰刀、扁担齐上阵，全歼倭寇。宁波人自此管蚕豆叫倭豆。

年前种，早春长，清明开花结荚——倭豆不畏寒，倭豆宝宝却怕冷。其荚外皮青翠，船形，鼓突，内壁衬以白洁绵厚的絮状物，嫩绿的婴儿脚掌状的倭豆宝宝两三四粒不等，在里面躺得妥帖，既暖和又安生，让人不忍打扰。把倭豆宝宝从壳里请出，用指甲掐去豆趾部位的皮，然后捏住尾部轻轻一挤，嫩生莹润的倭豆肉就完整地从皮囊里脱身出来。五花咸肉切成指甲粒，糯米淘净，用木柴炭火煮开，焖熟，焐香，这是江南人家立夏必备美食之一。糯米是去岁的存粮，老咸肉是年后的余荤，倭豆是时令鲜蔬，人在立夏吃完一碗倭豆糯米饭，算是把新老两个时岁接续上了，可以从容面对将临的酷烈收种季。

锅尚未揭，饭香已四散飘逸，嫩倭豆的清鲜，老咸肉的咸香，加以糯米饭的香糯，那味道招惹人。味蕾迎风绽放，生物钟早早鸣响开饭哨，肠胃也跟着咕噜噜乱叫。熟倭豆肉呈粉黄色，配上糯米饭的润白、咸肉的酱红油亮，光这色泽搭配就让人胃口大开。乡间立夏还有称重习俗，体重标志着一个人这年的生活质量与成果。吃过几大碗倭豆糯米饭，称量效果显著提升。

旧时立夏饭，是用赤豆、黄豆、黑豆、青豆、绿豆等五色豆拌白粳米煮成“五色米饭”，现在乡间有些家庭依旧保留这种古风，不过，大部分地区煮五色饭的古风已逐渐演变成了用倭豆肉煮糯米饭，称为“倭豆米饭”。这又跟倭寇有关。明朝戚继光在镇海甬江口戚家山抗击倭寇，将士们每杀一个倭寇，就摘一粒蚕豆，用线串挂在自己胸前，蚕豆越多，表明杀敌越多，论功行赏，格外荣耀。事后，人们把这些倭豆与新摘的倭豆一起剥肉，和咸肉、糯米一起，煮成一锅香醇可口的饭，犒劳抗倭将士。

初夏是一年中食倭豆的最佳季节，此时的倭豆皮薄肉嫩，入口软糯，可炒可煮可清蒸可油煸，口味极佳。倭豆饭的做法极简单，诀窍是倭豆一定要嫩。购鲜倭豆时一定要剥壳看一下，挑豆眉黄绿色的最好。颜色变深变黑，说明这豆过老，不新鲜，会影响口感。豆子剥壳洗净，糯米淘洗干净。咸肉切丁，煸炒出香味。然后将所有食材倒入电饭煲，稍加些盐，搅拌均匀，煮熟焖香即可。

立夏、端午时节，煮一锅倭豆糯米饭，很民间，很民俗，也很有口福。

莼湖看莼

莼菜性本纯，在清灵山水中滋养而成天然妙物，也唯有用清美纯粹的配料和删繁就简的烹饪方式才合适，如此方能得其真味。

去莼湖，看莼。

莼生湖里，湖以莼名，这地方在浙江奉化，象山港北，三面环山，是依山傍海、人文荟萃之地。莼在莼湖，至少千年前就有滋长，之后又有数百年的空窗期，其中的兴与衰，跟莼湖有关。

莼湖镇因湖得名，又因湖的消湮、莼的灭绝而让这个地名飘在空中，没了落脚点。唐朝以前，莼湖名海阳镇，域内有个面积近千亩的湖。由于山海相亲，湖水清澈甘洌，遍生一种水生植物，曰莼。据传，唐开元年间，杨贵妃身患重症，寻医问药久而无果，最后吃了奉化一鲁姓人进献的莼菜，竟奇迹痊愈。海阳因此被唐玄宗赐名“莼湖”。但是，沧海桑田，莼湖并未因御赐之名而逃脱自然造化和人类出于生存需要的围填，最终湮没在历史的风尘中。湖没了，湖中滋生的莼也随之消亡，空留一个地名供人凭吊、缅怀。

2017 年，莼湖启动“让莼菜回家”工程，从杭州引进莼菜种苗试种成功，从而让莼湖这个地名落到实处，让许多人的乡愁里平添了一抹柔软的绿色，也促成我们这次“莼湖看莼”之行。

莼是一种深扎在传统文化土壤里的植物。《齐民要术》云：“莼性纯而易生，种以浅深为候，水深则茎肥而叶少，水浅则茎瘦而叶多。”李时珍云：“蓴字本作莼，从纯。纯乃丝名，其茎似之故也。”无不在说莼的纯粹与纯净。由于受生长环境、生存区域局促的制约，国人对莼的认识非常有限，但这并未影响它在历代文人心中的地位。《诗经 · 泮水》有云：“思乐泮水，薄采其茆。”“茆”即莼菜。

古人对野菜的认知似乎比今人更多一些，光《诗经》里描述的野菜就有三十余种，其中许多是今人闻所未闻、见所未见的。晋人张翰“秋风思归”，想起家乡的菰菜、莼羹和鲈脍而辞官回乡，并云“人生贵得适意尔，何能羁宦数千里以要名爵乎”（《晋书》卷九十二《张翰传》），留下千古佳话，同时也让莼这种有着细柔身段的水生野菜在国人的乡愁里有了意义。且莼与茭白、鲈鱼一起，自古被称为“江南三大名菜”，有着“水中碧螺春”之誉。

一种野生植物，能够在人类文化中留有一席之地，多半跟食有关，不是能果腹充饥，就是可入药祛邪。莼也不例外。莼之所以能让一个“羁宦数千里”的文人念念不忘，更多因了其独特的味道与营养。古时候，江东（今江浙沿海地区）人皆喜食莼菜。宋人徐似道《莼菜》诗：“千里莼丝未下盐，北游谁复话江南。可怜一箸秋风味，错被旁人苦未参。”宋代韩淲《喜见莼丝》云：“一杯浊酒下莼丝，不负东吴薄宦期……更待西风小摇落，鲈羹盐豉转相宜。”清初诗人汪琬《姜学在馈莼菜》诗曰：“莼羹菰饭原无价，莫与微官共较量。”待人们不厌其烦地讲述莼在各自羁途乡愁里的位置与滋味。明人李流芳更是在《莼羹歌》中浓墨重彩地描绘这种汤羹的美妙：“琉璃碗成碧玉光，五味纷错生馨香。出盘四座已叹息，举箸不敢争先尝。浅斟细嚼意未足，指点杯盘恋余馥。但知脆滑利齿牙，不觉清虚累口腹。血肉腥臊草木苦，此味超然离品目……”几年前，本人曾在西子湖畔一客舍首尝火腿鸡丝莼菜羹，那份柔顺嫩滑口感，自此不忘。

太湖、西湖自古是莼主产区。太湖的莼菜久负盛名，《松江府志》中说：“莼菜，出华亭谷及松江，四月生，名雉尾莼，最清美。”著名的三白羹，便是用太湖特产白鱼、白虾和银鱼熬成汤底，再撒入莼丝而成，甘爽鲜美。西湖莼菜与松江鲈鱼齐名，曾经旅居杭城的白居易、苏东坡、陆游、钱谦益等人都曾作诗咏莼。白居易写“犹有鲈鱼莼菜兴，来春或拟往江东”，一副老饕面孔。苏东坡一生曾两次在杭州为官，他的诗句“若话三吴胜事，不唯千里莼羹”，从侧面赞颂了莼羹的美味。

莼菜，又名水葵、马蹄菜、湖菜等，生于湖泽，叶如睡莲，口感滑润，富含营养，日本人称之为“水中人参”。莼菜对生长环境的要求近乎严苛，似人有“洁癖”。人们说莲花“出淤泥而不染”，颂其高洁的品性与绰约的风姿。莼恰恰相反，遇污浊之水就干脆拒绝生长——那种断然决然，让人对其肃然起敬。《齐民要术》对莼菜的这一特性有详尽的描述：“近坡湖者，可于湖中种之；近流水者，可决水为池种之……宜洁净，不耐污，粪秽入池，则死矣。种一斗许，足以供用。”不难看出，莼菜其实并不难种，湖泊、池塘的湾汊、河滨等浅水区域皆适合莼菜生长。关键是它怕脏不耐肥，须用洁净活水灌溉，不然难成活。这或许是莼与莼湖共命运，最终随着莼湖的湮没而灭绝的原因所在。

至莼湖已近午间，暑气湿热，在一个山岙的片片方塘里，枚枚圆叶散落着，匀密有致，大的如巴掌，小者若圆镜，在盈盈水波间凌波微步，泛着润绿的光泽，这便是传说中的莼菜。有人在采莼，一叶梭形小舟横于塘间，采莼者俯身趴在船首，双臂探入水中，采莼的同时引舟徐行。但见采莼者拨开水面的叶片，将水下相向卷曲若“贵妃指”的嫩叶挑起、掐断。盛在塑料盆里的刚出水的莼菜，包裹着一层黏滑透明的胶状物，青翠颤悠，如同一件精美的水晶工艺品。

清澈水中生长的食材，大多清灵洁净，滋味鲜妙。莼菜胶质丰富，入口软滑如舌，古人称之为“玉滑丝柔带露香”。左宗棠在杭州任职时，嗜食莼羹。后来调任新疆，常常怀念此味，胡雪岩用棉纸和纺绸层层包裹西湖莼菜，以六百里加急快马送达。左宗棠将之烹做羹汤，居然鲜香如初。午餐菜单中有几道莼菜特色菜，分别是鲈鱼莼菜羹、跳跳鱼莼菜羹、青蟹莼菜汤、莼菜米豆腐和清炒莼菜，皆是将当地特产结合莼菜烹制，我们点了一羹一汤一炒上桌，清清白白如碧玉妆

成，口感鲜嫩，润滑净美，让人大快朵颐。

质本洁来还洁去。莼菜性本纯，在清灵山水中滋养而成天然妙物。也唯有清美纯粹的配料和删繁就简的烹饪方式才适合莼菜，如此方能得其真味。《红楼梦》第七十五回中，王夫人道："不过都是家常东西。今日我吃斋，没有别的。那些面筋豆腐老太太又不大甚爱吃，只拣了一样椒油莼齑酱来。"这椒油莼齑酱是将新鲜莼菜切碎，拌上盐粒、姜末、葱末、椒油等腌制而成。人家做的是"齑酱"，相当于现在的咸菜，自然另当别论。

草木间·秋

跟鸡没关系

如此看来，江南的鸡，自然是绝大多数都没见过，更无福消受鸡头米了。试想，谁会把如此金贵的鸡头米在鸡面前展示呢？对鸡来说，不见、不吃是福，见了、吃了反倒可能是不幸了……

在江南，有种米，曰“鸡头米”，其实跟鸡一点关系没有。

去年春节，在苏州表妹家吃过一道“虾仁炒鸡米”，印象深刻。现剥的鲜河虾仁滑润嫩白，“鸡米”软糯绵软，色如凝珠，缀以枸杞的红、青葱的翠，色泽清新，味道清鲜回甘，营养又养眼，可谓一绝。

鸡头米是什么，席中人悉者寥寥。作为新苏州人的表妹认为是莲子的一种。作为老苏州人的表妹夫也对此做不出清晰的界定，说有区别却道不清区别所在。这倒勾起了我的兴趣。回家后查找相关资料，方明白：鸡头米是种水生植物的种子，或者说果实。它跟鸡的关系，莫说鸡不明不白，连许多人都不甚了了。江南的鸡，绝大多数恐连其影子都没见过，更别说以之为食了。莲子与鸡头米同科不同属，前者是睡莲科莲属的果实，后者为睡莲科睡莲属的一种种子。它们长相相近，营养类同，个体差异不大，不同的是价格和它们的外囊。莲子的外囊呈圆锥状，像一只只托举在水上的手掌，曰莲蓬。鸡头米的外囊则像一只只在水面上沉浮、挣扎的鸡头。鸡头米之名即源于此。

鸡头米又名芡实、雁喙、雁头、鸿头、鸡雍、卯菱等，花似鸡冠。江浙环太湖地区都是鸡头米产区，其中尤以苏州为主产区和集散地。鸡头米价格昂贵，零售价每斤超百元。中医典籍中记载，芡实是“婴儿食之不老，老人食之延年”的佳品，具有“补而不峻”“防燥不腻”的特点，和人参一样，有健脾养胃、益肾固精的作用，被誉为“水中人参”，不仅是女人的“不老米”，也是男人的“长寿米”。苏东坡对养生很有研究，明末清初的王如锡编纂有《东坡养生集》。东坡的养生之道中有一条就是吃芡实，吃法颇为奇特：不时取煮熟的芡实一二粒，缓缓含嚼，直至津液满口，再鼓漱几遍，徐徐咽下，如此每天二三十粒。苏东坡晚年体格健壮，面色红润，才思敏捷，与此不无关系。

鸡头米固然好营养，却并不足以支撑其高昂的市价。营养价值相近、同为睡莲科的莲子，价尚不足其五分之一。实际上，鸡头米已成为少数人群炫富的标志性食物之一。《名医别录》曰："鸡头实生雷泽池泽。八月采之。"李时珍在《本草纲目》中曰："芡可济俭歉，故谓之芡。"可见鸡头米在古时仅作为灾歉年的粮食补充。其现今的高昂市价或许更多源自高投入的劳力和极低的产量。不过这也符合"物以稀为贵"的规律。江南的鸡无福消受此物，或许也跟这点有关。

想起年前一次藕塘采风。塘主是个文学爱好者，在郊外承包了三十余亩土地，挖泥砌堤，用来栽种莲藕。

八月江南，阳光还白热灼人，风若有若无，连绵荷塘里，田田荷叶盛着片片荡漾的日光，晕晕乎乎的晃眼。一些晚开的荷花，白亮胜雪，格局阔达，似裹了一袭羽衣的芙蕖仙子，空气里有丝丝莲香流淌。塘主在一口莲塘边跟人嘀咕着什么。近前一看，塘里有三人各鞠着腰，水漫到腿根上，一人拖着个大圆盆，在采着什么。原来那塘里栽的是睡莲，田田莲叶大者如团匾，小者如平盘，挤挤挨挨，一个接一个在塘面上铺展开去，像一个个翠绿色的诗意雨滴，打在水面上，一匝匝漫延扩展开去。乍一看，塘面变得阔大许多。

睡莲，大伙是认识的。荷叶高低错落，盈盈欲飞，莲叶则一个个平展地贴在水面上，乍见之下，让人有一脚踩上去躺一会儿的想法。事实上，亚洲王莲、美洲王莲叶大如榻，据说上面躺一小孩儿绝无问题。但这也是我对睡莲仅有的一点认识。当塘主告诉我们，塘里三位正在采鸡头时，我内心里的那份惊喜，随着一声喊破口而出：

"—— 啊！这就是鸡头?！"

大伙这才发现，一枚枚鸡头状的果实半沉半浮，有的努力从叶的缝隙间挤出头来，有的挣扎着把尖尖的"喙"探出水面，有的被叶子压在下面不见天日，有的拱破叶子的阻碍，才让人一睹其尊容。

塘主告诉我们，他们老家村里，很多人家以种莲藕为生。种莲藕辛苦，一年到头忙得不见天日（指天天埋头在藕塘里，极少抬头看天）。但再忙再苦，都要种几亩鸡头。鸡头米量低价高，一亩塘年产仅百十来斤，收入却有万把元。哇，鸡头米多少钱一斤啊？为何不大面积栽种？在我们的追问下，塘主苦笑，说，谁不想发财啊！鸡头米采收加工费时费工，四五个人上午采收，下午剥肉，然后晒干，一天下来最多只能收获二三十斤，光人工费就占售价近一半。所以，他们栽鸡头，一般很少出售，也很少自吃，主要是送人。因为价高，所以显得礼重。

"谁舍得自己吃啊！"塘主说。宁愿吃鸡肉，也不舍得吃鸡头！这是他们那里的人对鸡头米食用价值的普遍认识。在他们看来，鸡头米营养再好，也不过是碳水化合物，至多做几道甜点或时令菜。鸡肉可是高蛋白，煎炒烹炸煨炖，白斩红烧清蒸，无往不利，想想都让人流口水。这样一比较，就不难做出选择。可是，偏偏鸡头米价高不可攀，一斤鸡头都可以抵两只土鸡了。世上很多事，别说鸡不明白，人也很难想得通。

塘主还为我们提供了一个有趣的关于鸡与鸡头米的故事。据说老家有户人家，男主人有天午后回家，发现他们家两只芦花鸡在屋檐上溜达。他急了，风一样飞奔上楼，见屋檐上的两个竹匾空空如也，二话没说，把一家人召集起来，当即把那两只鸡捉拿了，宰了，挖出鸡嗉子，把里面的东西都倒腾出来，洗干净了，不多不少，正好近两斤鸡头米。原来这家前两天刚收了些鸡头米，一家人辛辛苦苦采了剥了晒了，没承想，让两只鸡给糟蹋了。也活该那两只鸡倒霉，那鸡头米岂是它们消受得起的？贪食鸡头掉鸡头，它俩如果懂得价格换算，也算死得其所了。

如此看来，江南的鸡，自然是绝大多数都没见过，更无福消受鸡头米了。试想，谁会把如此金贵的鸡头米在鸡面前展示呢？对鸡来说，不见、不吃是福，见了、吃了反倒可能是不幸了，甚至可能招来断头杀身之祸。不过，这故事用来解读鸡头米之名的由来，倒是挺贴切。

菱的哲学

一株菱在一个池塘旮旯安逸自在，或者在一些沟汊田头自给自足，没人会感到意外。但如果造化弄人，让它遇着一片宽阔的湖漳，一样长得热热闹闹、坦坦荡荡。

菱头角峥嵘，却不动声色。它长在水里，在路人眼里，只是一株不起眼的草。

江南多水。菱是具有江南意味的植物之一。多水的江南就该有菱。就像莲藕，足迹遍布南北东西、天涯海角，可怎么看也是江南水泽里的尤物。菱也一样。北国的水太寒彻，西域的水苦懑，南方的水又狂放。江南的水清浅温驯，正适合低调内敛的菱。

菱是一种安分的植物。江南的河湾沟汊、池塘湖淖，都适合菱。不像莲，有藕在水下狂飙突进。菱属于小家碧玉，并不需要太深阔的水域，不喜好跟人争尺长寸短。一株菱在一个池塘旮旯安逸自在，或者在一些沟汊田头自给自足，没人会感到意外。但如果造化弄人，让它遇着一片宽阔的湖淖，一样长得热热闹闹、坦坦荡荡。

李时珍《本草纲目》曰："芰菱有湖泺处则有之。菱落泥中，最易生发。有野菱、家菱，皆三月生蔓延引。"菱是通过子实繁殖的。一枚头年老实脱蒂的菱角沉入湖底淤泥层，第二年就会长成一株悠然的菱，安安静静地在水面上画着圈。菱的叶是碎杂的稍具弧度的小三角，表面油绿光亮，通过叶柄，呈弧状一圈圈向外辐射，每一株菱自成一个弧形体系。菱的叶柄自带气囊，使得一个个绿色的圆弧能够完整地浮在水上而不沉陷。暮春时节，菱塘里的菱苗刚开始繁荣，水面尚显宽绰，多见这样鲜明的绿色圆弧阵营，菱们各自经营着自己的领地，彼此秋毫无犯。圆与三角的共生融合关系，在菱身上得到完美呈现。或许正是看准了菱的这一特征，菱农们在栽苗时适当留有余地，让菱们和谐相处，避免相互侵轧、掠夺地盘的情形出现。

菱开白花，白里透点粉，粉到让人忽略不见；拇指肚大，也是一副细碎安妥的样子，让人见了如同未见。白居易《看采菱》诗云："菱池如镜净无波，白点花稀青角多。"说的就是菱花的小而无瑕，将一幅幅菱塘水彩呈现于人前。老家非菱产区，我认识菱角比菱早得多。有时候，父母上街，偶尔带回一捧墨绿色牛角形的果实回来，说是"老菱"，这是我最早认识的菱角。老菱怪异得很，头角峥嵘，两个角蛮横地张开，硬极，像极一具带角的牛头，煮熟后通体漆黑，越发像水牛首了。吃老菱不易，得用刀切或锤子砸方可以。不过味道倒是不错。生老菱生脆鲜甜，煮熟后面粉回甘，可闲食，也可入菜，多食不腻。当时就好奇，感觉这老菱应长在一种古怪的树上，或是某种难看的藤的果实。当大哥告诉我，老菱长在水里，是一种水草的果实时，我的惊讶无异于看见鱼上树！我立志要找到一株菱瞅瞅，看看这种叫菱的水草是如何长出这好吃难看的老菱的。

大哥起身拉我到大池头边。大池头是村后田畈里的一口人工河塘，几亩地的面积，用于周围数十亩田的灌溉。现在看来不大，那时却堪称大。大哥指着近岸一丛锅贴似的铺在水面上的枯黄水草说，小弟，这就是老菱草。我再次被惊到了。这就是能长老菱的菱草？大哥说是。我不信，说，你去捞来我看看，上面长没长老菱。大哥有些不悦。那时大哥二十出头，我大概七岁。大哥是被我没大没小的口气给激怒的。他说，你这小孩，怎么大哥的话老不信呢？知道你不信，所以把你拉来，这不是指给你看吗？这是野老菱，自己长的，不是种的。不是刚刚吃过的老菱，个小。大哥伸出一根手指头比画着，只有小指肚大。我依然不信，说，你捞来我看看，有没有长老菱。我那时似已深信眼见为实的道理。我觉得，这样一种稀松平常的水草不可能长出惊世骇俗的老菱。大哥被我气到了，一手捋头发，一手扯衣角，似乎真要脱衣下水。突然，他止了手，说，不对，季节不对，都经霜了，快入冬了，老菱都落塘底河泥里去了，哪还有？就算有，没落下，也轮不到这时节我们去捞了。这话我听进去了。我跟他约好，明年老菱成熟时节，让他带我来大池头捞野老菱吃。反正，我是要等捞到老菱吃到嘴里才信的。大哥被我气得直摇头。

次年，我应该是最早看到大池头冒出菱的零碎新叶，最早看到菱开出零碎白花的人。大约九月，大哥真给我捞了一把带刺的野菱角上来。那菱角只有手指头大，粽子形，紫褐色，棱角锐利。但味道是一样的清甜生津，面粉回甘。

“荷叶团团团似镜，菱角尖尖尖似锥。”总难免要拿莲做对比：菱叶菱花的琐碎与荷叶的圆满、荷花的美妍高贵，简直没有可比性。在一池水草混生的池塘里，莲是当仁不让的明星。菱的颜值甚至不及蒲、茭白和水葫芦。蒲、茭白以高挑的身段、柔软的身姿取胜。水葫芦马蹄状大气的叶和紫色幽静的花，也远甩菱几条街。但是，在果实的比拼中，菱角以出乎意料的奇特造型赢得先机，那飞镖似的坚硬与锐利，让人印象深刻。菱单凭果实繁衍，不似莲、蒲等水生植物，果实与根茎双管齐下。何况菱本身又那么柔弱，果肉又如此甘美，没有强悍的武装，怎么在险恶江湖立足？一枚武装到牙齿的菱角在变幻莫测的水世界显得十分安妥。馋嘴的鱼对它毫无办法。即便人之手脚，在水下或餐桌上，也得对它多几分敬重。造物赋予菱角的形状以深意。

菱角有“水中栗”之称，性甘、平、无毒，其口感、材质皆与栗子近，既可生食，也可熟吃。“安中补五脏，不饥轻身”（《名医别录》），居然还可以减肥。菱角入馔，煎炒烹炸，红烧酱烤清蒸，无不适合。凡用得着栗子的菜皆可以菱替代。

世道江湖，貌似愚拙的老实人、老好人，必有独属自己的生存之道。不然，菱何以安放自己？

茭白的生活美学

在江南水乡，几乎家家户户都要栽几株茭白，随处可见其葱郁、蓬勃的身影。零碎的水岸田头、闲塘野漕、烂湿泥沼，谁见到都手痒痒，忍不住想去插几株茭白苗。哪家有片茭白田，哪家的餐桌上就有一份可口保障。

茭白以肥、白为美，白而肥为上品，白而不肥、肥而不白次之，不白不肥者，则可以弃之如敝履了。

茭白是那种平贱的植物：适应性强，喜温润气候与水域，凡是有水有泥的地儿，皆是其扎根、安生处。在江南水乡，几乎家家户户都要栽几株茭白，随处可见其葱郁、蓬勃的身影。零碎的水岸田头、闲塘野漕、烂湿泥沼，谁见到都手痒痒，忍不住想去插几株茭白苗。哪家有片茭白田，哪家的餐桌上就有一份可口保障。秋后栽的苗，转年春后，那地儿就能被茭白宽而长、齐胸高的叶秆儿占满，风过处泛起层层绿波。待到暑伏天，一拨拨的时令嫩茭就可以上市上桌了，一直让人吃到秋风起。

说来，茭白的白，大有来头。茭白古称菰。最早的菰并不长“白”，而是结米，称“菰米”。古人最初把它视作谷物来栽培。《周礼》中将“菰米”与“黍”“麦”“稻”“菽”并列为“六谷”。《礼记》有“食蜗醢而菰羹”的记载，这里的“菰”即菰米饭。后来“菰”被黑粉菌寄生，植株便不再能抽穗开花，转而于根茎处形成畸形且肥嫩的菌瘿，古称“茭郁”。西周时期，人们发现这种菌瘿细嫩可食，菰于是由粮向“菜”转化。菰的地下茎呈竹节状，交叉横生在水下土壤里，古人于是名菰为“茭”。《尔雅》记载：“邃蔬，似土菌，生菰草中。今江东啖之，甜滑。”这是说菜了。《尔雅》成书于秦汉间，可见当时人们已以茭白为菜了。南宋罗愿《尔雅翼》云：“今又菰中生菌，如小儿臂，《尔雅》谓之遽蔬者。”又道：“谓之茭首，《本草》所谓菰根者也，可蒸煮，亦可生食。其或有黑缕如墨点者，名‘乌郁’。”

可见，茭白的白，竟始于一场美丽的“事故”。古人菰米饭吃得好好的，吃着吃着，发觉菰不开花结穗了，竟在根茎处鼓起了白白的大肚子，像个足月的孕妇。面对如此变故，想必古人有过很长一段适应过程。《西京杂记》说：“菰之有米者，长安人谓之雕胡。”郁闷啊！菰怎么就不产谷了呢？据说用菰米煮成的饭，香味扑鼻又软糯可口。东汉刘梁《七举》中就有记载：“菰梁之饭，入口丛流，送以熊蹢，咽以豹胎。”意思是菰米饭与熊掌豹胎才更配，可见菰米之珍贵。历代诗人很多写过菰米饭的诗，如李白的“跪进雕胡饭，月光照素盘”，杜甫的“滑忆雕胡饭，香闻锦带羹”，王维的“郧国稻苗秀，楚人菰米肥”，陆游的“雕胡幸可炊，亦有社酒浑”等，说的都是菰米饭。晋代葛洪所撰《西京杂记》中记述西汉皇宫太液池内生长着茭白，并指出：“菰之有米者，长安人谓之‘雕胡’，有首者谓之‘绿节’。”这里显然指原始的茭白了。宋代苏颂的《图经本草》云。“菰菜也，又谓之茭白，生熟皆可啖，甜滑。”可见茭白并非一夜间长成，而有一个相当长的过程。事实上，现在依然有野生菰的植株在不为人知的野外开花结“米”，只是极少见罢了。后来我们还知道，菰原来是入了黑粉菌的“蛊”，才长出肥美的“白”。如同冬虫夏草，因真菌寄生，最终虫生生变成了“草”。

具有戏剧意味的是，入侵菰、让菰变“白”的菌竟是黑色的黑粉菌。我们偶尔在菜场会买到内含黑筋或黑点的灰茭，便是黑粉菌“不作为”的证据。其实，茭白的白跟黑粉菌的黑没有多大关系，而是菌丝体入侵茭白地下茎芽体形成的植株，促进茎薄壁细胞分裂增多并高度液泡化，最终膨大成白腴美味的茭白。换句话说，入侵的菌丝是红色、绿色、蓝色的，最终出落成的茭仍是如脂如玉的白。当然，也有的茭还停留在“菰”的状态，不长“白”，照常开化结穗。这就是说它没让黑粉菌入侵。这是菰或人类之幸还是不幸？还真难说。

自被当作蔬菜后，菰的别名也多起来，如菰芛、菰瓜、茭瓜、茭笋、水笋、高笋等。茭白确实有点像笋。剥去外壳后的茭白莹润如玉，玲珑可人。茭白收割时节，茭农们绾着裤腿，手握锋利的镰刀，在茭田里逡巡。那些成熟饱满的茭白，就像健美的村姑羞涩地藏茭的软壳之中，只有一层层剥去外衣，才能一睹其芳容——通体玉白，圆润光洁。茭白可直接生食，既有萝卜之脆嫩，又有莲子、菱角之微甘，自然本味，是蔬中上品。清代李渔说："蔬食之美，一在清，二在洁。茭白形质，堪当其美。"

茭白还是与莼菜、鲈鱼齐名的江南时蔬，成为许多人的乡愁记忆。鲁迅曾在《朝花夕拾》中说："我有一时，曾经屡次忆起儿时在故乡所吃的蔬果：菱角、罗汉豆、茭白、香瓜，凡这些，都是极其鲜美可口的，都曾是使我思乡的蛊惑。"岂止鲁迅，晋朝的张翰在京城洛阳做官，秋天来了，忽然想起家乡的菰菜、莼羹和鲈脍，便滋生缕缕乡愁，当即辞官弃职，回到苏州老家。

我年少时，家里田头田脑、补丁似的也栽了几片茭白。每当母亲在灶间嚷没菜下锅时，父亲就赤了脚、甩着双手去几处茭白田转转，不多会儿就拎了一掬茭白回来，有时还顺带逮上几尾黄鳝、泥鳅（茭白田里多黄鳝、泥鳅）。母亲不一会儿就变戏法似的烧出几只大受欢迎的茭白家常菜：一个清蒸茭白、一个红烧茭白，一个茭白鳝丝羹，一碗茭白毛豆汤。

茭白有品，其质白嫩，色白皙，味清淡，既可以茭白为主，清炒、油焖、红烧、白焯，清雅脱俗，口味纯；又可与别的食材配伍，煎炒烹炸，无往而不胜，是公认的"百搭"。其另一可贵处是善于吸收其他配菜与调料的味道，兼收并蓄，融汇调合，使菜品的口感提升一个高度。我珍惜每一支茭白。生活当中，有些美高冷，令人捉摸不定，是许多人不可企及的；有的美朴实低调，平易近人，只要你愿意，可以牢牢抓在手心里。这是一支茭白给予我的生活启示。

最后教几个茭白的家常菜：茭白炒青椒、油焖茭白、蚝汁茭白、茭白烧肉……咳咳，还用得上我教？吃茭白，怎么做怎么好吃，再蹩脚的厨子，在茭白面前也能得瑟几手。

闻香识桂花

抛开民间丰富的想象力和诗人的诗意发挥不说，桂花似乎真是从天外飞来的花。头天，你可能还感觉不到它的存在，一夜后就满天皆香了。

中秋过后，天清露冷，庭前屋后、广场公园里的桂花开始盛开，空气中浸润着甜甜的桂花香味。

世上很少有一种花像桂花那样，其散发的馨香气息要远远“大”过花本身。如兰花，其香清幽，其株其花亦皆清雅秀丽，惹人喜爱。又如玉兰花、玫瑰花，皆香味清新宜人，花型本身又都如此高贵典雅，较之嗅觉，人们所得到的视觉享受似更胜一筹。桂花是个例外。桂花开了，人们习惯说“桂香时节”，而不是“桂花时节”。又如“八月桂花香”，虽花香并举，但明眼人都看得出，重点还在一个“香”字上。让人感觉，节候一到，有香就行，花本身倒是可以被忽略。

桂花树不高朗，亦不秀逸，除四时常绿，似再无可取之处。其花碎米粒似的，或彤红或金黄或银白，可爱，但似并不那么地引人入胜。其香率真、张扬，风风火火，不香则已，一香惊人。我喜欢真的东西。自然、本质的真是最美最高贵的表达方式。无须对桂花或香做更多的描述，许多表达美丽、美好的词在她身上都用不着。花开时节，无须跑到桂林闻花香，空气就能告诉你。某天清晨，在睡梦中醒来，打开窗户，一股甜甜的香味儿直直撞进来，就知是桂花开了，桂香时节到了。再一路“激灵”下去，也许你就会发出“秋天到了”的感慨。由此，我想我们目前采用的严格意义上的节气计算法是“连续五日温度制”，即连续五日平均气温低于或高于某个临界点，就意味着真正意义上的某一季节来临了。其实，依我看，用桂香来衡定秋的到来亦无不可，更简单、实用。

这是一个失真的时代。我们用肉眼与常识已经无法判断眼前事物的真伪虚实。假作真时真亦假。在一片浑浊的乱象面前，真就显得弥足珍贵。桂香却卓尔不群。即便在大气污染日趋严重、空气污浊不堪的城市，桂香时节，我们依然可以循着花香找到花絮缤纷、零落如雨的桂树。这世间还有什么花能做到这一点？所以，当有人告诉我桂香太俗太腻时，我只能对此表示同情，他（她）不知大俗者大雅的道理：俗到真处即为雅、为美，就像一个涉世未深的山里妹子，因纯朴、自然、真实而美丽。

桂花原产于我国西南，以黄河以南、长江中下游为主要分布区。然在我国历代骚人墨客的心目中，桂花的故土似并非我国，也不是地球，而是月球。对此，唐代宋之问说得很明确，"桂子月中落，天香云外飘"（《灵隐寺》），意思是桂花从月宫中飘落，天外的香味远飘到地上了。南宋杨万里说得更清楚，桂花"不是人间种，移从月中来。广寒香一点，吹得满山开"（《咏桂》），原来桂花是从月亮上移植过来的，那香也带点广寒宫的味道。苏轼诗云："月缺霜浓细蕊干，此花元属玉堂仙。鹫峰子落惊前夜，蟾窟枝空记昔年。"（《八月十七日天竺山送桂花分赠元素》）蟾窟即月宫，玉堂本指神仙居住的宫殿，泛指月宫。持此种说法的人还有很多，如：唐毛文锡《月宫春》词道："水晶宫里桂花开，神仙探几回。红芳金蕊绣重台，低倾玛瑙杯。"唐皮日休诗云："玉颗珊珊下月轮，殿前拾得露华新。至今不会天中事，应是嫦娥掷与人。"明沈之琰《西湖》诗云："微云澹澹碧天空，丛桂香生细细风。百顷西湖一明月，此身已在广寒宫。"……

细想，诗人们如此热衷于把桂花"种"到月宫里去，并非兴之所至，异想天开，深层原因是民间有丰沃的适合桂树生长的"月宫土壤"。其中最著名的当属"吴刚伐桂"的故事。据说忠厚孝顺的吴刚为救患瘟疫的老母和乡亲，偷上月宫摘桂花，结果受玉帝惩罚，伐斫怎么斫也斫不倒的月宫桂树。故事接着演绎，就是耳熟能详的嫦娥奔月和牛郎织女鹊桥相会的故事了。还有个传说也跟吴刚有关，传说吴刚下凡，为天下民众广布桂子。心地善良者得了桂子，种下，很快长出桂树，开出桂花，满院香甜，无限荣光。心术不正的人，种下的桂子就是不生根发芽，使人难堪，从此洗心向善。

比上述传说更具现实意味的是“云中落桂子”或“天降灵实”的传说。《新唐书·五行志》载：“垂拱四年(688)三月，雨桂子于台州，旬余乃止。”北宋钱易《南部新书》亦载：“杭州灵隐山多桂，寺僧曰：‘月中种也。’至今中秋夜往往子坠，寺僧亦尝拾得。”又据说，宋仁宗天圣丁卯年(1027)中秋，夜无云缕，月明分外，灵隐寺陡起阵风，天降“雹子”，屋瓦作响，原来天落月桂子，“繁如雨，大如豆，圆如珠，色有白、黄、黑”。李时珍还为此专门做过考察。

李时珍的“考察”结果如何，不得而知。不过，用今天的目光看，“天落桂子”之说当属讹传。桂树分两种，一种无实，一种有实，常见的多为无实桂，有实桂罕见。桂花本身小如碎屑，实亦大不到哪儿去，上文说得明白，“繁如雨，大如豆，圆如珠”。如此细小的桂子散布在繁密的枝丫间，让人难以分辨察觉。古人误以为桂子来自天外月宫，也就不足为奇了。本人有幸见到过结子的桂树，桂子果真像一枚枚沾在枝叶间的雨珠儿，一点儿不错。

抛开民间丰富的想象力和诗人的诗意发挥不说，桂花似乎真是从天外飞来的花。头天，你可能还感觉不到它的存在，一夜后就满天皆香了。一早醒来，睡眼惺忪间，房间已被令人愉悦的气息所充盈，若有若无。打开窗户，一股浓浓的甜香迎面袭来，终于明白，是沉寂一年的桂花开了。空气中有丝丝缕缕的香在飘逸、漫卷、流淌，只是肉眼看不见罢了。

仿佛就在几天前，我还特意留意过每天上班路旁的几树桂花，钻到浓郁的树冠下细瞧，还是那丛丛郁郁寂寂的绿，不见花苞花蕾，一丝开花的迹象也没有，几乎要让人怀疑那些树是不是桂、开不开花。但一夜间，它们都绽放了，在一片葱翠里，闪烁着一树树的银、一树树的金、一树树的红，散发着阵阵馥郁清新的宜人甜香。那花，那香，仿佛让平日里朴素的桂树，也在一夜间变得妩媚、自信、从容起来。天气与普通人的日子仿佛也一改燥热与沉闷，为之明亮、爽朗起来。人之大脑、思维似乎也为之一振，变得敏捷、轻松、清晰起来。

闻香识桂花。闻到桂香，见着桂花，就算跟秋打了个照面。秋天，总是以这样一种令人惊喜的方式，与我们见面。

桂花香了，秋天来了，秋天乘着桂香飘然而至。

桂花是少数几种能够为季节代言的花之一。秋前，在街头，听到两个陌生人有关桂花的对话。“今年天气真爽，还没怎么热过呢，就要入秋了。”“早着呢，桂花还没开呢。”“也是，桂花没开，真难说秋来，没准又热回去了。”瞧，桂花在这里俨然成热夏凉秋的分野。

还是在街头，听到一对母女在说桂花。小女孩吸着鼻子道：“真香啊！妈妈，哪来的香？”母亲说：“那是桂花香，桂花开了，秋天到了。”“桂花开了？桂花真甜，在空气里撒了很多很多糖钩子，很多鼻子都上钩了……”

孩子是天生的诗人，小姑娘开始作诗了，这“鼻子上钩”之说法，太美妙。

桂花开了，满天皆香，让人忽略了空气中污染物的存在，让人满心欢喜、心情舒畅。芳香素与少量糖分子的组合，把空气调味得清香四溢，让许多鼻子心甘情愿“上钩”。空气如果是种食物，这时节估计要亏空，不够人吃。

桂香时节，在清旷处闻香，去桂园里赏花，这类让桂香“牵着鼻子走”的事不胜枚举，俗事亦成雅举。中秋节前那个周末，我们几个相约去中国桂花之乡龙观，探泉赏桂，除了收获满怀桂花的馨香，每人还收获了半斤鲜桂花，可以回家做糖桂花吃。

桂香钩鼻子仅是“初级”功夫，“让嘴上钩”才显真功夫——是桂的功夫，也是人的功夫。让令人愉悦的物事变得可口、好吃，是作为灵长类动物的人类之天性。闻着、瞅着金的白的红的碎钻似的不算好看却绝对可爱的桂花絮，人（我）首先想到的是吃。于是，各种用桂花做的吃食应运而生。

糖桂花即糖腌桂花，跟盐腌一样，目的是耐久储，且最大限度地保持桂花的色、香、味。糖桂花不是用来直接吃的，那无异于暴殄天物。说用糖桂花做点心，也牵强，“点缀、调味”倒勉强说得过去。桂花性甜，复用糖腌，通常只宜做甜点。软糕出锅，就热撒一撮糖桂花在上面，曰桂花糕；圆子羹盛碗里，撒一撮糖桂花在上面，曰桂花圆子羹；在汤圆馅里加些糖桂花，煮后每碗加一勺糖桂花，曰桂花汤圆；年糕在油锅里煎得吱吱响，两面焦黄，放糖和糖桂花，曰桂花糖年糕 ……

莫小看这一撮、一勺，糖桂花之于点心，就好比茶叶之于水，一撮、一勺最合宜，过量反倒糟践了。雪白软糕蘸上点点糖桂花，就跟满天星星一样活泛起来。圆子羹、汤圆里加一勺糖桂花，圆子、汤圆越发净白圆润，花瓣儿像在秋天一样粒粒苏醒、鲜润，缕缕甜香随氤氲热气飘散，让人心怡。最合宜的是桂花糖年糕，外脆里嫩，配上黄亮的糖色、桂花粒儿，还有让人欲罢不能的郁郁桂香，令人胃口大开。

这样美丽的点心吃着，即便是酷暑严寒，心里也会是片蓝莹莹的朗秋天。

一盏橘

从隆冬到暖亮初秋，橘园像一直在一片如墨的夜里沉睡…… 直至秋后，风硬露重，橘园才开始真正苏醒过来，一盏盏橘红色的小灯笼才真正开始次第点亮。橘的梦醒了，橘园的天亮了。

秋熟时节，橘园里一片明亮。

我不知道别人是否也和我一样，秋熟之后，眼睛总是被一抹抹橘红光芒吸引：街头的水果摊贩、商行，橘农的库房，还有橘园。我像一只蛾子一样，视线总是忍不住投向那一盏盏、一簇簇、一堆堆的橘红色，然后身子就不由自主地挪近。橘红不似大红、鲜红和阳光那样强烈、刺眼。橘红是明媚的、柔和的，鲜明、热烈里带点真挚笑意。就像冬春时节暖和的阳光，让人乐意迎合、接纳。

橘红就是橘熟后绽现的那抹亮彩。

橘熟之后，一些本地或外地的橘子，都一车车、一摊摊地被摆上街头，把一个个角落点亮。那些暖暖的光亮，有的是流动的，在大大小小的街巷里转悠，散发着摇曳的迷人光芒；有的是固定的，和别的水果一道，温暖许多人的眼眸，还带来一些山野、林间、枝头的清新甘美气息。我特别喜欢摊贩在一片橘红上衬一些绿的做法，那一枚枚果实在墨绿色叶子的衬托下，显得格外鲜美、养眼，也格外能打动我，吸引人买一些回家。

橘是种特别亲民的果实，价不高，吃起来方便，味道实在。橘似乎没有特别名贵的品种，无论在一般水果摊还是在水果店里，十元钱就可以购回一小袋。橘有一层好剥的外皮，内里还有一层薄薄的膜把一片片扇形的瓣包裹起来，汁水饱满。这种结构最大的优势是吃起来不费事，既可以不洗，也可以不剔皮，甚至不脏手。外皮剥了，然后把橘瓣一片片掰开，丢嘴里，省事。这简直是专门为那些好吃的懒人设计的。橘多汁，正宗的味道应是甜中带微酸，再带点独特的橘香。但是人们在口感上，总是嗜好甘甜，认为糖度越高品质越佳。好在，橘无论多甜，都不会丢掉自己的本味——橘香(味),那是橘的灵魂,让人即便吃一枚世上最甜的橘时,也不会忘了自己在吃橘。

橘枝、橘叶的颜色青黛,深重如夜,一片片橘园,就像一片片深重夜色里兑开了一桶绿。从隆冬到暖亮初秋,橘园像一直在一片如墨的夜里沉睡,没有星辰,没有月亮,唯有一个连着一个的梦,和梦里一盏盏次第亮起的橘红色的灯。直至秋后,夜深露重,橘园才开始真正苏醒过来,一盏盏橘红色的小灯笼才真正开始次第点亮。橘的梦醒了,橘园的天亮了。

"橘子熟了,可以回来摘橘子了。"每年秋后,橘熟时节,岳父都要打电话要儿女回家摘橘子。岳父前些年栽了一片橘,待橘林长成、挂果了,老胳膊老腿却再也够不到树枝上一盏盏黄熟的橘子,只好"遥控"儿女们来摘。儿女们在下面指挥,这里,那里。孙辈们像一个个活泼的小猴子,一剪,一篮,轻捷地在浓密的枝干间穿梭、攀爬,打捞一枚枚散落的小橘灯。未熟的果青绿如叶子,隐在枝叶中,像一个个潜伏者。你在明处,它在暗处,极难发现。摘过又摘,搜了又搜,你觉得所剩无几了,过几天去看,又会冒出几盏橘,在一片青绿浓黛中闪亮,露出得意的笑。

"行了,不摘了。剩下的就剩着,留着喂鸟。"每次摘橘,我们总是在岳父的催促声中,才一步三回头地离开橘林。仿佛每一次回头,都有一盏橘为我们点亮。

我想起小时候,我家自留地旁边也有几树橘,属村里所有,那是上辈人栽的。侧枝贴着地面撑开,矮而茂硕,每一棵橘树都像一朵浓绿的云。那是种本地橘,果实酸甜,未熟透的更酸,根本无法入嘴。但是,那会儿的我们似乎特别耐酸,再青的橘子,哪怕酸得牙齿刺痛、鼻尖冒烟,也敢往嘴里塞。每年秋后,橘子熟了,几棵橘树像打满了小灯笼。村里大大小小的孩子,就像被灯光吸引的蛾子,天天跑去围了橘树看,一面咽着口水,一面彼此交流着各自计数出来的比头天多出的黄亮橘子,恨不得猛然间来一阵妖风,刮下一地黄熟的橘子来。可惜橘子的蒂柄

很坚固，很少有树上熟了落下的果子。偶尔有被鸟儿啄落的，捡到的孩子就像中了头彩，赶忙躲一边享用去了。之后某天，村里派人来摘橘子了，他们拉了拖车，载了箩筐，呼啦啦上树，风卷残灯，树上亮着的橘很快被一盏盏摘了，熄了，筐装车载走了，然后像岳父一样扔下一句话：

“可以了。余下青的、没熟的，不摘了，留给孩子们……”

后来发现，余下的橘子真不在少数，几乎每天都有三三两两的橘子在枝头像灯一样亮起，发出柔美温暖的光，而最早发现那盏亮起的橘的，不是我们，是成群结队的鸟儿。当我们发现一些白头翁、乌鸫们在某片枝头吵嚷争逐时，一定是有橘子熟了、红了，它们在抢食。

原来，被一盏橘吸引的，除了我们，还有鸟儿。

秋熟时节，橘子熟了，我的案头也会点起盏盏小橘灯，不为别的，就为那抹柔美、暖人的橘红，和不时散发出来的缕缕淡淡的橘香。

草木间·冬

荸荠不说话

对此，荸荠无话可说。在荸荠看来，生为荸荠，叫什么、不叫什么，那是人类的事。被人类吃跟被野鸭吃，没什么区别。

不知为什么，每遇荸荠，就会想到鸡雏，或者，见了鸡雏就想到荸荠。

这跟幼时的一次经历有关。有次年关，父亲从街上买回小半篮荸荠。我嘴馋，踮起脚够桌上的荸荠，一不小心，篮翻了，荸荠水一样从桌上漫下来，骨碌碌滚了一地。我特别清晰地记得一个细节，一地的荸荠在滚，像一群小鸡雏听着鸡妈妈的呼唤，齐刷刷向一边滚。想来，这便是那神奇联想的出处了。其实这联想也不无道理。荸荠扁而圆，刚孵出的小鸡也是毛茸茸、扁圆的一簇。荸荠的芽尖从顶上拱出，锥状，像极小鸡紧抿的喙。要说区别也是有的，荸荠栗红、紫酱，小鸡少有这种颜色。再便是，小鸡除睡觉，喙极少紧抿，更多时候在叽叽叽不歇地啼，似乎它一出世，那嫩而柔的喙就没合上过。

荸荠抿嘴不说话。荸荠觉得生而为荸荠，没什么可说的。

荸荠又名马蹄、水栗、芍、乌芋、菩荠、地栗，是莎草科荸荠属一种。古称凫茈，说白了，就是野鸭子爱吃的食。荸荠口感甜脆，营养丰富，可生吃也可熟食，且具药用价值。明王磐有《题野荸荠图》云："野荸荠，生稻畦，苦薅不尽心力疲。造物有意防民饥。年来水患绝五谷，尔独结实何累累。"宋苏舜钦《城南感怀呈永叔》诗云："老稚满田野，斫掘寻凫茈。"清赵翼云："君不见，古来饥荒载篇牍，水撷凫茈野采蕨。"可见，荸荠是上好的度荒食物。唐宋以来，多以荸荠作粉。唐代孟诜的《食疗本草》载："荸荠可作粉食。"林洪的《山家清供》中"凫紫粉条"记："凫紫可作粉食，其甘滑异于它粉……采以曝干，磨而澄滤之。"凫紫即凫茈。

对此，荸荠无话可说。在荸荠看来，生为荸荠，叫什么、不叫什么，那是人类的事。被人类吃跟被野鸭吃，没什么区别。

荸荠原产印度，喜水，准确地说，应是喜欢温暖的水。南方多水，多泥沼，气候温润，是荸荠的主产区。北方也有荸荠，但由于气温原因，北方荸荠的生长期短，因而长不大，产量没保证，多如手指头大小，算盘珠儿似的算是巨物了。南方最大个的荸荠可以长到头生鸡蛋大小。荸荠对此无话可说。荸荠没长脚，去哪儿、不去哪儿都不是它的事。它的原则是，任由好这一口的人带走了，往哪儿一丢，遇水则长，水温适不适合、长多久，听天由命。没有水拉倒。

老家地处山脚下，种水稻，种席草，也种油菜麦子，让人想不通的是，居然少见种荸荠的。记忆里，很多人家只有过年了，才会上街买些荸荠回来作为年货，让家里小人解馋。某年夏，听说邻里人家有种荸荠的，我们几个不怀好意地跑去人家田里找，结果没找到。那家田里除了水稻和几畦席草、芋艿，再不见其他作物。这年冬，当这家孩子兜里揣着荸荠吃得嘴泛白渣时，我们咽着口水，一问，居然是自家种的。这才明白，原来那“几畦席草”就是荸荠。

确实，荸荠秧太像席草，管状，光滑、细溜、青葱，无枝无蔓，只是没席草高，中有细孔，不似席草呈海绵状，荸荠花也跟席草花一样细碎浅白。难怪我们错把它视作席草了。后来想想，荸荠与席草原本不在一个生长节拍上。荸荠初夏期间下种，恰是席草收割时节。等秋后席草栽插时，荸荠差不多要落秧采收了。这一方面是无知导致的笑话，另一方面，说明荸荠秧太朴实。在我们看来，荸荠秧至少应该有配得上荸荠的可爱样貌才行，再不济，也不该长得跟席草一个模样。

荸荠从来没有想过要表达些什么。除了秧本身，除了在水下泥土中默默膨大的果实，什么花呀，叶呀，蔓呀，都属多余，都可以忽略不计。待入冬后，人们想念荸荠甘甜的滋味，这时候，荸荠针管状的秧亦已萎谢成一蓬枯槁，与冬闲的田地浑然一片荒莽之色。谁会想到，这样一片荒蛮的泥地里居然蛰伏着一枚枚迷人的乌珠。你贪嘴，要采掘，只好踩着冒着寒气的冰碴，耐下心，一锄锄地将荸荠从泥水里扒出来…… 这是老天的安排，荸荠表示无可奈何。

荸荠在南方是“江南水八仙”之一。但是，或许是南方冬令物产太过丰饶的缘故，南方人骨子里其实并不怎么待见荸荠。反倒在冰天雪地的北方，荸荠居然走进年俗，成为“神”一样的存在。

肖复兴在《除夕的荸荠》里说，在老北京，除夕夜，在轰鸣炸响的鞭炮声里，胡同里会传来一声声“买荸荠喽！买荸荠喽”的叫喊声。“各家的大人一般都会自己走出家门，来到胡同里，招呼卖荸荠的：‘买点儿荸荠！’卖荸荠的会问：‘买荸荠哟？’大人们会答：‘对，荸荠！’卖荸荠的再问：‘年货都备齐了？’大人们会答：‘备齐啦！备齐啦！’然后彼此笑笑，点头称诺，算是提前拜了年。”“荸荠，就是取这个‘备齐’之意。那时候，卖荸荠的，就是专门来赚这份钱的。买荸荠的，就是图这个荸荠的谐音，图这个吉利的。”据说，荸荠名就是这样来的。

天津人对荸荠也情有独钟。津菜中以荸荠为主料的菜品很多，如素炒虾仁、拔丝荸荠鼓、虾扁菜等。素炒虾仁是将荸荠切成虾仁状清炒，是素席中的名菜。拔丝荸荠鼓的难度很大，需要厨师将荸荠削皮，修成小鼓形状，然后配上豆馅过油炸制，再用冰糖炒出金黄绵长而脆甜的糖丝。爨翁在《菱角与荸荠中的文化说道》里道：“老天津卫有俗话说：‘虾仁炒南荠，干饭（米饭）茄子泥，嘛也别提！’天津人的家常菜中也少不了用荸荠作俏头，如素什锦、炒肝尖、滑熘里脊等菜。荸荠和里脊放在一起熘时，色泽和顺，口味咸鲜，回口甘甜，天津味十足。”

当然，南方人也不是不喜欢荸荠，苏州菜、杭帮菜中就有不少用到荸荠的。据说，鲁迅先生就很喜爱荸荠，尤其爱吃风干的荸荠。他曾写信给广西的朋友说：

“桂林荸荠，亦早闻雷名，惜无福身临其境，一尝佳味，不得已，也只好以上海小马蹄代之耳。”只是无论作为水果还是蔬菜，荸荠的个儿都太小，处理起来麻烦。在南方荸荠收获的时节，有很多食材可以取代它罢了。

荸荠对此的态度是——爱吃不吃！自打离开水后，荸荠就一直心情不好，紧抿着嘴，不说话。

酷酷的茨菰

夏末，茨菰窄小的叶片上缀满细细的白花，远远望去，星星点点地点缀在翠绿的叶面上，细碎，内敛，宛如柔弱的蛱蝶停憩在绿茎上，恬静而婉约。

唐兄邀我去他们家藕塘玩。

藕塘是产藕的。藕花白洁，不似别的花姹紫嫣红、百媚千娇。但对于一个来自非传统藕产区的人来说，三十余亩藕塘连片铺展，已足可观。一色的绿涛翻卷，点缀以朵朵硕大圣洁的藕花，犹如层层绿波上绽放朵朵雪浪花。此外，唐兄还让我见识了睡莲和鸡头米，尽管我至今还傻傻厘不清睡莲与鸡头米的关系。更意外的是，在一片浅塘里，我发现了一种既不是睡莲，又不像莲藕的水生植物。可爱的燕尾形叶子、幽幽的白瓣黄蕊花儿，让人感受到别样的味道。唐兄告诉我，这是茨菰。我忽然意识到此次藕塘之行太值了，既得见睡莲、鸡头米，又意外遇见茨菰——我小时候一直误认为芋艿仔，又一直无缘认识的茨菰。

作为江南人，对茨菰自然是不陌生的。茨菰是“江南水八仙”之一，黄白色，比荸荠略长，披一身薄薄的茸毛，支一个歪斜的芽角，像开春时一尾尾在浅滩里捉迷藏的蝌蚪。我小时候不识茨菰，一直认它为小芋艿仔。两者口味吃法也相当，就一直当芋艿仔吃。很晚才知晓，那是一种不同于芋艿的菜蔬。汪曾祺在《咸菜茨菰汤》一文里说，有一年他去沈从文老师家拜年，师母张兆和炒了一盘茨菰肉片。沈先生说：“这个好，格比土豆高。”这自然是老式文人的讲究。在他们看来，人或物，皆有品性，即便是茨菰、土豆，也有自己的品或格。寻思先生所谓“格”，或许是说茨菰比土豆经煮、不易烟。但那也只是一种说辞、一种食性而已。土豆熟后绵粉，本身也是一种口味。反过来说，茨菰久煮不烟，在有些人那里反倒缺了一种风味。不过细思，茨菰确有与别的菜蔬不一样的地方。

老家地处半山区，本不出产茨菰，庄户人也无意种植。其外貌几乎与芋艿仔无异，口感稍带些苦涩，我就以为那是种味道稍有不同的芋艿。有一天，我放学回家做饭，见有半篮“芋艿仔”，就坐在门槛上用破碗片细细刮了一大碗，和咸齑油加盖焖煮。咸齑芋艿羹是家常菜，没什么技术含量，从大人那儿看看也就会了。一大锅“咸齑芋艿羹”上桌，味道不错。但吃完饭不到半小时，我的手就开始阵阵发痒，手掌、手脖子像有千万只蚂蚁在蠕动、噬咬，所有的毛孔都苏醒了，热辣麻痒，任凭我怎么挠、拧，都无济于事。后来，母亲突然想起了什么，从井里打了一桶水，把我两只挠得像胡萝卜一样红的手揿进冰凉的井水里，难忍的麻痒感才稍有缓解。母亲告诉我，我们今天吃的不是芋艿，是茨菰，阿姨家今年新种了一片茨菰，这是刚送来的。给茨菰脱皮要用脚穿着雨鞋踩，或把茨菰浸在水里用手刮，不然就会像我这样。这是我与茨菰的第一次相遇。我错当它是芋艿，它则“赐”我近一夜的煎熬和无眠。

茨菰个头矮小、不惹眼，但稍用心，其独特的剪刀形的叶子又使人能很容易地把它从周围茂密的水生植物中分辨出来。夏末，茨菰窄小的叶片上缀满细细的白花。远远望去，星星点点地点缀在翠绿的叶面上，细碎，内敛，宛如柔弱的蛱蝶停憩在绿茎上，恬静而婉约。明代杨士奇在诗中写过茨菰的花：“岸蓼疏红水荇青，茨菰花白小如萍。”颇有些田园风味。《源氏物语》中有关于茨菰的诗句“君似菖蒲草，我身是水菰。溪边常并茂，永不别菖蒲”，讲空间上的相聚。唐代诗人张潮的《江南行》里有“茨菰叶烂别西湾，莲子花开人未还”两句，通过茨菰诉说另一番滋味，讲时间上的别离。

花开过后，茨菰深扎在淤泥里的根茎开始膨出一个个小小的球茎，这便是初生的茨菰。茨菰串生，据说每一根茎每月能长一个球茎，所以采收时一根茎常常能扯出一串糖葫芦似的茨菰。茨菰又名慈姑，李时珍说：“（慈姑）一根岁产十二子，如慈姑之乳诸子，故以名之。”茨菰是冬令菜蔬。跟芋艿、土豆、地瓜等块茎类植物不同，这些植物的叶茎枯萎了，块茎也随之停止生长，茨菰不。霜降后，水位退去，露出滩泥，茨菰上面的茎叶枯萎了，淤泥下的球茎却还在膨大，直至冰封雪盖时才停止生长，这才到真正的茨菰采收季。我不禁想，茨菰或许在泥底下另有个能量储存器，或者能量输送特缓慢，叶枯了，采收的营养还要在路上走一程。

夏义阳在《村居笔记》中说："茨菰也是我们生活中不可缺少的生命元素。"这样说，自有旁人无法体会的真谛在里面。汪曾祺在《咸菜茨菰汤》中说："民国二十年，我们家乡闹大水，各种作物减产，只有茨菰却丰收。"茨菰为水生植物，遇洪涝之灾救人一命，当然是"慈"的。民间多把茨菰看作荒年充饥的食品。去皮的茨菰白净润洁，让人看到其长年混迹于污秽淤泥里，却坚守清白人格的自律。

深冬初春是茨菰的上市季，是对这一时节时令菜蔬的最好补充。《花镜》有言："至冬煮食，清香，但味微苦，不及凫茨（荸荠）。"这话有些牵强。荸荠多以水果的面目呈现，茨菰则是一种菜蔬，两者无可比性。汪曾祺先生的"咸菜茨菰汤"是一种极简朴的吃法，却风味独具，其滋味已深扎在老人的乡愁里。茨菰在民间有"嫌贫爱富菜"之称，意思是其本味清正，唯有与浓油赤酱、红白荤腥一起入菜才有味道。其实，茨菰最日常也最合宜的吃法就是烧五花肉或炖排骨、炖柴鸡土鸭，让肉的鲜香与其疏淡绵粉的滋味在长时间慢火炖制中充分融合，变得醇和饱满。沪菜"老八样"中有个茨菰扣鸭（鸡），也深得此中三昧：将鸡或鸭改刀出水，与茨菰一起红烧后装碗待用。食用前再旺火蒸透，然后倒扣装盘。另一种做法是把鸡或鸭整只酱烧，冷却后改刀铺在碗底，再填满煮熟的茨菰，食用前蒸透，然后倒扣在盘内，多余汤汁勾薄芡浇上，用菜心围边。后一种做法考究一些，出品样式美观。

离开藕塘时，唐兄顺手从塘边拔起三株茨菰，说要让我品尝一下嫩茨菰烧塘鱼头的味道。但见每株茨菰都长有多条尺把长的根须，每条根须上都糖葫芦似的滋生着三五个手指头大小、披着几绺黄须的嫩茨菰。唐兄说，茨菰还有几个月生长期，根须还嫩生着，一部分嫩根和小茨菰都断在泥里，但也不会浪费，明年它们自会长成一株新茨菰。茨菰烧塘鱼头的做法极简单：茨菰和鱼头处理后过油，生姜、大蒜爆香，喜欢吃辣的放些辣椒，下茨菰、鱼头，放宽汤慢火烩出来，出锅时撒入葱花。

辣椒的红、葱花的绿，衬着茨菰鱼头浓白的汤，想想都美。

寒天“芹”意

冬日，万物萧条，冰天雪地，是对古人生存的严峻考验。举目四野，唯余莽莽，偶尔于田角沟堤边的冰雪中冒出丛丛绿色。这绿色，像一把火，把空肠人眼里的希望点燃，那是水芹。扒开冰雪采回家煮羹汤，是对一家子辘辘饥肠的最好慰藉。

江南冬天，雪是稀客，冰亦不常有，但偶或也有冰封雪飘的日子。这样的日子不多，三五天，七八日，滴水成冰，窗外笼一色的寒白。人囚在屋里，特别容易想起野外那些翠绿的事物，一棵披冰戴雪的绿树，一竿被雪压得弯下腰的翠竹，抑或一株窝在雪被里的小菠菜、小青菜……

江南不像北方。江南的富庶，常常让人忘却一些不该被忘却的事物，比如水芹。水芹被江南人疏忽得老久了。

水芹即野芹，跟经常出现在我们餐桌上的长在大棚温室里的家芹有些沾亲带故。水芹嗜水，泥沼溪滩，凡是常年烂湿之处都是其理想安身之所。赤日炎炎的暑季，水芹为躲避酷暑，化整为零，只留根茎在地下养精蓄锐。秋凉时节则开始苏醒，冰封雪飘的冬日则迎来生命的盛期，正好跟植物界夏荣冬枯的规律倒了个个儿。由于生不逢时，抑或家芹的繁茂和生脆口感，人们渐渐疏远、遗忘了水芹，以至于在这个最寒酷、却是水芹最生嫩的时节，只落个兀自在冰雪里葳蕤的份儿，无人喝彩。

水芹是长在《诗经》里的植物，曾经与我们的生活乃至生命息息相关。它别名旱芹、香芹、蒲芹、药芹，因长在水中或水边，又名水芹、水英，甚至还有叫楚葵、野芫荽、苹苹、蕲菜的。这一长串别具韵味的名称，体现了一种植物时间上的纵深度和地域上的宽广度。古人较之现代人有更多的自然属性。他们每天劳作的很大部分是采食自然菜蔬（果）。在《诗经》里，包括水芹在内的诸多野菜，是古人采、采、采的对象。采的目的当然首先是食。民以食为天。那时候的人们生产力还非常有限，许多食物（包括药物）还有赖从自然界直接撷取。《吕氏春秋》云：“菜之美者，云梦之芹。”可见在秦汉时期，水芹就已是菜中上品了。《吕氏春秋》还为我们推荐了一道名为“碧涧羹”的菜：“芹，楚葵也，又名水英。有二种：荻芹取根，赤芹取叶与茎，俱可食。二月三月，作羹时采之，洗净，入汤焯过，取出，以苦酒研芝麻，入盐少许，与茴香渍之，可作菹，唯瀹而羹之者，既清而馨，犹碧涧然。故杜甫有‘青芹碧涧羹’之句。”这基本是一个详尽的菜谱了。水芹色翠绿，自带奇香，焯水后犹显翠润，以之煮羹，色香味有其二。加之诗神的鼎力推广，这道菜足可以存世了。时光绵延，“碧涧羹”而今仍不时于餐桌上出现。只是，除了芹，还掺入了更丰富的内容，诸如冬笋丝、木耳丝、黄鱼碎等。从形式到内容都要丰富一些。当然，现代“碧涧羹”用的更多的是家芹，而非水芹。

“思乐泮水，薄采其芹。鲁侯戾止，言观其旂。其旂茷茷，鸾声哕哕。无小无大，从公于迈……”《诗经》里的这首《鲁颂 · 泮水》，颂杨鲁公修宫于泮水之滨。泮宫因而被后世尊为文庙，读书人则被称为“采芹人”，水芹在这里被提升到一个新的高度。

古人如此厚待水芹，除“既清而馨”的口味与芳香气息外，还因其是一味很好用的药，有清热利尿和保护肝细胞、降血压、治疗痄腮和便血等功效。此外，也跟它的繁盛期有关。冬日，万物萧条，冰天雪地，是对古人生存的严峻考验。举目四野，唯余莽莽，偶尔于田角沟堤边的冰雪中冒出丛丛绿色。这绿色，像一把火，把空肠人眼里的希望点燃。那是水芹，扒开冰雪采回家煮羹汤，是对一家子辘辘饥肠的最好慰藉。这寒冬里的一叶“芹”意，是古人最重的一份情、一份心。现代人食物丰富，即便是滴水成冰的隆冬，依然有太多的葱翠菜蔬可选择，谁还会想到野外冰雪覆盖下区区一丛水芹呢？

还回到食上来。若干年前，我在天目湖品了当地好些特色美食，如天目湖鱼头、白鱼，螺蛳等，印象最深的却是一道素简的白芹炒里脊。里脊切丝，经上浆、滑油，呈浓浓的乳白。白芹从未见过，更没尝过。会否是芹菜的菜心部位？后来是服务小哥告诉我，这芹菜非家芹，而是野芹菜在成长过程中，通过蒙盖、堆叠等手段，把它与阳光完全隔离开来，最终长成一身冰肌玉肤，其种植过程相当于韭黄。我意识到这是一盘真正的水芹菜。只是“失血”的水芹绵、软，口感上欠一些，与同样绵而软的里脊丝同烹，恰也相得益彰。

这个冬天，假如天遂人愿，我愿回到乡下去，待冰雪封上三天，然后独自去往村外野地里，于漫天冰雪中觅一丛笑意盈盈的水芹，感受一份寒冬中的“芹”意。

荠菜马兰头

年糕玉白，荠菜马兰青碧，更兼有荠菜马兰迷人的清香与清鲜，谁会拒绝这样一餐经济实惠又绿色健康的“菜带饭”呢？

草木间·冬

《诗·邶风·谷风》曰:“谁谓荼苦,其甘如荠。”

荠菜好味道,但不见得甘,好吃倒是真的。马兰也是。

宁波人习惯将荠菜跟马兰并称,并非荠菜和马兰本身有什么亲缘关系,仅仅是习惯而已。在中国广袤的土地上,荠菜和马兰可能是分布最广、被人类接纳最早的两味野菜。在江浙,在宁波乡间的田头、屋檐间,荠菜和马兰就像一对姐妹花,总是比肩接踵、一片片一簇簇地出现。所以,在乡间,人们在挑(方言,意为割、剪)野菜时,总是习惯将荠菜和马兰一并挑。做菜时也一样,能分则分,不能分就荠菜马兰一齐上。春二三月,有女人拎篮往田间走,偶遇别人问:“某某老婆,挑荠菜马兰去?”女人答:“是咯,挑荠菜马兰去。”至于“挑来咋弄弄(怎么做)”,回答则很可能是“荠菜马兰炒年糕”。

荠菜马兰炒年糕的组合不一定是最好的,但一定是最实惠、最省心的。

挑荠菜、马兰是细活,得有耐心。荠菜、马兰植株小,所以得用剪子挑,选嫩茎与根系的结合部剪,顺带把枯茎老叶摘了,免得回去再次挑拣。荠菜和马兰簇拥在田间、屋檐下密密丛丛的草丛中,所以又得眼尖。荠菜叶羽状分裂,裂片有缺口,开白色小花。另有一种野菜,称鹅菜,味苦,鹅吃得但人不能吃,极似荠菜,不同的是鹅菜花为黄色。挑荠菜时,荠菜、鹅菜均不开花,没经验的人极难分辨。马兰好认些,叶卵圆形,茎青里隐隐透着些红,叶也是,外缘隐现一片红褐色,野生马兰愈加明显。

荠菜也好,马兰也罢,最经典的吃法皆不是炒年糕。荠菜质地粗而韧,富含植物纤维,炒着吃,口感糙了些,用来做馅正好,无论做春卷还是包饺子,无论单

独成馅，还是与笋丝、香干丝，抑或肉末葱花搅和成馅，皆恰到好处。正月里，一盘煎得金黄油亮的荠菜春卷上桌，咬开了，金黄酥脆的皮衬着青翠嫩绿的内里，萦绕鼻尖的是一股浓浓的乡野味道。这时节，名为春节，春实未至，而春天的气息却抢先进入食者的口腔，给迎春的心灵平添一份喜悦。野生荠菜肉泥馅的饺子，超市里买不到，食店里很少卖（有卖的也多是山寨版的），如果不是自己动手挑、做，极难尝到。荠菜与肉泥，似乎比马兰更般配、清鲜。吃过自己制作的荠菜肉馅的饺子，你才能体会到“清鲜”这个词的真正含义。

马兰最适合凉拌。鲜净的马兰在沸水里汆过，适当控水，切末；少量的熟冬笋或香干切末；再加少量咸菜末，用色拉油、味精拌匀即可。为突出马兰的清鲜本味，配料要严格控量。冬笋、香干甚至可以不放，但咸菜末一定要有，目的是让马兰的口味醇和些。马兰性甘凉，有清火消炎排毒功效，年节忙着吃，进食了太多油腻高热量菜肴，来一盆凉拌马兰塞塞口、压压火，最好。

当然，荠菜马兰也并非不能跟其他食料配伍，如冬笋、春笋，就很相宜。我曾尝过一味创新的马兰炒春笋，味极鲜爽。荠菜或马兰汆水，切末；春笋切滚刀片，在70度的油里焐过，然后在沸水里汆熟；锅里留底油，把处理后的原料全倒入，调味，炒匀即可。一盘翡翠白玉般的时令菜就可以上桌了，口感清甘鲜美，让人看一眼就食欲大增。

该说荠菜马兰炒年糕了。上面说了，荠菜马兰炒年糕的组合不一定是最好的，但一定是最实惠、最省心的。原因在于，这是个饭菜组合，本身既是饭又是菜，跟水饺、包子一样。分拆开来，年糕是主食，荠菜马兰是“下饭”。年糕玉白，荠菜马兰青碧，更兼有荠菜马兰迷人的清香与清鲜，谁会拒绝这样一餐经济实惠又绿色健康的“菜带饭”呢？当然，跟现今动辄满席的生猛海鲜、热辣山珍比起来，确实显得简单了些。

雪里蕻咸齑

农家的汉子，肚皮贴着脊梁从庄稼地里回家，从缸里捞起一根咸齑，一口冷饭一口咸齑，嚼得吧唧吧唧生响，其状其貌其美其香，直逼生猛海鲜，可以一口气过下三碗饭。

雪里蕻不畏寒，雪里上蕻，雪里开花，是其性格。但雪里蕻大多长不到天寒地冻时节。大多数雪里蕻都在冰雪来临前，被主人收割腌制成了咸齑，这是它的命。菜亦有命。

咸齑是平民菜。老底子人家，家家户户灶间里少不了一只咸齑缸，少不了一块压咸齑石头。缸是青酒缸，石头是大盘石。青褐浅红的大盘石死沉沉压着咸齑，日子便显得稳笃、悠长，不至于没着没落让人着慌。农家的汉子，肚皮贴着脊梁从庄稼地里回家，从缸里捞起一根咸齑，一口冷饭一口咸齑，嚼得吧唧吧唧生响，其状其貌其美其香，直逼生猛海鲜，可以一口气过下三碗饭。老底子人家，咸齑是“长羹下饭”“压饭榔头”。乡间老话向来是很“贴肉”的。

雪里蕻成排放倒后，晾在地里，或担回天井里，铺成一排排的菜垄子，任秋后凉露和夜风侵袭，和暖的日光杀青，隔日变得瘪软蔫巴，就可以腌了。这时，大人们要抓“差”了，阿三快把鞋脱了，阿四去埠头洗洗脚。脱鞋洗脚的目的是踔咸齑。踔即踩。这有种说法，说是童子脚干净，踔的咸齑鲜香，不发臭，可以吃到隔年黄梅六月。这不是迷信，是有道理的。大人的脚，涉世既深，难免有种种肌肤上的沉疴与不洁，踔的咸齑自然易腐败变味。

踔咸齑一年一次，新鲜，孩子们乐意干这差事。叫到的争着要爬上缸去，没叫到的也自觉洗脚，自告奋勇。一时，圆圆的缸里，三四个小猢狲六八只白生生的小脚板踩得风生水起，翠绿生凉的菜汁从脚丫儿间溅上来、冒上来、漫上来。一层菜一层盐，等菜踩没在汁水里，再叠放一层。一阵亢奋不已的踩踏，一片嘻嘻哈哈的喧哗，把农家秋后的日子洇染上一片喜庆色彩。农家日子就是这样，在一段苦咸辛涩之后，自会间隔点缀几许欢欣祥和，日子自然就显得顺畅好过许多。就像咸齑之于干饭稀粥，起的也是润泽、“下”、“压”的作用，让饭在食道运行得利落些。

秋天种的雪里蕻，在冰雪天里上蕻、开花，是南方冬日一景。当然，风景里雪里蕻是家家户户留种用的。当采收咸齑菜后，每户人家都要留几株作种采籽，以备来年栽种。留种的雪里蕻高茂伟硕，花色黄亮，在雪天里闪耀，姿态傲娇，成为别的菜蔬的一面镜子。这便是雪里蕻与其他菜蔬的区别所在。雪里蕻不畏冰雪，骨子里有傲劲，质地柔而韧，所以适合盐腌脚踔成“长羹下饭”。青大头、白大头之类也不是不可以腌咸齑，只是不宜久储。所谓青菜咸齑、白菜咸齑，都只合“暴盐”，现腌现吃，三四天尝尝鲜可以，过周满旬就变味发馊了。不同菜不同性不同命，老天自有安排。雪里蕻与咸齑才为正宗标配。

家里有一缸雪里蕻咸齑，最不愁的自然是灶间当家的。饭熟了，没菜，取一团咸齑切切，撒些味精，滴上几滴香油拌拌，日子就不再寡淡无味。水开了，撇下切好的咸齑末，就是一碗着味的好汤，若有冬笋丝、蘑菇片一同下锅，就更美了。咸齑是农家粗下饭，咸齑梗过冷饭自然是庄户人家的粗放吃法。咸齑也无妨吃得精细雅致一些。一撮咸齑末过一碗白粥，是很多古代文人的吃法。宋代魏泰《东轩笔录》载：“公（范仲淹）少与刘某同上长白山僧舍，修学，惟煮粟米二升，作粥一器，经宿遂凝，（以）刀画为四块，早晚取二块，断齑数十茎……啖之，如此者三年。”这便是成语“断齑画粥”的来源。早起吃一碗咸齑过白粥，不仅是自我励志，还能吃出古代文人生活的趣味。韩愈《送穷文》中“太学四年，朝齑暮盐”，也是说这种生活状态。古时候还有“齑臼”一词，本意是盛放辛辣食物的容器，相当于现在的咸齑缸。当然，咸齑雅吃不止于此。

在江浙地区，咸齑有“百搭”之谓，各类肉荤海鲜，各色时鲜蔬果，笋、菇、土豆、豆腐、番茄等，可烧可炒可炖可汤，无不适合。咸齑的咸香调和鱼之鲜、肉之腻、蔬之腥，恰到好处，让人回味不已。甚至连腌咸齑的汁，也是一味别具特色的调料。雪菜汁蒸梅鱼、橡皮鱼、翘嘴鲌、昂刺 …… 皆是绝配，味道妙不可言。过了五黄六月，咸齑始变腐发臭，也不碍，捞出缸在晾衣竿上晒成干，即成著名的霉干菜；用以烤五花肉，即成著名的霉干菜烤肉，成就又一种特色风味。

家有咸齑，勿吃淡饭。这是老话。在宁波东乡邱隘，还有一句老话：“三日勿吃咸齑汤，脚骨有眼酸汪汪。”可见咸齑在邱隘人心中的位置。

邱隘是著名的咸齑之乡。相传在秦朝，东乡邱隘一带的老百姓垦荒种地，自给自足。每年秋季，家家户户都会种植雪里蕻。有一年，天气恶劣，连日雨雪交加，眼看田里的雪里蕻就要变质腐烂，老百姓忧心不已。有天晚上，当地一位老农做了一个梦，梦到有一个白发苍苍的老者，传授他一个腌雪里蕻的秘方。他试着用老者的方法腌制雪里蕻，七七四十九天后，得到神示而腌成的雪里蕻咸齑脆爽鲜香，味道好极了，乡亲们纷纷效仿。这就是闻名遐迩的邱隘雪里蕻咸齑的来历。

而今，各种咸齑佳肴的鲜爽口感已经成为宁波人特有的味觉记忆。

雪菜大黄鱼是一道具有典型性的宁波传统名菜。雪菜即雪里蕻。雪里蕻咸齑切末，大黄鱼过油，炸至两面松黄。水烧开，入鱼煮至汤色乳白，撇入雪菜咸齑，即可上桌。鱼肉飘嫩，汤浓味醇，鲜美无比。人间至味往往如此，简洁、明了、纯正，可谓“一箸入口，三春难忘”。

绍兴人也好咸齑。周作人曾在《知堂谈吃》中写到他对咸齑笋干汤、咸齑虾子的喜爱。他认为，这些平民的清淡小吃中，有清淡和腴润的统一之美，清淡而不寡淡，腴润而不肥腻。

对于咸齑的“齑”，我曾认为是方言谐音的谬用。为什么是“齑”，而不是“鸡”

或“麂”,乃至“几”？从字面上看,后三字都比生僻的“齑”字更简明。后来明白了,“齑”本义是细、碎,指某些食物的碎末。后用“朝齑暮盐”“齑盐布帛”等词形容清贫苦寂的生活。正如人生,只有经历过岁月风雨的侵袭、腌渍、洗礼,才能品尝到生命的真味。这不就是风雪里的雪里蕻吗？不就是盐腌脚踔、重石压身的雪里蕻咸齑吗？

水江湖·江湖里

一尾潜在乡愁里的鱼

人在水里,是多么笨拙可笑。不大而浅的一片水里,一尾不小的鱼,我们两个手忙脚乱,全身都用上了,熊扑虎抱,洋相百出,依然奈何不了那尾鱼。一潭琼浆很快被搅成一片混沌,泥尘泛起,再不见鱼沉潜或游弋所在。

水江湖·江湖里

那尾鱼潜在村口小溪潭里，那曾是我一个人的秘密，也是一份至今还鲜活着的乡土记忆。

溪真是小，宽丈许，两岸沙石坡面一边陡一边缓，长满杂树荆丛。溪水时断时续。雨天，山水下来，漫过砂砾，形成一条连贯欢快的溪流。晴时，又恢复一摊砂砾隔潭水的格局。水清澈透亮，比一袭空调被还薄，深处盈尺，浅处刚盖过脚背。水下大大小小的褐色溪卵石、石上的青苔，以及米粒似的小青虾、牙签大小精灵似的溪鱼和偶尔露身的指甲盖大小的石蟹……历历可数。

我是无意中遇见那尾鱼的。没有人会想到，在如此窄浅的一潭水里，竟隐着一尾在那时的我看来堪称巨物的大鱼。

那时，乡间蕴藏着数不清的这样的事物。林子里鸟多，这是常识。无论树林子还是竹林子，里面都栖息着太多知名或不知名的鸟儿。每天傍晚或清晨，无数的鸟儿在林子里说话、合唱，声音盖过你所能想象的所有自然声响。但是，你若去村后竹林里逛逛，或许会遇上一只疑似犬的动物，比狗小，毛灰褐，夹着尾巴，见人躲着走，一眨眼便消失在林子里。或许会见到一堆蓬松的新鲜土丘，踢一脚，里面竟伏着一只神情木然的乌龟。田间也一样，经常可见水鸡妈妈们带着一窝窝小水鸡在稻田间悠然觅食。水田里多泥鳅、黄鳝、螺蛳之类，穿一条蚯蚓，一横田塍能钓十多条黄鳝……这样的事例不胜枚举。

那天放学，我被语文老师留在教室里罚抄十遍生字，原因不细说了。抄完字从教室出来，太阳爬上了西山顶，晚霞把整片山谷染红。我一脑子糨糊，来到溪边，手指手腕热辣酸胀，就着石阶下到溪里，想洗把脸醒醒脑。刚要蹲下，只听哗啦一声响，定神一看，一道青黑的影子在水下闪过，留下一道弧形水花。再一看，影子消失了，水花也很快消失不见。我脸忘了洗，手也不酸胀了，一口气跑回家，冲着还没放下锄头的大哥嚷嚷：

“鱼、鱼，哥，好大好大一条鱼……”我语无伦次。“什么鱼？在哪儿？”“学校溪坑里。”大哥一听，笑了：“小弟，关夜学关得眼花了吧？那地方怎么会有鱼？鱼一大，水不就溢出来了嘛？”“真、真的，很大，我亲眼看见的……”我边比画边结结巴巴描述。大哥不信。后来二哥也来了，说，看看去。于是我们哥仨只当来学校边溪坑逛逛。看过后，他们更不信了，说，就这么点水，就算有鱼也藏不住啊。一致的结论是我做作业做得眼花了，或是当时正好有只水老鼠从水里蹿过。又说，家里多久没鱼上桌了，小弟是馋鱼馋的。

我坚称那是尾很大的鱼，不是水老鼠。但是没办法，那鱼不出来帮我说话，没人会信。我一路嘟嘟囔囔，表达对两位兄长的不满。人微言轻，说什么都没用，我的话语权轻得跟空气一样。但是，不满归不满，这件事就这样过去了。那尾鱼在我脑子里沉潜下来，但一直挥之不去。

此后，我养成个习惯，每次上学放学，不管独自一人还是与人同行，路过溪潭，都要借口洗手，绕下去看看。我不想让别人知道潭里有鱼的事，这是我一个人的秘密。但是奇怪的是，我再没见过那尾鱼。我反复观察那个潭，腰子形，一边浅一边深，深的一边靠近坝脚处有一溜幽澈的蓝，应该是潭的最深处，但仍在目光可探测范围内。不见鱼。

溪潭里的水极少干涸。那个暑期很长时间没下雨，潭里的水只是稍浅，依然盈盈然，并无干涸迹象。我一方面期望潭水干涸，水落鱼出；另一方面又不希望出现这状况，那意味着一个谜底的揭开，秘密不再是秘密。

“子非鱼，安知鱼之乐？”这话出自《庄子·秋水》里庄子与惠子的一段经典对话。意思是说，你不是鱼，怎么知道鱼的快乐？这段智者间的对话，总结起来就是两句话：不要试图猜度别人的心思，不要以自己的眼光去看待他人。如同你无法判断一尾鱼在水下的游行轨迹和沉潜所在一样。

那时小，还没有如此深层次的思考。我甚至连那尾鱼多大、是什么鱼都不知道。但是不久，谜底揭开了，没错，这个看似又浅又窄的水潭里真潜着一尾大鱼——二斤二两重，大人们说是鲈鱼。

在中国式乡愁里沉潜最深的鱼，莫过于鲈鱼。《晋书·张翰传》载："（张翰）在洛，见秋风起，因思吴中菰莼菜羹、鲈鱼脍，曰：'人生贵得适意尔，何能羁宦数千里以要名爵？'遂命驾便归。"这便是"鲈之思"的源起。张翰辞官的真正原因，是不愿卷入晋室之乱，恐引祸上身，思念家乡的莼鲈只是借口。不过，张翰喜爱家乡鲈鱼的味道却是真的。他写有一首《思吴江歌》，诗云："秋风起兮木叶飞，吴江水兮鲈正肥。三千里兮家未归，恨难禁兮仰天悲。"

美食与乡愁自古是个无法分割的话题。鲈鱼有很多品种。张翰为今苏州吴江人，令其魂牵梦萦的"莼羹鲈脍"里的鲈，是传统的松江鲈鱼，其最显著的特征是两侧鳃前各有一鳃状的凹陷，形似又一对鳃，人称"四鳃鲈鱼"。这跟现今菜场水产店里出售的显然不是同一种鲈鱼，也不同于潜在我心里的那尾。但是它们同为独特的乡愁和味觉记忆的载体，不妨把它们等同起来。因为古人诗文里其实并没有清晰界定鲈是四鳃抑或两鳃。何况，据考证，早在明代，由于东太湖的泄水道周边出现沧海桑田式的地理变迁，松江鲈鱼失去了必需的自然生活环境，逐渐在吴淞江上游消失。科学家正试图用最新的科学技术繁育鱼苗，让它们重回百姓餐桌，目前已取得阶段性成果。

曹操、张翰、陆龟蒙、苏轼等历史文化名人纷纷为鲈鱼的鲜美滋味所倾倒。《三国演义》中，曹操大宴宾客，因席上无鲈鱼而引以为憾。有异人左慈当着曹操和众宾客的面，在魏王宫池子内钓出鲜活的松江鲈鱼烹煮待客。虽说小说家之言不足信，但此事也载于正史《后汉书·左慈传》中，可见鲈鱼早在汉代便传誉天下了。

唐宋时，表现鲈鱼的诗词有很多。如“江上往来人，但爱鲈鱼美”（范仲淹《江上渔者》）；“八月紫莼浮绿水，细鳞巨口鲈鱼美”（洪适《渔家傲引》）；“断云一片洞庭帆，玉破鲈鱼金破柑”（米芾《垂虹亭》）；“吴江田有粳，粳香春作雪。吴江下有鲈，鲈肥脍堪切”（梅尧臣《送裴如晦宰吴江》。苏轼在《戏书吴江三贤画像》说：“浮世功劳食与眠，季鹰真得水中仙。不须更说知机早，直为鲈鱼也自贤。”《后赤壁赋》里也有一句：“今者薄暮，举网得鱼，巨口细鳞，状似松江之鲈。”范成大在《秋日田园杂兴》中道：“细捣枨齑买脍鱼，西风吹上四腮鲈。雪松酥腻千丝缕，除却松江到处无。”

纯自然的鲈鱼，春季在近海产卵孵化，幼鱼沿吴淞江等入海江河逆流而上至上游。秋季成鱼，就成为张翰等历代文化名人魂牵梦萦的美味了。

那天午后，后墙门的阿忠拎着顶他爸刚为他做的罾找我，让我和他一起去溪坑里赶虾。我有些迟疑，想去，又不想去。

罾是一种近乎原始的捕鱼工具。两片竹弓，十字交叉扎结实，侧边三面和底下共四面用网围扎起来，便是罾。赶是用小竹条火烤后拗成三角形，串上一圈圈从竹筒上锯下的竹圈即成。这便是罾与赶的组合，乡下那时多有这种捕鱼工具，合起来叫赶罾。

老实说，那顶罾对我有极大诱惑力，若在平时，我早一口答应了。问题是我心里有个结。我说，溪坑虾太细，没意思，不如去田沟里赶泥鳅吧。我其实是不想让旁人知晓我心里那个秘密。我觉得罾这种猎鱼工具是有可能让那尾潜着的大鱼大白于天下的。阿忠说：“泥鳅不天天在赶吗？再说热呀，田里赶泥鳅，头顶心要晒脱皮了。”我拗不过他，毕竟人家是罾的主人。我跟着去时，心里有了另一层想法:反正那个谜,迟早要见分晓的。

夏日小溪,头顶有树荫遮着,脚下沙石光洁润滑,让人愉快,溪水又干净又阴凉,我们从溪坑下游开始向上赶。阿忠把罾在下水口布好,我从上水口开始,把赶插入水中,贴着溪底卵石轻轻"赶"着,随着手的上下抖颤,一排十数只竹圈和卵石相互磕碰,在水里发出清脆悦耳的声响。当然,这声响效果是针对赶罾人而言,对于小鱼小虾们来说,这声响则足够恐怖,它们以为天要塌下来了,纷纷逃窜远离这声响,不幸就撞进罾里,成了我们的渔获物。

我们一潭一潭往上赶。赶到学校边上那个潭时,鱼箩里已经有浅浅一层半透明的细虾和几尾比手指头还小的溪坑鱼。虾壳呈淡淡的青褐色,可以看到里面极细的黑色虾线。它们有的哔哔跳着,细长的螯徒劳地划着。鱼则无助地张合着嘴,一声不吭。

"这潭不赶了吧？天天见着,哪有什么鱼虾。"我说了谎,内心里还有些挣扎。

阿忠不由分说,照例把罾置入水中,说赶吧。

好吧,见分晓的时刻到了。我在心里说。

照例从上水口开始赶。竹圈、竹竿和石蛋相互磕碰,在水里发出清脆悦耳的声响。当我的赶将要接近那溜幽澈区域时,突然,这回我看得真切,箭一样,从那溜幽澈里射出一线青黑影子,跟随着这线影子的是一圈圈泛起的泥沙浊尘。我刚喊了声"啊,鱼",就见阿忠弃了罾,身子直直向那影子扑过去。我也把赶扔了,投身扑捉起来。这时候,罾已经没有用武之地,语言也不起作用。我们只顾"啊啊"惊叫着,一次次扑过去,结果一次次落空。人在水里,是多么笨拙可笑。不大而浅的一片水里,一尾不小的鱼,我们两个手忙脚乱,全身都用上了,熊扑虎抱,洋相百出,依然奈何不了那尾鱼。一潭琼浆很快被搅成一片混沌,泥尘泛起,再不见鱼沉潜或游弋所在。我们得以暂时安静下来,相互傻眼,"好大！""好大!!”紧张、亢奋让我们忘了彼此取笑。好在溪坑水澄清得快，不久，泥沙沉淀下去，水很快复归清澈。我们又发现了那尾鱼，又开始另一轮扑捉，又是一阵手忙脚乱的熊扑虎抱，而那鱼一次次从我们的手里、怀里轻松溜出去，跟逗我们玩儿似的。

最后，大概鱼也乏了累了，不再逗我们玩儿了，背脊上披了一层泥尘伏在一处浅滩上。阿忠瞅准了，连人带罾一起扑罩下去，才把那鱼制服。

我们中断了接下去的赶虾进程。鱼篓窄了些，无法完全放下那尾鱼，只能把鱼头朝下倒竖着。鱼尾巴还翘在外面，扇子一样无助地摆动着。我们拎了鱼箩和罾回家。

阿忠表示鱼和虾两人各半。我心情复杂，有些接受不了那鱼在我眼前被一分为二的残忍局面，仿佛这结局是我一手造成的。我说罾是你的，鱼也是你逮的，若一定要分我，就把虾给我，鱼你拿走。

阿忠同意了。

那显然不是一尾松江鲈，它口大鳞细，背脊青褐，两侧有几痕黑色斑纹，背鳍强健若旗幡，尾鳍是一个威武的倒三角，颀长有力。

鲈鱼是一种洄游型食肉鱼类，生性残暴，喜在洁净、湍急的水流中生活，白天静伏于水底干净的砂砾上，夜里出来觅食，以小鱼小虾为捕猎目标。我不太能理解那尾鲈鱼如何安身于这潭窄浅的水体里，不知道它是怎么来的。虽说条条河流通大海，但老家距大海毕竟远了些。很难想象一尾弱小的鱼是如何冲破重重急流险滩抵达这个小小溪潭里的。我后来几次对那个溪潭进行涉水检测，发觉除了水体窄小和距大海稍远外，还真蛮适合一尾或几尾鲈鱼生息。溪流洁净，常年不涸，小鱼小虾虽然小而细，但似乎从来没有绝迹过，是它最好的食粮。靠近坝脚处的那溜幽澈里，有一片向外凸出的板岩，水流把下面掏空了，形成一个隐秘的凹陷地带，那尾鲈鱼白天就潜在这里，傍晚出来巡游。那天，它出来早了，不幸被我撞上。说不幸其实并不准确。因为最终促成它被搬上餐桌的不是我，而是阿忠。假如不是阿忠，不是阿忠他爸给他做了一顶罾，一场大雨、一股山洪下来，这鲈鱼极有希望重归大海。不幸的是，在我发现它至阿忠带着他爸为他做的罾找我一起去溪里赶虾这段时间，它没等来一场命运的及时雨。

相比之下，张翰要幸运得多。一个人在险象环生的官场中沉浮，敏感预知时局趋危，遂以思念家乡美味为由退出官场，自保境界不可谓不高。神奇的是，他那牵强附会的“莼鲈之思”居然得到朝廷的认同。更神奇的是，张翰因这个微妙的借口而名垂千古，这点恐他本人也万万料想不到。

鲈鱼味美，通常吃法无外乎清蒸、红烧或酥炸，以保持鱼之完整，让人知道你吃的是鲈。斩成件，熬锅汤，或熘个鱼块什么的，就显得粗鲁了，有暴殄天物之嫌，难免受人诟病。不过，说起来，让张翰日思夜想、辞官回乡的莼羹鲈脍里的脍，就是被切成块或片或粒的鲈鱼肉。《说文解字》中云：“脍，细切肉也。”《礼记·内则》中也说：“肉腥细者为脍。”腥，指生鲜的鱼肉。可见，鲈脍就是切成块或粒或泥一类的东西。一尾鲈鱼到古人手里，该斩的斩，该剁的剁，绝没有今人那般做作与麻烦。

有人问，莼羹鲈脍究竟是一道菜，还是莼羹、鲈脍的组合？这还真说不好。查无实据，谁说了都不算。不过《清稗类钞·饮食类》中倒是专门记载了莼羹和鲈脍的做法：“莼菜调羹（佐以火腿丝、鸡丝、笋蕈丝、小肉圆），鲈鱼作脍（佐以鲜笋），吴中风味，自昔艳传。制法与普通之调羹作脍，无大区别。如能两美合一，尤佳。其法将鲈鱼蒸熟，去骨存肉，摘莼菜之嫩叶煮汤，益以鲈肉，辅以笋屑，和以上好酱油，厥味之佳，不可言喻。”三言两语，把烹饪莼羹、鲈脍和莼羹鲈脍之法全说利落了，欲如法炮制者，各取所需就是。辛弃疾言：“休说鲈鱼堪脍，尽西风，季鹰归未？”莼羹、鲈脍也好，莼羹鲈脍也罢，用心到了，功夫、火候到了，精髓自出，别的都不重要。

傍晚时分，阿忠苦着脸，端了半爿鲈鱼来我家。

“不是说好的吗？”我问。

“我妈一定要我拿一半过来。”阿忠瘪着嘴说。

母亲问清缘由，也不多说，把已经炒好的萝卜丝炒青虾拨出一半在阿忠碗里，然后把半爿鱼红烧了，加了葱和辣椒。

鲈鱼是个好东西，简单的家常做法，味道就很不错，肉质纤维感比四大家鱼显著，却不粗糙，让人印象深刻。

这可能是我此生最不忍吃的一尾鱼了。我最初其实并没想要逮它，更没想要吃它。事情进展大大出乎我的预期，从一开始两位兄长怀疑鱼的存在，到最后成为我们两家的锅中材、盘中菜，似乎从没在我可控范围内。一个人吃了不想吃、不愿吃的东西，所带来的那种不适与不安感，陪伴了我很长一段岁月。直到动手写这篇文章，那种不美好的不适、不安感，还时不时从记忆深处泛起，左右着我的思路。

鲈鱼是一种洄游鱼类。那时乡间河道都是有生命的，生息着很多生灵，除了诸多野生鱼类、贝类，每一段水道还被所属村乡承包起来，放养了鲤、鲢、草、鳙等四大家鱼。但极少养鲈鱼，或许因为，鲈是食肉性鱼类。在那个物资匮乏的年代，人们自然不会允许能够满足一部分村民舌尖上荤腥需求的水体里，出现与人抢“肉”的鲈。以至于我和阿忠刚刚捕获那尾鲈时，并不认识它。那么，唯一的可能，它是从东海洄游上来的。我替它设计了一条最近的洄游线路：从甬江入海口到三江口十公里，从三江口到奉化江鄞奉段二十公里，后入回环曲折的南塘河到村前那条小河，再到村口那个溪潭，游程不少于三十公里。也就是说，那尾鲈至少洄游六十余里，才可能最终抵达村前那个小潭。此外，还要跃过无以计数的

碶、闸、坝和一道道用以阻隔不同河道家养鱼类相互串门的隔断篾。对于洄游性鱼类来说，百廿里水路或许不算什么，最难的是冲破水里的一道道阻隔。这一路的艰难与偶然可能只有作为一尾鱼才能体会。更大的偶然还在于，这尾鲈，它最终在村口那个溪潭里安生，而不是其他哪条溪的哪个溪潭里，并且由于某种机缘巧合逗留在潭里，没有顺利回归大海 …… 这种种的偶然与巧合，只能用一个字解释 —— 缘！

是不是它最终沦为我们两家的一盘开胃荤腥菜，也是一种缘？

现在，菜场里鲈鱼的价格比四大家鱼高了去了。前些天，我在宁波三江口，看到垂钓者一字排开，用排钓垂钓，饵是明虾或海蚯蚓，目标鱼很明确，就是鲈鱼。许多人鱼篓里的渔获物也大多是鲈鱼，大的一两斤，小的两三指。问售价，答曰："50 元一斤。"问，缘何比菜场贵好多？回复千篇一律，语气里带有强烈的自傲与不屑："菜场里的哪能跟钓的比！这可是正宗洄游鲈！"言下之意，菜场里出售的都是养殖的，或是没洄游的海鲈。

我有时候想，这些在三江口游荡的鲈鱼，有没有到过我家村口那个溪潭，或者将要去往山脚下那些小小溪流的小小溪潭里？答案是没有可能。因为，在乡间，绝大多数水道已经不适合生灵生息，成为生命的禁区，而那些靠近村落的溪流也大多被改造成一条条直溜溜、三面光的混凝土水道，就算有鱼愿意住下来，也找不到歇"足"的地方了。

鲈鱼，或许真的只是一个乡愁的缥缈符号了。倘有个当代张翰，思念家乡鲈鱼的味道，估计也要到养殖场去寻味了。

别惹我，烦着呢

河豚没有理由不生人类的气。河豚一口气（或水）把自己憋成个大圆球，又在体内武装了极毒的神经毒素，说到底是为了防卫，让掠食者知难而退，长点记性。偏这两招对人类都无效。

做鱼不易，尤其做一尾河豚。这是我的想法，相信河豚也是这样想的。

水深、火热，被我们用来形容生活、生存艰难之两大囧境。鱼作为一种水生动物，当然比人类更有资格说水中生活不易之类的话。比如河豚，它就常常为自个儿生活不如意或生存环境恶劣而感到不悦、生气。

河豚身形不算大，但也不算小，关键是它的体形堪称另类，是鱼类中的肥胖症患者。众所周知，水的密度比空气大得多，在水中游要克服比在空气中前行大得多的阻力。所以，在水中生活，前行速度快是优势，绝大多数鱼类都长了一副让人羡慕的好身材——流线型——可借此在汹涌的水中把阻力减到最小，如鲨鱼、金枪鱼、带鱼等，还包括水中巨无霸——鲸。独河豚例外。且不说其天生圆胖身材，还天生头大脸宽，是鱼类中的“大脸猫”。通常情况下，头是河豚全身最大的部位，往后逐步收紧，越往后越小，像个漫画版的纺锤，至尾鳍小到简直跟闹着玩儿似的。造物主设计河豚造型时一定没怀好意。头大脸就大，在水中受到的阻力自然也大。更逗的是，河豚还长了匪夷所思的吻部，宽大、肥厚、性感，让人生非分之想。眼睛和鳃反倒都很俭省，省到几乎可以忽略。这长相，简直是逆自然规律而长，跟别的鱼倒着来。迎水的部位都长得开，对鱼来说如手脚的鳍，则几近退化为符号。这还是鱼吗？它是不是快进化为陆上动物了？用句流行的话说，简直逆天了。

河豚很不满自己的“造型”，常没事就生自己的气。这种自虐心态表现为自我封闭，不想与任何鱼交往。假如有什么小傻鱼、小丑鱼之类的想套它近乎，逗它玩，可得小心，它可不是食素族，不知道它什么时候会冷不丁狠狠咬你一口，或一口把你吞了。让你来惹我！它的菜单里还包括蟹、虾和贝类。它的牙齿足以一口咬碎坚硬的贝壳。假如接近它的是大型掠食性鱼类，它的做法更绝，直接深吸一口水（或气），把自己憋成一个大大的、鼓鼓的、栽满棘刺的圆球，只有眼睛和嘴鼓着，让你下不了口，或直接把你吓跑——看你还敢来惹我！见过几个视频，有些好事的潜水者潜到海底调戏河豚。河豚尾鳍袖珍无力，游速甚至不及一个潜水者。一尾鱼，让人在水里追着调戏，是可忍孰不可忍！河豚吸一口水，又把自己憋成一个大水球。河豚一旦憋成一个超出原来身体几倍的圆球，基本失去了游逸与抵抗能力。死猪不怕开水烫，是生是死你看着办！

瞧，河豚的气还真不小。

河豚爱生气，自古多有人领教。大学士苏东坡写过一篇有趣的《河之鱼》，云："河之鱼，有豚其名者。游于桥间，而触其柱，不知远去。怒其柱之触己也，则张颊植鬣，怒腹而浮于水，久之莫动。飞鸢过而攫之，磔其腹而食之。好游而不知止，因游而触物，不知罪己，妄肆其忿，至于磔腹而死，可悲也夫！"这里的"豚"即河豚。意思是说，河豚自己不小心撞上桥柱，不怨自己，反怨桥柱撞了它，生气而鼓腹浮于水面，结果成为一羽幸运的鹰的美餐，被啄破肚皮而死。苏先生规劝世人，凡事要客观公正，多在自己身上找原因，而不是一味埋怨、迁怒他人，最终自毁前程。

河豚有毒，它的毒素是自然界中毒性最大的神经毒素之一，主要集中在内脏与血液中。河豚肉虽无毒，但加工不慎，会吃出人命来。千百年来，年年因贪食河豚而丧命者不在少数。

河豚还生人类的气。别看河豚先天肥胖，却是一种洄游性鱼类。很难想象，就凭它肥胖的身子和袖珍的鳍，是如何从幽深的大海千里迢迢游到江河湖泊的。更让它不开心的是，洄游也罢了，它还要面对鱼生最大的"天敌"——人类。

说起来，再没有比人类更贪嘴的动物了，明知道河豚极毒，还要"拼死"去贪这一口。古往今来，不知多少人为了“这一口”丢掉性命。河豚是“长江四鲜”之一。经过每年溯河洄游、海水淡水交互，河豚肉具有一种特别的鲜味，民间有“不吃河豚不知鱼味，吃了河豚百无味”的说法。食用河豚的历史，可以追溯到4000多年前的大禹时代。2000多年前，长江下游地区盛产河豚。吴王成就霸业后，将河豚与美女西施相比，河豚肝被称为“西施肝”，河豚精巢被称为“西施乳”。晋代左思在《吴都赋》中详细记录了民间烹制河豚的方法。到了唐代，河豚堂而皇之地进入宫廷。宋代诗人梅尧臣在赴范仲淹的宴请时，即兴作诗：“春洲生荻芽，春岸飞杨花。河豚当是时，贵不数鱼虾。”范成大也在《河豚叹》里道：“一物不登俎，未负将军腹。为口忘计身，饕死何足哭。”为贪吃一口河豚，竟不惜一死。

还是要说说苏东坡，堪称古今文坛最大“吃货”的他有一首《惠崇春江晚景》诗：“竹外桃花两三枝，春江水暖鸭先知。蒌蒿满地芦芽短，正是河豚欲上时。”说的是春景，满纸尽是时令食鲜，且绕来绕去最终还是绕到河豚上了，可见河豚在他心里的位置。他在赴任江苏常州团练副使时，当地有一位善烹河豚的厨妇请他去吃河豚，想借先生大名广而告之。苏东坡应邀赴宴，只顾埋头大吃河豚，未发一语，厨妇大失所望。待吃完，苏东坡才缓缓起身，缓缓道：“也值一死！”这便是民间“拼死吃河豚”一语的由来。后来苏学士被贬至惠州，初食牡蛎而觉味美，还致函其子苏过：“无令中朝士大夫知，恐争谋南徙，以分此味。”意思是别让朝中那些家伙知道，不然他们要争着来南方品尝美味了。这简直有“小人之心”的意思了。“日啖荔枝三百颗，不辞长作岭南人”，亦是苏轼的名句。他还有一首食荔枝诗，云：“似闻江鳐斫玉柱，更洗河豚烹腹腴。”并注：“予尝谓，荔枝厚味、高格两绝，果中无比，唯江鳐柱（即新鲜干贝）、河豚鱼近之耳。”吃着荔枝，却想着瑶柱与河豚，这境界真非一般老饕能达到。

河豚有剧毒，但并非无解。古人有很多解河豚毒的方法。清代名医王士雄谓：“（河豚）其肝、子与血尤毒。或云去此三物，洗之极净，食之无害。”此乃去毒食法，把有毒部位除去就不会“食之有害”了。清人吴其浚《植物名实图考》卷十二记载，河豚上市时，遍地生长的蒌蒿可解其毒。此方法在严有翼的《艺苑雌黄》中亦有提及：“余守丹阳、宣城，见土人户户食之。但用菘菜、蒌蒿、荻芽（即芦芽）三物煮之，亦未见死者。”汉代张仲景、隋朝孙思邈都认为用“芦根煮汁”可解河豚毒 。孙思邈另给出一个偏方：“凡中其毒，以芦根汁和蓝靓饮之，陈粪清亦可。”据说，此方一出，古人吃河豚的地点都改在茅厕旁了。这里有个故事。明代佞臣严嵩，八十多岁时纳山东蓬莱一渔家少女为妾。属下为讨好他，别出心裁地策划了一场河豚婚宴，当朝重臣、要员等宾客云集，热闹非凡。一道道河豚菜肴端上桌，宾客们纷纷举箸品尝、举杯畅饮。正当大家兴味正浓时，突然有人倒地，口吐白沫。“有人中毒了！”婚宴顿时乱作一团。严嵩即刻下令去茅厕担来粪水。宾客们顾不上颜面尊严，争相扬脖闭眼将一碗碗粪水喝下。粪水催吐，宴席上顿时一片狼藉，臭气熏天。哪知众人正吐着，那位昏倒在地者悠悠醒来，看到周围一片污物，他捏着鼻子问，咋回事？众人更纳闷，你明明中毒了，怎么又醒了？书生解释半晌，众人方明白，原来那人患有癫痫症，刚才是旧病复发，而非食河豚中毒。众人复呕。

河豚倘知晓人类这副贪食嘴脸，恐被活活气死。确实，河豚没有理由不生人类的气。河豚一口气（或水）把自己憋成个大圆球，又在体内武装了极毒的神经毒素，说到底是为了防卫，让掠食者知难而退、长点记性。偏这两招对人类都无效。当一尾河豚面对人类气鼓鼓地憋成一个胖球时，人类只消用一枚针、一把剪刀即可解决问题。遇到这样的掠食者，河豚只好自认倒霉。

河豚的吃法颇多。古人拿河豚与芦芽做羹，据说味道不错。我想，一方面是因为河豚上市时芦芽正嫩，另一方面是因为芦芽能解河豚毒，将两种时鲜一锅煮了，是顺理成章的事。清代笔记记载，明末常熟牙行经纪人李子宁发明了一种绝无仅有的红烧河豚吃法："前一年取上好黄豆"，制一瓷瓮专用的"河豚酱"。后用极洁净的江水漂洗河豚，先割其眼，再夹出腹中子，自背脊下刀剖开，洗净血迹，其肥厚处，一见血丝，则用银簪细细挑剔净尽；后剥皮下沸水中汆，一滚即捞起，以镊子钳去芒刺，随即切剁成方块，再连同着肉与骨，一起用猪油爆炒，然后下"河豚酱"入锅烹煮。揭锅盖时，必得先张伞，以免热气上冲惹烟尘落入锅中…… 据说，李家的红烧河豚"每烹必多，每食必尽，而卒无害，以是著名于时；年年二三月间，朋党辄醵钱聚会于其家，上下匆忙，竟似以河豚为一年大事"。其影响所及，以至"春时筵客不得此为不敬"。李家烧制红烧河豚的核心是干净，从河豚本身到酱料，从用水到周边环境，都力避污秽与毒邪的渗入，这种对干净的极端诉求已经有几分迷信的味道。现代人也多有拼命食河豚者，红烧、清蒸、做羹，过程极少如此烦琐、迂腐。把该做的事做完，风险就基本可控。我的老家在浙东甬江沿岸，少时也时有河豚上岸。宁波人向来务实，极少为贪一时口舌之快而冒死。通常吃法是将河豚晒干成鲞，后烤红烧肉吃，俗称乌老鸦鲞烤肉，鲜香醇厚。河豚经过洗晒，身上的毒素可降解至最低，鲜有闻吃乌老鸦鲞中毒的。比较起来，日本人食河豚的方式要生猛得多。直接把河豚做成白花花的鱼生，蘸酱吃，且除毒不求务尽，要的就是那份轻醉微麻的眩晕之感。

有时候人类真是挺"坏"的，好多"坏"是存心的。河豚对此除了暗暗生气，恐亦毫无办法。

凫溪香鱼

菜上来了，还是香鱼，灿若金箔，名曰“香酥香鱼”：把相对个小（手指大小）的香鱼油煎，至通体金黄，滋滋冒油，外酥里嫩，集焦香油香鱼香于一身，馨香浓烈，妙不可言。

大凡以香命名的物事，品质大致都不差。

那天做客宁海，朋友带我们去悦来饭庄用餐。饭庄背山，面象山港，傍一泓潺湲小溪，环境有些小清新。店面不大，不起眼，入内瞧装潢，亦不见有特异处，不过乡间一凡俗食店。客随主便，我们跟着就是。

刚一落座，朋友朝我们挤挤眼："知道为何带你们来'悦来'吗？"见我们仨面面相觑，道："三位是宁波的食客，带你们来这样一间乡间野店，总会有些说道，不然怕落下笑话！"朋友又道："来'悦来'，别的什么菜都可以忽略，唯一道鱼，待会儿你们吃着，吃到了，知会小弟一声。"朋友笑着，卖了个关子。我们突然对这家小店有了兴致。

象山港沿港一带，多有这样的乡土食店，凭背山面海的地理优势，食材上大多打海鲜、山货招牌，吸引着四方来客。内陆人来海边耍，要尝尝鲜，刚上岸的带鱼、乌贼、叉鱼、青鲇鱼等家常海鲜已钓足他们胃口。来自宁波、上海等沿海地区的食客，平时海鲜没少吃，要求"透骨""生猛"的同时，对不同时期的山珍土味也有期待，诸如竹笋、山菌等土特产。一年四季生意还都不错。对于我们三个宁波土著，山货显然不足以催开我们的味蕾，倒是"唯一道鱼"钓足我们的胃口。——想啊，朋友是宁海人，我们个个又是餐餐离不开海味的"宁波猫族"，还有什么鱼值得朋友卖关子的？

一道道菜上桌，大多是海味：清水虾、铁板蛏、红烧望潮、红膏鲶　蟹、葱油海瓜子、清蒸杂鱼……该有的都有。这时上了一道鱼，一拃来长，两尾相向，正好拼一盆，清蒸，点着葱花，浇了汁，清鲜明亮。不是鳓，似鲥非鲥，箸未动，似已闻到丝丝鲜香气。

朋友笑曰："凫溪香鱼！没吃过吧！但一定听说过，宁海最著名的特产之一……"

我们吃惊不小。久闻凫溪香鱼大名，却从未有问津之念，原因是随着 20 世纪中期凫溪上游动建多座水库，水环境的改变导致此鱼几近绝迹。此间曾有宁海人工繁育香鱼成功之传闻，却从未有人工繁育的香鱼上桌之说。今日于"悦来"与之突遇，除了惊，更多是喜，可谓喜出望外。

朋友是个爽利人，热心肠，说话直，"这人工二代香鱼，三位来宁海，我一定得请。来，尝尝——"于是大家纷纷动箸，一尝有"淡水鱼之王""鱼中珍品"之称的香鱼味道。

凫溪，为宁海五大溪流之一，源于天台山脉向东延伸的余脉大里、马岙等山岭，自西东流，注入象山港。古称野鸭为"凫"，可见这条溪当年野鸭之多、环境之清美。凫溪流域集雨面积大，水温适度，营养丰富，水清流急，底多砾石，深潭错落，正适合香鱼生长、繁育，因名"凫溪香鱼"。清光绪《宁海县志》载："香鱼产溪中，又名细鳞鱼，无腥而香，其长随月，至七、八月，长七八寸，过此则生子而味不美，出凫溪者佳。"清乾隆三十九年（1774）宁海知县徐恕曾作诗描绘："浮溪渡口夜通渔，玉水清波画不如。何事秋风鲈鲙尾，芳鳞三寸是香鱼。"

香鱼是洄游性鱼类，在大海中生长发育，每年 9—11 月间洄游至咸淡交融的溪涧入海口繁育后代。体狭长而侧扁，吻小嘴尖，鳞细而少，喜栖息在水浅、质瘦、温低的通海溪涧中，以食石上苔藓为生，因其背脊上生有一条满是香脂的腔道，能散发浓郁的芳香而得名。香鱼的产地很广，东亚的日本、朝鲜和我国辽宁、福建等地都有产，但以宁海凫溪所产为佳，肉质细嫩清美，且伴有丝丝黄金瓜香味。

奇珍必有异说。据传说，当年，悠游江南的乾隆帝来到宁海凫溪畔。是夜，装扮成商贾的乾隆及其随从借宿凫溪畔一寺庙。正欲休寝之际，忽闻一阵异香，久萦鼻端不散，遂“逐香而动”，乃知香味来源 —— 原来是几位村夫在野外篝火上烤一种小鱼。实在受不了那份香气的引诱，遂向人讨要了几尾品尝。在尝过了被村民称作“皇帝老子也吃不到”的小鱼之后，乾隆赞不绝口，回朝后即传旨把它列为贡品。自此，凫溪香鱼声名鹊起。

人工育成的香鱼，其口味已令我们几个绝倒：细，嫩，鲜而不腥，油而不腻，并伴有丝丝令人愉悦、不可名状的香。几个人兴足意满，感慨托友人之福，不虚宁海之行，有“皇帝下凡”之幸。

临散席，几人欲起身，又被朋友喊住，道：“莫急莫急，还有一道菜，为此次兄弟相聚作结，图个圆满。”菜上来了，还是香鱼，灿若金箔，名曰“香酥香鱼”：把相对个小（手指大小）的香鱼油煎，至通体金黄，滋滋冒油，外酥里嫩，集焦香油香鱼香于一身，馨香浓烈，妙不可言。按说，香酥类菜趁热吃最美，香酥同时还带“响”，别有风味。纵使我们先前吃得再撑，面对两盘珍味，几条汉子当下消受了也不在话下。但是，我们似乎都不想如此糟践，数数盘中的香酥鱼，正好 9 条。

“早给你们想好了，”朋友善解人意，道：“—— 服务员，请打包。”

“打三份，每份三条！”朋友话音刚落，我们仨几乎异口同声地喊，随即又相视哄笑，相处多年的兄弟，彼此竟如此小心眼，面目可憎。

时光里的“刀”

一尾刀鱼在水中闪过，一群刀鱼在水中闪过，快得让人甚至来不及眨眼，只感觉一丝亮白在水面一闪。但是现在，你去江河的潮头上，去寻见、去感受那一丝亮白的闪光，或许需百年计。

“子在川上曰：逝者如斯夫，不舍昼夜。”

孔子面对一江流水，想到的是时间，我每每读夫子这句话，想到的既不是时间，也非流水，而是一尾鱼，人称刀鱼。这或许就是圣人与俗人的不同吧。

刀鱼，学名长颌鲚，又称刀鲚、凤尾，也有叫鲚鱼，因长得像一柄薄而细、长且锐利的刀，而被一些地方称作刀鱼。作为冷兵器的始祖，刀与水是一种欲说还休、不断还流的关系。水与火洗礼成就了刀，在一遍遍的磨砺中，刀在水中日见锋芒，又在锋芒中逐渐消蚀，最终成为一线消逝在时空中幽幽的光。这是我面对时间之水，默诵圣人哲言时，于脑海中闪过的景象。当一尾鱼、一群鱼以刀的姿态，在水中一次次闪过，鱼还在水里，水还自然流着。但事实上那鱼真的在一天天“消瘦”下去，变得又扁又薄又长，锋利似一柄瘦长的匕首。它最终是否会“消蚀”在水里？水不知道，鱼不知道，人不知道，唯有时间知道。

因为长得瘦而细长，刀鱼在水中游速极快，用闪字最合适。每年清明前后，刀鱼总是随潮水从大海洄游至江河湖泊，繁衍后代，然后又顺流回到海里，前后仅一两个月时间。在人的意识里，快总是具有某种先天优势，虎、豹、狮子因为跑得快而高居食物链顶端，角马、羚羊则因跑得快而在危机面前多一分生存机会。在竞技场上，快也是许多项目的核心竞技内容。一尾刀鱼在水中闪过，一群刀鱼在水中闪过，快得让人甚至来不及眨眼，只感觉一丝亮白在水面一闪。但是现在，你去江河的潮头上，去寻见、去感受那一丝亮白的闪光，或许需百年计。我们这代人还算幸运，见过并品尝过长江刀鱼的鲜美，对于我们下一代，或许刀鱼就成了影像资料里的虚幻之物了。

想来鲚鱼与刀鱼还是有区别的。在浙东老家，鲚鱼极少清蒸、红烧，原因是个太小，多细芒而少肉，满嘴皆刺；一般吃法是下油锅，把肉跟刺都炸酥了，然后连肉带刺醮酱醋吃，过酒下饭，酥脆又鲜香。直至二十年前那次苏南小城太仓之行，才让我对鲚鱼与刀鱼有了初步的认识，用那位打了一辈子刀鱼的老人的话说，鲚鱼是长不大的刀鱼，刀鱼是长忽了边的鲚鱼。在我经验里，鲚鱼至大一指宽，比手指略长，像一片薄刀，在水里若一翎轻羽漂浮。

那年春，接到在太仓开酒楼的魏胖电话，让我去他那里品江鲜，声称“美味不等人，过期不候。这次一定得来。”魏胖是我在部队带过的兵，这家伙先天身宽体胖，生性慵懒又耿直，队列训练时没少拖班级后腿，也没少挨我骂。当然我也没少照顾他。后来我找连长把他调到炊事班，才算真正找到适合他的岗位。没想到这小子极有商业头脑，退伍后经营起一家酒楼。更难得是他重情义，酒楼开业时特意打电话给我，“谢谢老班长。不是你，我还不一定能走上这条道呢！”并邀请我参加酒楼开业典礼。因有事脱不开身，我没出席那次典礼。这次我不想爽约，另约两位同乡战友一同前往，会战友、品江鲜。

太仓地处长江入海口南岸，与上海毗邻，自古有江南粮仓之誉。酒楼地段不显赫，甚至有几分僻静。规模也不大，十几个包厢，加大厅。装饰典雅而不喧闹，墙饰是清新闲适的“竹园春”，配以桌布清雅的竹叶图案，给人丝丝幽静感。酒楼主营长江江鲜，生意很不错。是夜，包厢、大厅基本客满。四十出头的魏胖并没有军营时那么胖，更显精神，谈吐也让人神清气爽。军营锤炼人，十余年的商场打拼更让魏胖脱胎换骨，成为一个干练、自信、成功的商业经营者。后来得知魏胖另开了两家同样规模、风格的江鲜连锁店，人生快意，事业风生水起。

“十多年啊！人到这年纪，还有几个十年？”魏胖敬酒时动情地说：“战友情同手足。把几位老班长请来，主要是想兄弟聚聚，同时让大家尝尝长江江鲜味道。”他说，两天前刚从渔老大手里收到两尾“江刀”，很难得。知道我们来，特意留着，用冰封着，“真是吃一次少一次了。几位下次来，不一定能再品到…… 有也是人工养殖的了。”

对于我们几个从东海岸浓郁咸腥味中喂养出来的人，江鲜固然美味，但并不陌生。淡水鱼与海鲜最大的区别是肉质更细、味道更鲜，也有更重、难以祛除的鱼腥味。其实许多江鲜都是海洋洄游鱼类，自带海鲜基因。让人印象深刻的是两尾刀鱼，尺把长，并排盛在一个白瓷鱼盘里，像两柄蒙古铁骑白亮的腰刀。鱼是清蒸的，点了翠葱，漾着浓稠、油亮的汤汁，像一幅宜人的水彩画。

“果然是长江啊！鲚鱼竟可以长这么大。”我很外行地喃喃，引来一片戏谑和嬉笑。刀鱼肉质原本细腻，火候控制得好，越发嫩，润滑鲜香，在舌尖上油一样融开，口感非一般海鲜能比。只是刺多，所幸那突兀在口腔里的细刺也都绵柔，像糊开的粗纤维。魏胖说，吃刀鱼当以清明为界，明前鱼鳞、鱼刺都是软的，加温后鳞化作油，刺也不那么让人难以接受。过了清明，“嫩刀”成“老刀”，鳞、刺、骨都硬化，在嘴巴里变得桀骜不驯，品质就要差很多。这或是刀鱼的“软肋”吧。但是细想想，世上好多事何尝不是如此：越是鲜美的鱼往往刺越多。想要获得更好的结果，就要付出更多。

刀鱼美味，自古皆然。也许刀鱼各地叫法不同，抑或不同地方品质差异太大，古人描写刀鱼的诗文存世并不多，而为之留下佳句者则往往是真“知音”。苏东坡对刀鱼情有独钟，曾写下“清明时节江鱼鲜，恣看收网出银刀”的名句。“肩耸乍惊雷，鳃红新出水。佐以姜桂椒，未熟香浮鼻。”这是南宋刘宰的《走笔谢王去非遣馈江鲚》。虽不见得写得多好，但人家是专门写刀鱼（江鲚即刀鱼）的，且把食刀的时令与吃法写得一目了然，也不失为一真好之者。陆游也有“鮆鱼（即刀鱼）莼菜随宜具，也是花前一醉来”句留世，亦一副痴迷模样。要说迷刀鱼最甚者非李渔莫属，这个大清的馋痨坯，称刀鱼为“春馔妙物”：“若江南之鲚，则为春馔中妙物，食鲥鱼及鲟鳇有厌时，鲚则愈嚼愈甘，至果腹而犹不能释手者也。”瞧这副馋相，吃饱了犹不知足，把箸不放，令人捧腹。李渔也认刀为鲚，可见两者的区别真的细微。

金圣叹有“人生三恨”说，其中之一即“恨刀鱼多刺”。吃刀鱼显然是件奢侈事情，不仅要有耐心，还要有舒缓心境！不然无法体会那份独特的清雅与鲜美。太仓人最擅长吃刀鱼，其中尤以刀鱼馄饨著称。徐霞客曾对刀鱼馄饨赞不绝口，称为“天下第一鲜味”。传说，当年“老佛爷”慈禧卧病在床，不思饮食，一碗刀鱼馄饨竟让她胃口大开，连吃三天后身体好了起来。从此，刀鱼馄饨的美名远扬。新鲜肥硕的刀鱼去头尾，在鲜猪肉皮上铺开，用刀背轻轻拍松鱼肉，将翘起的细刺剔去，将鱼肉剁成细茸，和嫩菜茸加葱花等拌匀成馅。馄饨入锅煮熟，薄薄的皮子隐隐透出一笼春色……用蔡澜的话说，鲜得几乎可以让人连舌头都要吞掉！别说吃了，看着就诱人。不过魏胖说：“那是多年前的事了，现在基本不用吃了。想呀，几百元钱一斤的江刀，全流域一年也才产几千斤，一条鱼能剔下多少肉？谁还费这事去剔鱼刺剁鱼肉包馄饨……再过二三十年，市面上基本看不到长江刀鱼了。”时过二十年，魏胖当年的预言不幸而言中。据说现在上海、江苏、安徽的正宗长江刀鱼年产不足几百斤，一尾二三两的江刀，市场价竟达惊人的几千元，并且基本处有价无货状态。“扬子江头雪作涛，纤鳞泼泼形如刀”，这是清代清端描绘刀鱼的佳句。千百年来，刀鱼年年在长江的潮来潮往中兴旺着，现在真要离我们远去了……

钱泳的《履园丛话》说刀鱼是“开春第一鲜美之肴，而腹中肠尤为美味”。在他老人家看来，连鳞和肠一起吃才是“善食刀鱼者”。不过现实中食刀鱼肠依然少有人接受。老饕们处理刀鱼的经典做法是，一不去鳞，二不开膛剖肚，用两根筷子从鱼嘴插入，转动筷子取出腮和内脏。刀鱼多芒刺，吃来费事，袁枚的《随园食单》提供了两种方式：一是“用极快刀刮取鱼片，用钳抽去其刺”，二是“快刀将鱼背斜切之，使碎骨尽断，再下锅煎黄……临食时竟不知有骨”。这其实是书生式的坐而论道，前者把麻烦转嫁给厨子，一般食客消受不起；后者就是油炸鲚鱼，有糟践刀鱼之嫌。

应我们几个要求，翌日一早，魏胖出门收鱼，带我们去见一位他常年挂钩、打了大半辈子刀鱼的渔老大。老人66岁，精神矍铄，精瘦的身板，刀剔的脸油亮似鲤鱼脊背，十六七岁就随父亲下江捕鱼。听我们说要随他一起下船捕刀鱼，老人坚辞不受，给钱也不行。老人有些生气，说我们是有钱找耍子找错人。他说他打了一辈子鱼，都快没鱼可打了，每天都羞于出门，羞于进门。"还好意思带你们去？这不是辱没自个儿吗？"老人说话自带乡音。在魏胖的解说下，我们深深理解他那刻的心情：那是一个从业者对自己行当彻底没落的深深羞愧、自责和不安。老人告诉我们，刀鱼每年三四月份随着潮水从海上游来。他每天在太阳落山前在江里布下十几顶游丝网，凌晨四五点下江收网。一天候着潮水放收两次。以前收成好的时候能有几十斤渔获，最多一次上百斤，大多是爽利鲜亮的大刀鱼。虽说不上丰硕，也足够一家子过安稳日子。后来一年年就眼看着越来越不行了，"一天打不了几条鱼，"老人指着魏胖说，"他知道，现在几天打不到一条鱼是常有的事。""我能带你们去吗？真是羞煞祖宗了！"老人越说越愤怒，"这江里没鱼了，大洋里也没鱼了吗？鱼都去哪儿了呢？"

鱼都去哪儿了？老人振聋发聩的问声犹在耳。现如今，跟长江的许多鱼类一样，刀鱼在长江已基本匿迹，市场上比金贵的号称"长江刀"的刀鱼大多来路可疑。刀鱼都去哪儿了？不同的人会给出不同的答案，但结局是一样的：目前长江刀鱼已趋于灭绝，能否回归往日的繁荣，只能交给时间。

刀鱼都去哪儿了？或许，它真的似一柄翼薄瘦长的刀，在耗尽最后一抹光后，消蚀在时间流水里了。

银鱼是水做的

近乎透明的身体，既是保护色，又是进攻利器，使得它们有效隐身于水中，避免成为其他掠食性鱼类的攻击目标。这卓越的“隐身”能力，也利于它们接近目标，发起致命一击。

水江湖·江湖里

银鱼是水做的，至少在我看来是。

一尾银鱼从水面游过，与一群银鱼从水面游过，看不出任何水色变化，浑浊的依然浑浊，清澈的依然清澈。银鱼又名冰鱼、玻璃鱼，全身透明，体长不过两三寸，柔软细长，像水一样透彻、明了，包括骨头、牙齿和鳍，唯有眼睛是黑色的，是比芝麻还小的细细两粒。若说有什么鱼可以用水命名，没有的鱼比它更合适。它就是一尾水做的鱼，一身剔透的皮囊包裹一腔鱼形的水，抑或穿了一件水做的隐形衣，然后水一样在水里漂流、游弋，使得无论它到哪儿，人们见到的永远是无形无色、恣意淌漫的水。

施蛰存曾写过一首题为《银鱼》的小诗："横陈在菜市里的银鱼 / 土耳其风的女浴场 / 银鱼，堆成了柔白的床巾 / 魅人的小眼睛从四面八方投过来 / 银鱼，初恋的少女 / 连心都要袒露出来了。"这是一首极有意味的小诗，写银鱼的色、魅与透，虚实结合，呼之欲出。银鱼之所以被称为银鱼，其实是从人的角度出发的。正如施先生所言，银鱼在菜市里"堆成了柔白的床巾"，银鱼在失去生命后，"走"上菜市场，才逐渐呈现银（白）的色泽，成为人们眼里的银鱼。

怡红院的公子哥儿宝玉道"女儿是水做的骨肉"，意指女子柔而美的容貌、皮肤、身段与性情。以银鱼的身段与姿色，用这话比喻可能更贴切。怎么形容银鱼的柔软呢？柔若无骨。银鱼是有骨的，但看上去就跟没骨头一样。捧一把银鱼在手里，就像掬一捧山泉。它们约好似的，顺着一个方向，挤挤挨挨，蹭着手回旋、周游。那触感兼有接触泉水的润滑与接触爬虫的酥痒，语言难以描述其妙。

它们在手心里柔绵地弹跳，人就像掬了一捧长长的、柔而滑的雨滴，有一种慵懒的优雅。

水做的银鱼天生一副弱者形象，孰知人家有很强的生存能力，几乎没有天敌，是典型的掠食性鱼类，以中上层水面的浮游生物和更小型鱼类或鱼苗为掠食对象。其透明的吻上，长有上下两排同样透明的锋利牙齿，可以吞下比自身稍小的目标。近乎透明的身体，既是保护色，又是进攻利器，使得它们有效隐身于水中，避免成为其他掠食性鱼类的攻击目标。这卓越的“隐身”能力，也利于它们接近目标，发起致命一击。否则，以银鱼孱弱的体格与体能，是绝无可能在危机四伏的水世界获得生存空间的。也由于近乎透明的身体，银鱼在自然水体中基本被我们人类“无视”，所以捕捞方式也基本属于“盲”捕：不是大海捞针式的张网拖，就是点灯诱捕，让有趋光性的银鱼自投罗网。

美丽的事物总是与美丽的传说相伴相生。银鱼咸水淡水均可生存，品种繁多，其中尤以太湖银鱼最负盛名。有关太湖银鱼的传说也多：一说春秋末期，范蠡通过西施用“美人计”帮越王勾践灭了吴国。成功后，勾践之妻认为西施在侧终是“祸水”，便令人把西施沉入太湖。一代美人，香消玉殒，化成一条条冰清玉洁的银鱼。另一说秦始皇征民夫筑长城，孟姜女之夫范喜良也在应征之列。北国严寒，孟姜女千里寻夫送寒衣。她到了边塞，探知丈夫已不在人间，南归路上，一路悲泣，泪珠掉入太湖化作条条银鱼。又是西施又是泪珠的，银鱼是水做的无疑了。

银鱼又被称为王余，即吴王所余之意。张华《博物志》中有记：“吴王江行食鲙，有余，弃于中流，化为鱼。今鱼中有名吴王鲙余者，长数寸，大者如箸，犹有鲙形。”银鱼又名白小。杜甫曾有《白小》诗：“白小群分命，天然二寸鱼。细微沾水族，风俗当园蔬。入肆银花乱，倾箱雪片虚。生成犹拾卵，尽取义何如。”民间还有米杖鱼、米鱼、面条鱼的叫法，取的还是个白字，我想，除了因银鱼死后体色失之于白，应该还融通了干净、明亮、透彻的寓意在里面。

银鱼以每年农历九月出水者为佳，小而剔透、洁白晶莹、纤柔圆嫩、味道鲜美，被营养学家列为长寿食品，历来被视为水中珍品、鱼中翘楚。宋人就有“春后银鱼霜下鲈”的说辞。清康熙年间，银鱼被列为“贡品”。清孙静庵《栖霞阁野乘》中记载：“初二日，传旨明日欲往洞庭东山。初三日早，出胥门，行十余里，渔人献银鱼两筐，乃命渔人撒网，又亲自下网，获大鲤二尾。上色喜。”据说，太湖银鱼有大银鱼、雷氏银鱼、太湖短吻银鱼和寡齿短吻银鱼等四种，虽贵为奇珍，但出产却并不少，成环湖人家餐桌上的美味。

银鱼最家常的吃法是煎蛋：银鱼洗净沥水，葱姜炝锅，放入银鱼煸炒，捞出后倒入蛋液，拌匀，再起锅，油热后倒入银鱼蛋液，煎至两面金黄即可。此菜简便易行，蛋香鱼嫩，颇受环湖人家欢迎。另一种做法风味也很独特：银鱼洗净沥水，鸡蛋打成蛋液，取银鱼沾面粉后再裹鸡蛋液，放入热油锅中，快速炸至金黄，即可盛盘上桌。此菜色泽金黄，酥香可口，是上好的下酒菜。若还想再多些口味，可在此基础上，原锅下葱姜煸香，放鲜汤、黄酒、细盐和炸好的银鱼，快速收汁，放豌豆苗炒匀盛盘即成，成品绿中有黄，黄中见白，香鲜可口，佐餐下酒皆为上品。

袁枚在《随园食单》中给出了银鱼的三种吃法：汤食、烹炒以及银鱼干泡发后酱炒。汤食最为常见，袁枚给出的做法是：“银鱼起水时，名冰鲜。加鸡汤、火腿汤煨之。”只能说这吃法是见仁见智，以银鱼的纯粹清瘦质地，辅以鸡汤、火腿之类的重口味配料，未必讨巧。《吴中食谱》就给出了不同的意见。在苏式菜肴中，有道“莼菜银鱼羹”堪称经典：清水起锅，时令春笋切成细丝入沸水煮出鲜味，滑入银鱼，沸后再加入新鲜莼菜，倒入蛋清轻搅出絮丝，勾琉璃芡，淋上麻油即成。此羹清雅养目，鲜嫩爽滑，润心可口。粤菜中的翡翠银鱼羹也有异曲同工之妙。

水做的银鱼让自己完全融于水中，对鱼类而言，这优势是先天的，无可比拟。但是，凡事皆有例外：一尾翘嘴鲌鱼向一尾貌似呆滞的小鱼儿发起攻击。但当它把小鱼叼在嘴里时，意外发现另有一尾硕大银鱼。原来，那小鱼本是银鱼的猎获物。不幸的是，银鱼由于吞下小鱼而不再透明、隐身，最终跟小鱼一起稀里糊涂地沦为翘嘴鲌鱼的腹中物。

鳜隐不知处

假如乾隆帝不下江南，别说他吃不到松鼠鳜鱼，恐怕我们现在也吃不到这道菜。臭鳜鱼则不用说了，那本来就是民间智慧的结晶。至于那尾隐在自然水体里的鳜，该潜伏还潜伏着，现如今，更少有人知其隐在哪儿了。

在自然界，潜伏是掠食性动物的拿手好戏。

在非洲大草原，对于弱者（包括大多数食草性动物）而言，每一处丛林、山包、岩缝乃至一棵树、一个水潭，都可能潜伏着致命危险。猎豹、鳄鱼和蛇都是潜伏高手。潜伏可以减少捕猎成本，降低风险，同时有效弥补自身劣势。猎豹的优势是即时冲刺速度，潜伏可以有效减少冲刺距离和时间，节约体能。蛇和鳄鱼在绝对速度上没有优势，但是通过潜伏，它们成为最高效的捕猎者。

说到鳄鱼，我想到，"潜伏"这词，倘若用到鱼身上，也许才算是回归本义。鱼乃水中之物，鱼潜水中，游着或伏着，都是鱼类的常态。潜伏其实也是某些掠食性鱼类的生存本能：找一个隐蔽的便于观察、突袭的处所，潜伏下来，静待目标出现，然后伺机给目标致命一击。

淡水鱼类中，鲈和鳜均属水中的潜伏者，其中数鳜最典型。鳜鱼又称桂鱼，头尖口大，牙齿锐利，背隆起，背鳍发达，披一身黑点豹纹，长相凶悍，人称水里花豹、水中霸王，是典型的掠食性鱼类，主要捕食对象是其他鱼类和虾。跟别的鱼不同，鳜像个老谋深算的隐者，不喜欢没事在水中游荡，而是喜欢静静地隐在水中某处，潜伏地通常选择岩缝、洞穴、树根和水草丛中。有人观察后说，鳜喜欢独处，一生不是在潜伏中，就是在潜伏中享用猎物。如此看来，鳜的残暴比豹子有过之而无不及。豹尚且有吃饱了结伴游逛、嬉戏的时候，鳜至多跟伴侣潜在一处，出双入对、一心一意地干着恃强凌弱的事儿。鳜另有一"令人发指"的特性，它摄食不像其他掠食性鱼类那样将猎物整个儿吞下。猎物到口，它不忙着吞噬，而是叼回潜伏处慢慢享用，并且还要慢条斯理地咀嚼、去壳、吐刺。就是说，鳜只吃肉，不吃骨、刺、壳，感觉不像是鱼类了（像什么？自己想）。对于那些不幸撞入鳜口中的鱼来说，最让它痛不欲生的，或许不是死亡本身，而是死得不堪：体无完肤、死无全尸——确实够惨！对其他鱼类来说，与鳜同处一片水体简直是个噩梦。你永远在明处，它永远在暗处，当某一时刻它突然凶神恶煞地杀到你眼前时，下一刻，或许你已沦为它腹中的一堆肉糜和眼前的几根骨刺了。

我想，能够终结这一水中暴虐者的，除了水和时间，就是我们人类了。一尾鳜落到人类手中的结局，跟一尾鱼落到它嘴里的结局几乎一致。最终，它将沦为我们餐桌上的几根骨头，而不是刺——鳜没有刺。不知是巧合还是规律，掠食性鱼类一般少有刺，如海中的鲨鱼、金枪鱼、鳕鱼等，甚至连柔软透明、比手指大不了多少的虾鱼孱也没有。淡水中的鲶、鲈、鳜等，也没有刺。从生物学角度说，鱼刺本身是用来防御的。这些鱼都是食肉性鱼类，几乎没有天敌，不需要这种自卫武器。而对于人类来说，没有刺，食用鱼时就轻松省心了很多。还有一点，掠食性鱼类的肉质普遍比杂食性鱼类好，质地坚而细腻，脂肪含量低，有韧性。这或许也跟掠食性鱼类需要比别的鱼有更快的游速和更充沛的体能有关。更大的运动量和更快的游速让它们的肌肉更强劲，富有弹性。

鳜鱼肉质紧致细腻，又厚实无刺，是淡水鱼中的佼佼者，自古广受食客喜爱。每年桃花盛开时节，有些按捺不住的鳜开始偶尔离开自己的潜伏地（或曰鱼巢）到中上水层活动、觅食，或寻找配偶。这时节的鳜肉质最肥嫩，也是人间食鳜黄金时节。“西塞山前白鹭飞，桃花流水鳜鱼肥。青箬笠，绿蓑衣，斜风细雨不须归。”唐代张志和的《渔歌子》虽非专写鳜鱼，却也明指这一点。鳜鱼肉质好，鲜嫩味美，有很多吃法，可干蒸、红烧、水煮、炸熘、烧烤、烹炒……怎么做怎么好吃。这里不能不说苏州传统名菜松鼠鳜鱼。据传，这道菜最初是在古代全鱼炙（即油炙全鱼）的基础上演变过来的。鳜鱼在晋代被誉为“龙肉”，常用于祭祀。相传，乾隆下江南微服私访，坚持要吃祭台上的鲜鱼供品。店家将鱼烹成松鼠形，以避宰杀“神鱼”，此菜从此流传开来。松鼠鳜鱼造型奇特，制作并不复杂：鲜活鳜鱼洗净，齐胸鳍切下鱼头，从下巴处剖开，用刀面拍平；再沿脊骨两侧片开，剔脊骨，鱼皮朝下，在鱼肉上剞菱形花刀，挂蛋液拍干淀粉后油炸成形，鱼肉翻卷呈菊花状，入盘拼上鱼头，上桌浇酸甜调味汁即可，有如一只尾巴高翘的松鼠。有人认为，松鼠鳜鱼固然造型色泽好，只是没有一点鱼味！这就有些强人所难了。油炸菜品，要的是口感上的酥脆异香。若求原味，就不该上油锅，入笼屉蒸或水煮就完了。鳜之所以能做出松鼠的形状，除了鳜鱼肉厚，还有赖于肉质的紧致、富有弹性，换一种鱼，再大个估计也达不到这效果。

如果说松鼠鳜鱼是鳜鱼精吃的杰出代表，那另一种名吃法则恰恰与之相反，可谓粗放吃法的典型。安徽人对鳜鱼情有独钟。但是，愈是鲜嫩的食材愈易腐败变质，这点在交通不便、冰鲜技术尚未普及的时代愈显突出。面对有“河鲜之首”之称，又特易腐败的鳜鱼，人们的对策是运输过程中适当给鳜鱼洒上些淡盐水，并频繁上下翻动，使之既不会完全变质，又不至于像腌制品那样僵硬苦涩，失去原有的鲜美。如此十天半月后，一桶桶鳜鱼抵达各自去处，人们见到的鳜鱼鳃仍红，鳞不脱，质稍变，散发出一种似臭非臭的特殊气味。此时的臭鳜鱼清洗后经油煎烹调，肉质介于鲜肉与腌肉之间，鱼肉如蒜瓣般绽开，口味更醇厚，有层次感，更让人回味，别有一番风味，成为一道地道的民间佳肴。

鳜隐不知处。假如乾隆帝不下江南，别说他吃不到松鼠鳜鱼，恐怕我们现在也吃不到这道菜。臭鳜鱼则不用说了，那本来就是民间智慧的结晶。至于那尾隐在自然水体里的鳜，该潜伏还潜伏着，现如今，更少有人知其隐在哪儿了。

鲌鱼在浪里飞

鲌鱼就爱干这事，没事在水面上晃荡；忽然兴起，瘦劲的尾鳍一抖，跟埠头上汰洗的女人照个面，抑或与空中晃眼的阳光打个招呼，转身就走，惹得水面上绽开一朵莹白的水花，你连它的影子也没见着。

水静似镜，一群亮眼丝鱼簇拥着悠然觅食。它们大者如牙签，小的似针尖，身体呈半透明状，双目鼓起，像满天眨眼的小星星。忽然，幽深的水中划过几道银光，亮眼丝鱼挨了炸似的溅起，四散逸开……

这是鲌鱼干的好事。

鲌鱼就爱干这事，没事在水面上晃荡；忽然兴起，瘦劲的尾鳍一抖，跟埠头上汰洗的女人照个面，抑或与空中晃眼的阳光打个招呼，转身就走，惹得水面上绽开一朵莹白的水花，你连它的影子也没见着。更多时候，鲌鱼凭借其强悍的水中滑翔与冲刺能力，像一架水中战斗机，在弱小的亮眼丝鱼群里左冲右撞，大开杀戒，那大张着的、貌似并不太宽大的翘嘴，吞下几尾亮眼丝鱼正好。

鲌鱼属于中上层水面肉食性鱼类，这决定了它身体结构必须符合水阻力小、游动迅捷的特征。事实上它确实按照这一要求长的：体瘦而窄长，背峰驼起，嘴高高噘着，人称翘嘴鲌鱼。换个角度，假如水是天空，水中游弋的鱼儿就是鸟或飞机，鲸、鲨之类身宽体胖的是重型客机、货机，鲌鱼之类就是水中的战斗机了。

鲌鱼的嘴并不像通常鱼类纵向往里裂，而是斜着向上咧开。闲着时，它的嘴总是闭着翘着，一副谁也不服气模样。作为一种噬食中上层浮游鱼类（生物）的鱼，鲌鱼身个并不大，瘦长的头和梭型身体不允许它长一张巨大的嘴，同时又不能太小，那样会增加捕食难度。于是，鲌鱼翘嘴的奇葩造型就这么定下来了。只有翘着，才能把一张可大可小、能大能小的嘴在瘦尖的脑袋上安顿妥帖。

跟许多食肉性鱼类一样，翘嘴鲌喜欢集群捕猎。一群翘嘴先是在一片水面上布下一顶“网”，这网越拉越小，越缩越紧，里面的亮眼丝、小白条或别的什么仔鱼开始躁动起来，水面像烧开了一锅水。翘嘴们像一群猛禽在麻雀堆里横冲直撞，又像一柄柄白亮的柳叶刀，在一片窄小的水域里恣意乱舞、切割。我曾多次在湖上撞见过这样的场面：一片貌似平静的水面，忽然间一些小鱼儿像雨滴一样密集地溅起来，带起一片水烟，伴着噼里啪啦的声响。你还没明白咋回事，水面忽又平复如初。

弱肉强食，大鱼吃小鱼，是水族的生存法则。鱼的吃相大多不好看。垂钓者描写翘嘴鲌的吃口，经常用到一个词——撞击：“感觉被撞击了一下”，“上钩了——被狠狠撞击了下——真牛！”可见其吃食有多猛。小时候用苍蝇、蚯蚓在池塘里钓鲫鱼，也常遇上抢食的白条和小翘嘴鲌。鲫鱼的吃口细，一口一口地啄食。小白条和小翘嘴吃相差不多，叼了鱼饵到处跑，因它嘴小，常常奈何不了它。倒霉的是小翘嘴，身个比小白条大不了多少，嘴却比白条大得多，一钓一个准。而且一旦一尾小翘嘴上钩，往往还能接连钓起多尾，它们是集群性鱼类，喜结队而行。翘嘴鲌因而成为许多垂钓者喜爱的目标鱼之一。

鲌鱼肉白而细嫩，味美而不腥，一直被视为淡水鱼中的珍品。刚出水的鲌鱼活杀暴腌，烹入料酒，码上葱姜，入锅旺火蒸五六分钟即可，肉细味美。袁枚的《随园食单》鲌鱼条曰：“鲌鱼肉最细……蒸之最佳。或冬日微腌，加酒酿糟二日亦佳。余在江中得网起活者，用酒蒸食，美不可言。”可见暴腌、糟渍也是江淮人家鲌鱼的经典食法，腌鲌鱼浸入酒糟酒酿的醇香，那味道想想也醉人。

若说鲌鱼肉有什么缺陷，就是刺多，小而细，密密匝匝，旁逸斜出，让人不胜其烦。民间有将鲌鱼肉做成鱼糕的懒人食法：将刺剔除，肉剁成泥，和入蛋清、淀粉以及姜汁、料酒，蒸熟后成品洁白细嫩，口感柔软、弹润。食时切成块或片上桌，自不再有不慎让细刺锁喉之虞。此种吃法，据传源于楚国的宫廷菜，春秋战国时期，楚庄王好鱼，但长食生腻，令御厨改变烹饪方法，要求“食鱼不见鱼”。御厨在夫人点拨下，创新制作了这道鱼糕，成为一方特色风味名菜。

翘嘴鲌鱼在水里飞，在浪里横，鱼肉弱族，一旦被请上餐桌，人们恍然明悟，食肉强悍的鱼类，其肉质往往比别的鱼类要细腻、紧致、可口。

水江湖·滩涂上

滩涂上的花朵

一片滩涂上布满泥螺，眼拙者或外行者，看到的仅仅是一片滩涂，而不是别的，人的注意力总是被近前奔突的各类蟹族和头顶上的各色鸟类吸引，感慨这滩涂好热闹！他不知道的是，那些蟹和鸟类其实都是被眼底下大片的泥螺引过来的。

以花命名的物事，总是以美好居多，譬如兰花指、黄花鱼、牡丹厅之类。当然也有例外，譬如桃花泥螺。

泥螺并非不美好，但确实没美好到可以用花儿冠名。

潮水退了，滩涂露出湿漉漉、丰腴的胸口，汪着水的泥沙呈波澜状蜿蜒。潮流把滩涂塑造成波澜的形状，走了，留诸多小生灵在这些定格的波澜里奔走、忙碌。有各类知名或不知名的蟹、虾，和鼓着眼睛、有跳远冠军之称的弹涂。此外，还有诸多蛤类、螺类。它们不着痕迹地挪动，像一个个沉重的思想者。

泥螺是贝类中的弱者。它椭圆形，比花生米略小，土灰色，就像一滴会移动的滩涂泥。它有壳，薄而脆，色近透明。它扛着这样一幢玻璃房在滩涂移行，常常让人替它担心会不会不小心摔了。事实上，它的壳除抵御同类和泥沙，真的什么也做不了，鱼、虾、蟹和各类海盗一样的鸟，还有人类，都是它的天敌。所以，泥螺总是很小心翼翼地移动，潮水退去之前，不忘拱起一些泥沙，披在壳上，用以迷惑敌群。一片滩涂上布满泥螺，眼拙者或外行者，看到的仅仅是一片滩涂，而不是别的。人的注意力总是被近前奔突的各类蟹族和头顶上的各色鸟类吸引，感慨这滩涂好热闹！他不知道的是，那些蟹和鸟类其实都是被眼底下大片的泥螺引过来的。当有人告诉他这点时，他才会意识到脚下的滩泥真的都是“活”的，在一片片小心地“苏醒”，缓缓地移动。

泥螺，又名吐铁。《食物本草》云：“吐铁，生海中，螺属也。”桃花泥螺为泥螺中的上品，其中有二说：一说指桃花时节的泥螺，另一说指泥螺在春日滩涂上吐舌漫涎如桃花。桃花时节的泥螺，体内的“铁”刚刚吐完，最为肥美。《辞源》

中也有“吐铁”一条：“软体动物，一名泥螺，俗称黄泥螺，状如蜗螺而壳薄，吐吞含沙，沙黑如铁，至桃花时味乃美，腌食之，一作土铁。”这里说得明白：一，泥螺吐的非铁，是泥沙；二，桃花时节，泥螺体内泥沙吐尽，壳软肉嫩，因而最肥嫩、最美。明代张如兰的《吐铁歌》更通俗：“土非土，铁非铁，肥如泽，鲜如屑。乍来自，宁波城，看时却似嘉鱼穴。盘中个个玛瑙乌，席前一一丹丘血。见尝者，饮者捏，举杯吃饭两相宜，腥腥不惜广长舌。”

宁波沿海滩涂自古产泥螺。宁波老话道：“三月三，泥螺摆摊头。”三月泥螺旺发，最肥、最嫩，品质也最佳，膏质丰满，又少泥沙。如果说滩涂是一张乡间妇人的脸，摆在这脸上的泥螺就像一粒粒麻子，近看则像一朵朵在上面绽放的桃花。以前海边人家，觉着菜橱里没菜下饭了，就拎个竹篮下滩一趟，鲜下饭就有了，什么小虾小蟹小鱼、蛤蜓蛤虾姑之类，全有，其中当然少不了泥螺。别的都是捉的，唯泥螺是捡的。甬上方言道：“三只指头撮（方言，意为捡）泥螺——稳拿。”

泥螺属地方性美食，外地人对泥螺的口味、吃法常常避而远之。因而下涂拾泥螺者，无论过往还是现在，也大多为本地人。每年的三四月份，海边人，无论男女，携带泥艋船和竹篓下滩涂赶小海，逮虾蟹、望潮、弹涂，捡泥螺。退潮后，泥螺栖息在泥涂表面，背壳上沾满泥沙，酷似一凸起的滩泥。捡拾时只需用手指夹起，每次一粒，待拾满一握，丢入篓内，直捡至潮头将来。比较而言，女人们更喜欢捡泥螺，她们手巧心细，动作迅捷，再加之心神稳笃，捡小而密如麻的泥螺正好。莽糙如男人，眼高手低心猛，一下海就冲着望潮、弹涂、虾蟹去了。那些活物都是滩涂里的精灵，岂是能轻易就范的？半晌过去，算算潮水要来了，篓里往往空空如也。上岸一看，还不如妇人们，捡了多半篓老实泥螺。

吃泥螺的另一个季节是中秋桂花开时，这时节的泥螺名桂花泥螺，质地稍韧，味道不及桃花泥螺，但粒大丰满，适合腌食，市场上卖的腌泥螺，多半都是桂花泥螺。

宁波的泥螺产地，以象山的南田和慈溪的龙山最负盛名。鄞州瞻岐的合岙桃花泥螺质优味美，名声上却略逊一筹，这叫机遇弄人。瞻岐与南田仅隔半个象山港，夏商时都属鄞地，本属同门。明万历二十四年（1596），鄞县人屠本畯在福建盐运司同知任上著《闽中海错疏》三卷，内有“泥螺产四明鄞县南田者为第一”之说。他在《海味索隐》中亦云：“泥螺出南田者佳。”加之近代象山渔港的名声日隆，终致合岙泥螺被淹没在南田泥螺的盛名之下。至于龙山泥螺，据传，清末时，内阁中书、慈溪龙山人陈邦瑞携龙山黄泥螺和三北藕丝糖进京，献给慈禧太后，以谢未能保驾之罪。老佛爷品后，大悦，给陈邦瑞连升三级……倘若陈邦瑞是瞻岐人，或者他献的是合岙泥螺，情形自然又不一样了。

泥螺的吃法有很多，除了传统的腌渍泥螺和醉泥螺外，尚有鲜吃的如清炒、放汤和煲粥。泥螺洗净，放少许盐，去沫后再洗净，起油锅放入葱、姜、蒜和料酒，倒入泥螺煸炒片刻即可起锅，口味偏重者可适当放辣椒。泥螺做汤更简单：烧适量水，沸后放入生姜丝，调入适量的盐和酱油，然后撇入处理干净的泥螺，煮熟后撒入葱花即可。泥螺煲粥属剑走偏锋，重口味，这里不表。需要特别说明的是：一、泥螺质地软嫩，热处理时一定要掌握火候，绝不能过火，不然就老而无味了。二、鲜食泥螺一定要确保鲜活，其体液及内脏中含有脱镁叶绿素，又叫“嗜焦素”，有些人食用后，经日光照射会导致日光性皮炎，俗称“泥螺胖”。不过真遇上了也不用怕，一般过一两天，症状会自行消失。

说泥螺如花，也是人们对泥螺由衷的赞美。海边人家，一年四时，腌泥螺常备，有客人上门，“下饭呒没，泥螺蟹酱笃笃”，也甭管客人对不对味，爱不爱吃。事实上，腌泥螺、醉泥螺、泥螺汤，抑或清炒泥螺，往往“秃头儿子自中意”，那口味、品相，外地人往往笑而却之，无福消受。儿子在山城重庆读书，每次回校，总要带些咸腌海味过去，鱼鲞虾干之类尚受欢迎，唯罐头泥螺，每每一开盖，他那些五湖四海的室友们纷纷掩鼻，轰然而散，“某某同学又开始放毒了”之言不断。

泥螺蟹酱是宁波人公认的“压饭榔头”。“泥螺嘬嘬，蟹酱笃笃，吃起饭来呜呜响”是传统宁波人理想生活的象征——人活着要吃饭，吃饭佐菜，饭才咽得下肚。宁波人叫菜为“下饭”，就是这道理。泥螺如花，开在滩涂上，也绽放在每个海边人的心里。

牡蛎的心

当蛎面对冷血、锐利的采蛎工具和操纵这工具的人时，蛎高冷坚固的外壳顿时变得不堪一击。那扁薄锐利的锋刃残暴地嵌入它紧闭的牙缝，之后轻巧一撬，蛎拿命苦心经营的所有武装顷刻间就土崩瓦解……

光看名，牡蛎很容易让人想到某些雄壮粗粝的东西。

从外貌看，牡蛎也确实很“牡”很“厉”。去海边，退潮后，那些尚具有生物活性的海区礁岩上，常常可以看到牡蛎生存的痕迹，那些斑驳的、粗粝的、残疵的、蜂巢似的物质，吸附于礁石上，与礁岩浑然一体，像乌黑礁石上沾了斑斑鸟屎。那不是礁石本身，也非鸟屎，而是牡蛎的巢——失去生命后的牡蛎留在礁石上的壳和残迹。残疵是人为的。海潮退去，赶潮人把牡蛎柔软的“心”采走了，留下残破的、斑驳坚硬的壳在礁岩上，形同礁岩，看不出哪儿是礁，哪儿是蛎。

贝壳类动物，或许因有外壳保护，肉质大多生嫩，如蚶、螺、蛏等。牡蛎更甚，嫩得像在壳里面盛了一抔浓乳。采蛎女把采获的牡蛎端到菜场，逛菜场的人们又把牡蛎盛上桌，那种白里映点黄、透点绿的物体，柔嫩如浓乳，夹在筷尖上，盈盈欲流，这就是牡蛎。宁波人称蛎黄。

两种极端的融洽安妥，牡蛎令人叹为观止。

野生牡蛎多附着在礁石上，一面壳扁平，作为着床；另一面中间呈弧状拱起，内里盛着如乳汁般柔嫩的蛎肉。蛎壳坚硬厚实，铁黑如礁石。在海水漫浸时，它们是无敌的。它们悠闲地启开一条缝，让涌流的海水从自己唇瓣间滤过，那些被海水挟带的细微营养物质和浮游生物，就成了它们的猎物。它们生存所需非常有限，从不主动出击。它们只是大海猎场里的守株待兔者。它们也无须提防什么，没有谁会对它们感兴趣，那些掠食性的鱼、虾、蟹类，面对这样一坨形同磐石的活物，即便有非分之想，也毫无办法。对于牡蛎来说，面对不自量力者的骚扰，无非不屑地闭上自己的嘴而已。海潮退去，蛎无法像鱼一样逐潮而来，随潮而去，暴露在天光与空气中，这些皆非蛎所愿。蛎所能做的，就是闭上自己的嘴。有时候，稍有懈怠，蛎也会引起一些馋嘴海鸟的注意，对它骚扰不止。蛎以不变应万变，咬紧牙关，鸟儿也无计可施，喙再坚利，也无法凿穿蛎坚硬的外壳。

但是，正如鱼和鸟儿面对蛎的坚壳一样，当蛎面对冷血、锐利的采蛎工具和操纵这工具的人时，蛎高冷坚固的外壳顿时变得不堪一击。那扁薄锐利的锋刃残暴地嵌入它紧闭的牙缝，之后轻巧一撬，蛎拿命苦心经营的所有武装顷刻间就土崩瓦解。之后，锋刃在它与坚壳联结的筋腱上轻柔一吻，坚硬的壳与柔嫩的肉随之分离。蛎壳外面粗粝如礁石，内面却莹润光亮如美玉。采蛎者把蛎柔嫩如乳汁的肉采走了，只留一些失去生命的敞怀的壳在礁岩上，黑里间白，像一坨坨巴在礁石上的鸟屎。

蛎对自己柔嫩内心的守护，可谓坚如磐石。假如不是借助于工具，估计人类也只能望蛎兴叹。陶弘景《名医别录》曰：“海人取者，皆凿房以烈火逼之，挑取其肉当食品，其味美好，更有益也。海族为最贵。”可见，自古以来，人们对付蛎的办法基本没什么“进化”，不是“凿”攻，就是火烧。凿是一枚铁器，也不排除是一枚石器。千余年前，人们为获取蛎肉而把火烧到退潮后的礁岩上去的可能性几乎为零，唯一的可能就是把蛎房从礁石上取下来，运回海滩后以火逼之。蛎跟蚶一样，遇高温后肌腱收缩，壳自动启开，挑取蛎肉就成为轻而易举的事。看来古人对蛎黄也颇为推崇。要不然，把蛎房从海礁上取下来，再负重运回海滩，谈何容易。蛎黄丰腴、幼嫩、鲜美，其营养自古为人所知。《本草纲目》有载，牡蛎肉多食之，能细活皮肤，补肾壮阳，并能治虚，解丹毒。中医认为，牡蛎的肉能滋阴、补血，特别适用于虚劳、虚损的病患和那些阴虚、血亏、气血不足的人。现代医学研究也证明，牡蛎是所有食物中含锌量最丰富的。所以，要补锌，可以常吃牡蛎。

我国是世界上最早人工养殖牡蛎的国家。早在汉朝就有关于牡蛎的养殖记载。明朝郑鸿图所著《业蚝考》中，对绵延至今的插竹养殖法做过详细的叙述：蚝苗会被拴成一串，挂在一支支竹竿做成的桩子上，养在出海口附近咸淡水交界的蚝田里。竹竿上拴着线，沉浸在海水中。三五年后，顺着线一拉，水底幽幽地升起一串如同岩石般的东西…… 宁波象山港沿岸的宁海、象山、奉化一带，依然有许多牡蛎养殖户。每到岁末年关，养殖的牡蛎开始收获，男人肩抬背扛，把沉如礁石疙瘩的蛎房从船上卸下来，搬到岸上的蛎棚里，女人们则三五一群，用蛎刀撬蛎房，取蛎肉。寒天里，海风如剔，女人们全副武装，棉衣雨裤加毛头巾、帆布手套，却依然轻灵敏捷，运器如燕，如山的蛎房经她们的手，很快成为身后如山的蛎壳。乳白里透点黄绿的蛎黄则在盆桶里盈盈然，在明亮的光照下，晶莹、透亮、水灵，饱含生命的汁液，散发着海洋贝类特有的鲜味。

牡蛎的名称很多，不同地方有不同叫法，如蛎蛤、牡蛤、海蛎子、蛎黄、生蚝、鲜蚵、蚝仔等。宁波人对此有较为清晰的界定，即小的牡蛎叫蛎黄，大的称蚝。作为牡蛎生长的两个阶段，蛎黄生嫩多汁，蚝在口感上自然要弹韧劲道些。宁波人过年宴请，冷菜中，两种海味少不了，一是蚶子，一是蛎黄。

“他们的吃法也很文雅，一方精致的手帕托着蛎壳，把嘴稍稍向前伸着，免得弄脏了衣服，然后嘴很快地微微一动就把汁水喝了进去，蛎壳就扔在海里。”这是莫泊桑小说《我的叔叔于勒》里的一个片段描写。这吃法很原始，却也最经典。对于蛎黄这种天赐的纯自然美味，最好的吃法无疑是纯自然、不走样的吸纳。

生蚝就得生吃。人们食生蚝，习惯说炭烤生蚝，其实炭烤的是蚝的厚重外壳，里面的肉还是生的。在宁波，蛎黄的基本吃法还是生吃：去壳的蛎黄蘸点蒜蓉酱油，放到嘴里，原汁原味，不用嚼，蛎肉差不多就开始融化，那种清爽甘甜滋味，真能让味蕾开出花来。

冬春时节是盛产蛎黄的季节。此时的蛎黄，生长得恰到好处，入口柔嫩丰腴。城乡菜市场上，那一盆盆圆润嫩白的蛎黄，备受人们青睐。牡蛎当然还有很多吃法，如做羹、放汤、煮粥、炒年糕等。海边人家煮面条时常常要放海鲜，曰海鲜面，倘放的是蛎黄，则高了一个档次，味道鲜到会让人“掉光眉毛”。闽台地区还有用蚝肉裹面粉油炸的吃法，味道当然也错不了，但毕竟与蛎肉的鲜嫩质地有些“不搭”。相比之下，宁波人的“蛎黄摊蛋”合宜得多。将鸡蛋打散成蛋液，调入适量盐。锅内放油，蛋液入锅，稍煎至半凝结状即倒入蛎黄，撒上葱花，颠几下锅就可以上桌。此菜黄白绿相间，色泽明艳，鲜香嫩酥，味道好极，据说是上了国宴的。当年尼克松访华，到杭州，宴席上的第一道菜是咸菜大黄鱼，第二道就是蛎黄摊蛋。

上面提到莫泊桑小说里生食牡蛎的描写。其实早在中世纪，牡蛎已被欧洲人视为“神赐魔食”“海洋中的牛奶”，深受贵族阶层的青睐，食用牡蛎成为一种流行风尚。后来，在葡萄牙发现了一种新的牡蛎，因其个头较大，在欧洲广受欢迎，人们为了方便，就将这种牡蛎直接命名为“葡萄牙牡蛎”。有趣的是，这种被冠以葡萄牙“国籍”的牡蛎，身上流淌的却是中国的“血液”。近些年，借助于 DNA 技术，科研人员发现中国南方的牡蛎与葡萄牙牡蛎为同一品种，进一步的亲缘演化结果显示，葡萄牙牡蛎的原种来自我国福建、浙江等地，而并非欧洲。究其原因，或许是大航海时代，葡萄牙船商来到我国广东、福建、浙江等地上岸贸易。在商贸往来中，南中国海域里包括牡蛎在内的生物们，通过压舱水或附着在船底，神不知鬼不觉地“偷渡”到遥远的葡萄牙，并落脚繁衍。后来，学者们再遇到“葡萄牙牡蛎”的英文单词，通常都翻译成“福建牡蛎”。

拥有粗粝的外壳武装，又有一腔最柔嫩的身心；无足无鳍，落石生根，却又远播欧洲繁衍生息……人真不能轻视任何一种生物，包括一颗牡蛎。

蛏浴泥而居

一枚刚从泥涂里翻耕出来的蛏，它的白，似暗夜里闪过的一抹月光。比夜更黑的滩泥把蛏裹抹得严严实实，让人乍一看，以为两者有着同样的基因。

面对蛏，国人的想象力向来贫乏，且明显带有雄性思维。西施舌、新妇臂、美人腿，这些都是蛏的别名或绰号。—— 海边滩涂里一美味而已，居然把女性多个“敏感”部位都搬上了桌，让人举箸相向时，做何感想？

古往今来，许多文人骚客都把“西施舌”作为蛏的雅号。南宋胡仔《苕溪渔隐丛话》引《诗说隽永》云：“福州岭口有蛤属，号西施舌，极甘脆，其出时，天气正热，不可致远。吕居仁有诗云：‘海上凡鱼不识名，百千生命一杯羹。无端更号西施舌，重与儿曹起妄情。’”这里所指未必是蛏，但意思是一样的。清《宁海县志》载：“蛏，蚌属，以田种之谓蛏田，形而狭长如中指，一名西施舌，言其美也。”清代张焘《津门杂记》中录诗一首咏西施舌：“灯火楼台一望开，放杯那惜倒金罍。朝来饱啖西施舌，不负津门鼓棹来。”李渔的《闲情偶寄》也说：“海错之至美，人所艳羡而不得食者，为闽之西施舌、江瑶柱二种。”为何人人艳羡而吃不到？当然是那个年代交通运输和保鲜技术局限所致。至于相关传说，这里就不说了。倘若蛏真是西施化身而来，谁还敢吃？

宋罗大经《鹤林玉露》一书记载了一则佚事：周必大、洪迈（号容斋，著有《容斋随笔》）曾经侍宴。皇上问洪迈，家乡有何特产？洪迈是番阳（今江西省鄱阳县）人，答曰：“沙地马蹄鳖，雪天牛尾狸。”皇上又问周必大，对曰：“金柑玉版笋，银杏水晶葱。”皇上转而问一侍从，这侍从是浙江人，答：“螺头新妇臂，龟脚老婆牙。”有人考证说，这“新妇臂”说的就是蛏子。无独有偶，宝庆《四明志》引《埤雅》曰：“鲹鮀性善沉，大如指，狭圆而长，有墨点，俗呼为新妇臂。味甘。今奉化鲒埼镇多有此，颇以为珍品。”此“新妇臂”是否彼“新妇臂”，亦堪疑，但意思还是那层意思。西施舌也好，新妇臂、美人腿也罢，都直指蛏或某种蛤又或鱼

类丰腴腻白的肉质，像古今女神们水嫩的皮肤一般。

事实上，蛏肉质之嫩白，确非其他贝类或鱼类所能比拟。它的白，天生丽质，天然去雕饰。蛏浴泥而居，一生都生活在泥里，准确说是在滩涂里。它与外界接触的通道是两根自备的嫩白肉管。肉管与海水（退潮后与大气）贯通，使得蛏可以生活在憋闷的滩泥里，悠然自得。

蛏子属软体贝类动物，呈狭长的指形，披两片脆而薄的壳，白里泛黄，透着肉色，犹如理发师手中的剃刀。蛏生性胆小，喜在江河口、浅水湾、低潮位的滩涂中穴居。对蛏来说，细腻的沙质滩地或纯泥质滩涂才是其理想栖身处。凭它的先天条件，也只能在这种质地的滩涂上才有容身之所。它没有爪、足、鳍，又没有坚硬的外壳保护，在砾石滩或礁岩间的生存概率几乎为零。它那脆弱的外壳别说抵御天敌，估计稍大砂粒的挤压都受不了。相比之下，它更适合生活在纯泥质滩涂里。在泥涂，蛏可获得更丰富的营养物质，并且经营穴居几乎达到随心所欲的境地，只要愿意，它可以把穴居深潜到近一米的泥沙底下。在这个深度，蛏是无所畏惧的，人类也拿它毫无办法。对于人类来说，在泥泞的茫茫滩涂上要深挖一米才能采挖致一枚蛏，他宁愿不吃蛏。当然，蛏也可以选择在距地面一厘米甚至更浅的泥层安家，这是蛏最舒适的深度，它的两根管子直伸上来，正好与清澈的海水或空气贯通，从中汲取营养，同时可以从容地把污物和泥沙排解出去。而一旦遇到紧急情况，它在突然向外滋出一柱水的同时，甚至可以使出金蝉脱壳之计——卸掉两根管体，身子迅速往下潜。对于那些初级掠食者来说，获得两枚白嫩的肉管已属意外惊喜了。在这片理想的泥涂里，蛏游刃有余，生活富足，心态平静。因而那里出产的蛏也最丰硕、肥嫩、甘美。宁波的象山港沿岸、台州的三门湾以及温州乐清沿海滩涂，皆是蛏的优良产地。尝蛏子，去这几个地方就对了。

细沙质滩涂也有蛏出产，只是品质上相对要次一些：蛏的壳厚且硬一些，个瘦小一些，肉韧老一些。适者生存，这是蛏为适应生存环境所作的改进，没有办法。当然，若说口感劲道、有嚼劲一些亦无不可。见过两段视频，其一：某地采蛏，开辆沙滩车上去，后面拖一长块厚沉木条。木条过处，坑洼起伏的沙涂被抹压得平整光溜。拎篮提筐的采蛏人候在一边看，哪儿滩面冒泡，有新穴吹上来，拿一根带钩的铁丝往洞里一钩，就能钩出一枚蛏来。另一：有人在滩涂上，往一眼眼穴口上撒盐，撒过几处，回头一看，一枚枚蛏自觉竖着从穴里抽出身，采蛏者就只需把那些“主动”献身的蛏捡进桶里。对于蛏而言，两段视频里发生的事简直是耻辱。沙滩的生存环境险恶。沙滩浅薄，渗透力又太强，让蛏无法藏得更深，而高盐度又是蛏无法承受的。在人类的小伎俩面前，蛏无法全身而退，只好束手就擒。无可奈何。

到江南某片水汪汪、黝黑的泥涂里，又是另一回事。潮水退了，踩着木泥马（其实是一块木制的溜板）的赶小海人在广袤的滩涂上逡巡，他们捡泥螺、毛蚶、虾蛄、望潮和来不及跟潮水一起遁去的虾、蟹、鲻鱼等。当然也捡蛏子，但那多半是很小部分被潮水荡豁了穴、打晕了脑或一时忘了把肉管收回去的蛏，是赶海人的外快。更多的蛏一遇动静，就收缩阵地，把自己深藏在穴里，安然期待下一波潮水的到来。蛏在下潜的同时，常要先滋出一柱水，以缩小体量，潜得更快、更利索。于是，常见这样一幕景观：人在滩涂上走，前后左右会有支支水柱，此起彼伏，像一个个小型的音乐喷泉。滋水的地方往往都有两个挨着的水眼，这就是蛏居，下面就住着蛏子。这就意味着，到一片滩地，滋水越密、越久，蛏子就越多。当然，也难免遇到这种情况，有时候明明见那穴眼滋水了，却怎么也挖不出一枚蛏子。只有一种可能，就是蛏潜藏得太深，在你够不到的地方。赶小海的也有老实巴交者，当他认准一片水柱旺盛的滩涂后，就躬下身子，一心一意采挖蛏子：用手一捧一捧地把黝黑的滩泥翻上来，那些藏得不深的蛏就这样暴露在天光下。对蛏而言，这也是命！在一片浩渺的滩涂里，你的穴打得不够深，又恰好被一个认死理的赶海人遇上，只好认栽。

一枚刚从泥涂里翻耕出来的蛏，它的白，似暗夜里闪过的一抹月光。比夜更黑的滩泥把蛏裹抹得严严实实，让人乍一看，以为两者有着同样的基因。两根支在外面的有“美人腿”之誉的肉管，也黑得像两根古老的烟囱。蛏出水后，要靠自身储存的水分滋润，以保持身体的湿度。于是，蛏的白，在一次次的濡湿过程中慢慢展现出来，就像暗夜中透过层层云翳洒下的月光。我们上菜场，见到的两种蛏子，一种就是连同滩泥一起，黑不溜秋里偶尔泛着片月色的干蛏子，另一种是被商家冲洗干净、养在水里，白得水嫩的水蛏子。许多人没经验，或贪现成，冲着白嫩水蛏去了。内行人则更多会选择黑泥糊身、饱满结实的干蛏子。蛏是滩泥里的事物，有泥护身，可以让生命延续得更久，一旦被淘洗干净，又水养了，貌似美白，其实生命已差不多到了尽头。糊泥的新鲜干蛏购回家后还能放几天，吃前三四小时把蛏洗净，后水养，水里撒适量的盐，再滴几滴食用油，蛏就会自动把肚里的泥沙吐净。或许，这就是所谓遵循自然规律吧。

“沙蜻四寸尾掉黄，风味由来压邵洋。麦碎花开三月半，美人种子市蛏秧。”中医认为，蛏子肉味甘、性寒，入心、肝、肾经，具有一定的食疗作用。宁波宁海长街一带，濒临三门湾，气候温润，海水咸淡适宜，泥质滩涂松软肥沃，饵料丰富，是贝类生长的天堂，所产蛏子个大、肉嫩而肥、色白味鲜，是著名的蛏子之乡，基地出产的长街蛏子闻名遐迩。宁波人吃海鲜遵循一种规律：愈是质地鲜嫩的海味吃法愈简单，不是水焯、清蒸、白煮，就是直接生吃。蛏也一样：水开了，放点盐、黄酒，加入葱姜，然后推入蛏子，水复开即可盛盘上桌了。这时的蛏子水嫩、清甜、甘脆，口感最佳。火候稍过就老了，肉质收缩，味道就明显不一样。蛏的另一种民间吃法是用雪菜汁带壳干烤，成品咸香鲜美，有韧劲，过饭下酒皆宜。当然，蛏也不妨烹炸煎炒熘，无不鲜美！只是，依我个人口味，感觉还是前两种吃法对味。

蛏浴泥而居，是污浊晦暗的环境造就蛏的圣洁美白，还是蛏天生丽质、本性使然，相信不同人的心里有不同的答案。

蚶的秘藏

没人知道蚶心里埋藏着什么，乃至人们用开水焯开那两片花岗岩似的坚甲，露出丰盛生嫩的血肉，也没见着其中的秘密。或许，蚶用心守藏的，仅仅是万物生命之尊严，如此而已。

蚶的心里一定埋藏着很深很久的秘密，一直小心捂着，以至于最终捂出两片花岗岩似的坚甲。

贝类动物，因没有鱼类强悍的尾鳍，极少游移，通常依赖流经的海水携食物上门，安全防护也有赖双壳，像一个入定的智者。它的坚壳就像两面盾，壳顶相连，背部两侧呈钝角，遍布放射状凸棱，边缘有与凸棱相当的突齿。说蚶壳如盾，它不但有盾的韧性，更有盾的硬度，人力粉碎蚶壳最有效的途径，一是锤击，再便是煅烧，可见其韧、其坚。

一枚蚶把自己嵌在海涂的泥沙层，轻启一条缝在水里，只露几瓣花瓣似的肉蜃在流水中。一些轻薄的鱼闻讯而来，没等鱼进一步动作，蚶便收紧了坚甲，无论鱼怎么戏弄，都无济于事。事实上，没有一种掠食性鱼类可以成为蚶的对手，再凶猛的鱼也不会愿意拿蚶试牙——除了章鱼。章鱼擅以柔克刚，不过在蚶面前，也要谨慎行事。章鱼智慧、柔软的触须，面对一枚沉稳持重的蚶，也无济于事。章鱼唯一的可乘之机的就是巧妙利用自己的伪装术，潜伏在蚶旁边，攻其不备，在蚶觅食或放松时来个突然袭击，但也难免有损须断足之虞。蚶受到攻击，上下齿一咬合，触须柔软的章鱼估计也要吃不了兜着走了。

不过，蚶再坚固倔强，一旦离开了海，暴露在人类面前，也只能沦为一碟小菜。没有谁告诉人类蚶的秘密或秘藏。人类感兴趣的，仅仅是蚶柔嫩生鲜的肉。人们对付它最简单粗暴，也最有效的方式，仅仅是一锅滚开花的水，如此而已。

世上最大的蚶，非著名的砗磲莫属。这种巨大的贝类动物，主要分布在温热带海水中，我国的东海、南海海域也有分布。最大者壳长近一米，重数百斤。砗磲卵一旦在海床上着落，一般一辈子很少移动。除摄食海水中的营养物质和浮游生物外，砗磲还有在自己的组织里繁殖食物（虫黄藻）的本领，形成一种奇妙的食物与本尊互惠共存的关系。

这里单说蚶。在海边人家的餐桌上，蚶因经济实惠，味道鲜美，自古是一道家常美味。无论下饭、过酒还是待客，无论寻常日子还是过节宴请，蚶是铁定可以放心上桌的一道菜。本地人爱煞蚶脆嫩爽滑的口味，外地人对蚶又抱有一份猎奇心态与新鲜感，蚶就这样在海边人家的餐桌上长驻下来。蚶分魁蚶、蚶子和毛蚶三种。魁蚶为大，毛蚶次之，蚶子最袖珍。魁蚶即赤贝，大者有小孩手掌那么大。从形状看，赤贝与毛蚶、蚶子神似，赤贝与毛蚶壳边缘部分长有一圈赤褐色的毛状物，蚶子则没有。有人因此认为赤贝是大的毛蚶，毛蚶是小的赤贝，其实是被它们的外貌误导了。从肉质上说，赤贝长再大，口感依然脆嫩多汁。毛蚶若长到赤贝那么大，肉基本老到咬不动了。蚶子除了壳上无毛，是蚶属的小弟弟，最大也不过拇指肚大小，不过肉质也最嫩，口味最佳。如此，从经济角度看，蚶属三兄弟排定座次，赤贝、蚶子在前，毛蚶最平民化，位次靠后。但是，无论赤贝、蚶子还是毛蚶，受到惊扰，壳齿都咬得很紧，徒手一般难以打开，除非动用钳子、螺丝刀等工具。壳咬得越紧，说明蚶的鲜度越可靠，是不是同时说明蚶捂的秘藏更深更多，则没人知道，也没人想知道。人们更关心蚶新鲜与否。而对付一枚鲜活的蚶，最简单的方式还是一锅烧开的水。我想，古人在不知道用开水对付紧咬牙关的蚶之前，是怎么吃蚶的？——敲，砸，或者摔？都有可能。想象一下，在一片阳光明媚的海滩上，一群古人围坐一圈，面对一堆蚶，又是敲，又是砸，又是摔的，兴高采烈地取食蚶带血的鲜美的肉……

浙东甬、台、瓯一带沿海所产蚶为多。清道光《乐清县志》记载：“（蚶）俗称花蚶……邑中石马、蒲岐、朴头一带多取蚶苗养于海涂，谓之蚶田……每岁冬杪，四明及闽人多来买蚶苗。”这是说，近两百年前乐清已开始大规模人工养殖蚶了，每年岁末，宁波、福建客商都要前来学习养殖技术，采购蚶苗。乐清为温州辖县，而今，人工繁育蚶苗技术已是乐清一项非物质文化遗产项目。清代陆玉书《环山杂咏》诗曰："永嘉江外水连天，一望苍茫不见边。渡过铧锹三十里，谁知沧海变（尽）桑田。"清奉化文人孙事伦有《蚶》诗："苹苹瓦垄子，纷产东海涂……"可见清代浙东沿海人工养殖蚶已很普遍。清代临海朱邺华《椒江竹枝词》曰："一夜潮回葭芷船，花蚶白蟹不论钱。祀过周七娘娘庙，满地青虾带雨鲜。"这是说海边鱼获上市盛况：花蚶白蟹多到不讲价钱，随拿随给。这一说法在清台州学者宋世荦的《黄岩杂诗》里得到证实："一回潮上一回鲜，紫蛤花蚶不计钱。拨刺黄鱼长尺半，如飞摇到路桥船。"

蚶，宁波人称蚶子，温州、台州一带叫花蚶、泥蚶。生鲜蚶去壳，自带一腔血水，因而也有叫血蚶的。蚶味生脆鲜嫩，据传还颇有营养，民间有食蚶补血之说。唐《食疗本草》载，魁蛤"润五脏，治消渴，开关节"。《四声本草》载，蚶能"温中，消食，起阳"。《医林纂要》也说："（蚶）补心血，散瘀血，除烦醒酒，破结消痰。"《本草纲目》也道，血蚶味甘性温，功能除补血外，还可以润五脏、健胃、清热化痰、治酸止痛，主治痰热咳嗽、胸胁疼痛、痰中带血等。早些年，黄岩路桥一带女人坐月子，时兴吃血蚶，说能补血。玉环人视血蚶与血蚶酒为滋补佳品，将血蚶放进滚热的黄酒里，稍一烫，血蚶六七分熟，就可食用。吃了血蚶，黄酒也要一饮而尽。六七分熟的血蚶味最佳，掰开后血汁横流，若烫的时间太长，血蚶壳全张开，壳里的血都流光了，就没那个味道了。

还有更玄乎的。海南人有大年初一吃血蚶的习俗，他们把蚶壳当作两扇"门"，把蚶肉视为"元宝"。大年初一吃蚶是开门见宝。同样，在厦门、潮汕地区，除夕围炉时，年夜菜里会有一道血蚶，寓意日子红火、财运旺盛。吃了血蚶，还要把蚶壳放在床底下，到大年初五财神生日再收拾，寓意"旺财"——因为蚶壳相磨所发的声响，极似铜钱声音，所以这些地方称蚶壳为"蚶壳钱"。

相比之下，宁波人要淳朴得多，他们就是爱蚶这一口，没有太多说道。我们这代人，男孩子小时候都玩过一种翻毛蚶的游戏，就是用餐上吃剩的毛蚶壳，两两捉对厮杀：一方将半月状的蚶壳覆在有利的地形上，另一方用手中的蚶壳，瞄准了，可劲儿地把对方的壳砸翻。翻过来就是你的战利品，没翻过来就轮到对方砸你了。规则简单而公平，没有任何作弊耍赖的余地。反正蚶壳足够韧、足够硬，你只管努力用自己的壳去战胜对方的壳便是了。

当然，被我们用来玩游戏的是毛蚶壳而非蚶子壳。蚶子壳太小。女孩子不喜欢这类打打杀杀的游戏，倘若她们喜欢，蚶子壳是最适合的：兰花似的手指，抓着比瓜子壳大不了多少的蚶子壳，抡圆了砸另一个蚶子壳……这情形本身就颇可观。可惜她们不玩。

宁波人实在，讲实惠，平常日子很少吃蚶子，蚶子虽然味美，但价高，所以通常过年过节或待客才会想到购蚶子。从经济角度，一碟蚶子抵得上半篮毛蚶，这样一比较，就觉着毛蚶实惠多了：味道口感并不比蚶子差多少，一样鲜嫩可口，血肉丰满。且因毛蚶个大，吃起来更酣畅、过瘾！

无论毛蚶还是蚶子，都是腊月里最丰美，血量最多，肉质饱满鲜艳，似烈焰红唇。蚶补血，前提是食用时尽量摄入够量的血，烹制时以保住尽量多的血汁为要。该一锅滚开花的水出场了。海边人烹制蚶的核心要素，就是一锅开水。水开了，熄火，此时还有些许水沫从锅底咕嘟上来，把事先洗刷后晾干的蚶往锅里一倾，旋几下锅，即可出锅盛盘。此时的蚶，壳未开，却可以轻松启开，血色丰盈莹润，生鲜幽香满室。

每个地方的美食都有自己的地理密码。比如蚶，本地人视蚶为珍馐，外地人却未必。甚至有外地客见本地人将“鲜血淋淋”的蚶往嘴里塞，如视异类，曰：“江南人说话你侬我侬，貌若静雅，竟吃得如此粗野，与茹毛饮血何异？”而对于北方人将蚶焯熟，去壳，用以炒白菜、煮羹、包饺子……江南人同样惊讶莫名，莫不以为是暴殄天物。

没人知道蚶心里埋藏着什么，乃至人们用开水焯开那两片花岗岩似的坚甲，露出丰盛生嫩的血肉，也没见着其中的秘密。或许，蚶用心守藏的，仅仅是万物生命之尊严，如此而已。

等潮来

望潮对此足够清醒。它宁愿守在穴中，眼瞅着对手们分享大餐，也不敢冒险参与这一美食派对。再无奈也得忍啊。小不忍则乱大谋，望潮最懂这一人生谋略。

水江湖·滩涂上

一只在空中巡航、觅食的鹰，发现一头在滩涂上晒太阳的望潮。鹰觉得这小东西或许是开胃点心，聊胜于无，于是定位、俯冲、抓捕，谁知望潮八条貌似柔弱的须，在性命攸关之际竟变身为八条绳索，紧紧缠住鹰的喙、脖子甚至眼睛，让天之骄子顿失优雅与傲娇，狼狈不堪。彼此进入一个尴尬的僵持阶段：吞又吞不下，甩又甩不了；谁也治不了谁，谁也说服不了谁。直至潮水复来，鹰无助地把喙没入水中。孰料，望潮遇水迅速松开腕足，鹰也随之配合地张开了喙，给了彼此一条生路。自此，鹰遇望潮再不敢贪嘴，望潮也再不敢退潮后在滩涂上戏耍、晒太阳，只有潮水来时才敢在洞口鼓起眼睛、扬起腕足，迎接潮水的回归。

这是流传于海边的一个传说，据说也是望潮名字的由来。

望潮属章鱼一族。说起章鱼，大家耳熟能详，据说其智商在动物界出类拔萃，许多科学观察与实验已证实了这点。大名鼎鼎的章鱼哥保罗，在南非世界杯期间的超神表现，已不能用智慧来解读，以至于那届世界杯过去多年，涌现的球星已大多被人遗忘，唯独章鱼哥保罗多年后依然为人所乐道。广东人称章鱼为八爪鱼。望潮又名短蛸、招潮，也有叫目鱼潮的，跟章鱼一样都是八腕，即人们说的八须、八爪。其腕柔软灵敏，上各有一排吸盘。要说望潮与章鱼的区别，可能就是个头大小有别：章鱼中至大者几十斤不止，望潮的身子普遍仅手指肚大小。有没有更大的？或许有，但少有人见过。至于望潮的智商，用赶滩人的说法，“就没有比望潮更活络的鱼了”。有人说，望潮不就是没长大的章鱼，章鱼不就是长大后的望潮吗？或者换句话说，长大的望潮都随潮水走了，留在滩涂上的都是没长大的小章鱼……唉，这就没法说了。

对望潮而言，在滩涂的泥穴里憋着，是件非常无奈的事。滩涂和潮水是它丰沛的食物来源。潮水来了，潮水又走了，在浅滩里滞留了大量的小鱼、小虾和各种营养物质，凭望潮的智商，捕捉这些美食可谓毫不费力。然而诱惑与风险并存。正如望潮与鹰的故事场景一样，当望潮垂涎浅滩里的小鱼虾们时，更多的掠食者也对此虎视眈眈，包括鹰、燕鸥和各类鹭鸟，还有赶滩的人类，这些对手无一不把望潮列入自己的菜单。望潮对此足够清醒。它宁愿守在穴中，眼睁着对手们分享大餐，也不敢冒险参与这一美食派对。再无奈也得忍啊。小不忍则乱大谋，望潮最懂这一人生谋略。

忍！忍到什么时候呢？等潮水来！望潮——貌似诗意无限的名，更多透露的是生活的不易和生存的艰难。

潮水退却，滩涂袒露胸怀，让小生灵们徒生命运不公之叹。望潮大多遁入自己的穴，开始数小时隐居生活，也有个别流浪汉一时无处藏身，只好临时潜伏下来，以一身淤泥作伪装，以迷惑天敌。接下来数小时，望潮什么也干不了，唯一能做的就是静静地蛰伏着，等潮来，或者等食物自动上门。

望潮的穴居很深，迂回曲折，且有多个副洞和出口，这体现了望潮这种滩涂水族的智慧。这都是让生活给逼的。石浦的郭哥，脸黝黑如滩泥，赶了半辈子的滩，他说扝望潮伤脑筋。望潮是用八条腕足行进，不会留下鳝、泥鳅那样规整溜滑的行进痕迹，洞口往往呈花斑纹状，不光滑。但是花斑纹、不光滑本身也是痕迹。郭哥道，有些洞穴，一看便知是望潮居，一看便知有望潮住着，一看便知这只望潮扝不着，不用瞎费劲。问，为何？郭哥道，论在滩涂生活，人的脑筋不一定比得上望潮。一个望潮居，一眼看去有好几个出口，有的是真的，有的是假的，更多是看不见的。这望潮都成精了，谁斗得过它？扝望潮，这活也只有郭哥这样的好手使得。

望潮憋在穴居里，偶尔会迎来小虾小蟹等不速之客。对这些自己送上门来的美味，望潮一般来者不拒、悉数笑纳。谚语云："大头望潮八只脚，十八后生追勿及。立在洞中望潮至，送来蟹虾吃勿歇。"针对望潮的这一特性，赶滩人琢磨出扚望潮的方法：用木条或竹竿，一头缚只沙蟹，放在洞口钓望潮。望潮一见有美味上门，眼睛都绿了，一个猛虎扑食，抱住，并奋力把沙蟹往穴里拖。当它意识到上当时已经晚了，其时，望潮已被"请"入赶潮人的鱼篓里了。《蓬山清话》里有"人候潮涨，执松明以取之"的记载，说的是另一捕望潮方法。望潮习惯夜里出洞觅食，遇强光照射会伏下不动，赶滩者手扚之即可。可见望潮再聪明，也难免有其短板，跟人一样。

望潮的另一能忍特性就有些令人"不忍"了。等到天冷了，北风呼啸，虾蟹少了，望潮藏身于深深的洞府，饥肠辘辘，咋办？这事也只有望潮干得出——竟啃食自己的脚丫子以求活命，最后啃得自己只剩光溜溜一坨肉身。"九月九，望潮吃脚手。"唉，这不忍之忍，是谓大忍乎？

既是望潮，桂花盛开的金秋时节潮水盛大，这时捕获的望潮也最为肥硕。望潮的吃法有生炒、红烧、水煮等，不过，我觉得，越是鲜美的海鲜越适合用简单的烹饪法，比如清蒸、水煮、葱油。将望潮、活虾放在沸水里焯几下，捞上来蘸酱油醋食之，味极鲜美。用浓油赤酱爆炒，反而失去了海鲜本真的味道。象山石浦有名的海鲜"十六碗"，红烧望潮位列其中——望潮剖腹，加料酒、酱油，用中小火焖烧而成。当地人在烧煮之前，习惯用辣蓼将其涂身腌渍。辣蓼就是水辣蓼，在水边潮湿之地多见，田间旱地亦有。大厨将裹在辛辣枝叶里的望潮反复在石板上摔掼。据说，经此摔掼，望潮更加鲜脆，红烧后的望潮，细长的肢体整齐地向里收缩成一圈，似莲花宝座。象山港北岸的瞻岐人红烧望潮的诀窍是红锅干煸，不放一滴油，直至把望潮表面的黏液和水分煸干，再调入黄酒、酱油等调料。这样烧出来的望潮肉质脆、嫩，入味，又没有浓腥味，最好。

望潮的吃法还有很多，如烧烤、生吃。烧烤是眼下普遍的休闲吃法，用签子把望潮串了，在火炉或铁板上烤熟，蘸上各种调料，手持着一路啃去，很招摇，很煽情。生吃分两种：一种把望潮切片冰镇，蘸芥末吃。另一种极富挑战性，把活望潮在调料里蘸蘸，就塞进嘴里生嚼活吞。我见过望潮被塞进嘴里，几条腕足奋力从人的牙缝里挤出来，抓吸食者的唇、腮的画面 …… 老实说，有些惨不忍睹。由此想到，衡量一种动物的残暴程度，牙齿不是唯一标准。

望潮 —— 等潮来 —— 潮来了，意味着身心的完全释放和生命意义的大回归。那些沦为人们腹中物的，都是没等到下一波命运之潮的不幸者。忍一忍，就会海阔天空吗？未必，至少在望潮那儿，只是多舛命运的“八爪之一”—— 谁知道那一爪最终会落到哪里。

渴望飞翔的鱼

弹涂慢慢进化出了一双突兀于头顶的眼睛和更擅长弹跳的尾鳍。突兀的眼睛助它们在绵延滩涂上看得更远，强劲的尾鳍并非为重回大海，而是为弹跳得更高，更接近天空。

隔扇窗，隔条道，是条大河，河岸一片狭长滩涂，潮来潮去，滩泥在潮水中隐现，是不同于人间的热闹。闲时，喜欢倚着河边栅栏发呆，看长河流水，看鸥鹭翻飞，看落日熔金，看滩涂上各色大大小小的蟹来来回回瞎忙，看三三两两的弹涂嬉戏、追逐，没事跳着玩。

弹涂是一种富有好奇和上进心的物种，作为一种鱼，它们用鳍爬上滩涂，并安居下来。但是，对弹涂来说，滩涂毕竟狭仄了些，安顿不下它们的高远抱负和雄心。它们的目标在远处，在陆地，在天空。于是，弹涂慢慢进化出了一双突兀于头顶的眼睛和更擅长弹跳的尾鳍。突兀的眼睛助它们在绵延滩涂上看得更远，强劲的尾鳍并非为重回大海，而是为弹跳得更高，更接近天空。按生物进化理论，我以为弹涂最终将进化出一双脚用于行走，一对翅膀用于飞翔，它最终将定格为一羽能够自由在陆地行走、在天空飞翔的鸟儿。

弹涂在我们那儿也有叫跳跳鱼的，还有叫“弹丸狗狼”的，喻其在滩涂上弹跳迅捷如子弹，体形及头部如狗似狼。这些别称都是在弹和跳基础上的引申。说弹跳如子弹可以理解，长得如狗似狼倒不至于，似乎象征意义更多一些。其实在我看来，弹涂更像是一尾装了加强版眼睛和尾鳍的泥鳅：乌黑滑溜的皮肤，浑圆壮实的身材，假如它不弹不跳、安静悠游或潜伏于一片水田，那就是一尾泥鳅无疑了。

弹涂不大，大者如手指头，小者如稀溜的泥滴子。有时候，老远看一群弹涂在滩涂戏耍，一滴泥滴子从滩泥里溅起来，又一滴、两滴随之溅起来，直直地，溅得老高，后又齐齐地做着自由落体，落到滩泥里，其轨迹近乎一个倒过来的“V”。

最后，水还是水，泥还是泥，似乎什么也没有发生。不明就里者，以为那里的滩泥在哗变，要逆天了。趋近一看，始知是这些小家伙在戏耍。但是，再趋近，风格又突变了，那些可爱的泥滴子受到惊扰，惊惶地、杂乱无章地四处溅开，像一些炸开的泥花，轨迹弧线变得扁而平而远，三溅两溅就从眼前消失不见。

弹涂的跳跃，在鱼类中恐怕不是最高，也算不上最远，飞鱼一次滑翔据说有好几十米，很多鱼跳到几米高不在话下。但倘若跟身体比例结合算，弹涂的跳跃距离估计可以排在前列。弹涂弹跳纯粹凭尾鳍和尾部发力，把身体弹起，而不像飞鱼，其强悍的侧鳍差不多已发育成翅膀了。不过，弹涂擅弹跳，爱弹跳，说到底还是一种生存技巧。弹涂鳍的功能已退化得不太明显，潮水退去，没有比弹跳更轻捷、便利，更适合滩涂生活了。弹涂正是凭借其卓越的弹跳能力追逐猎物，摆脱掠食者的捕猎，也让自己更接近天空。

瞻岐位于象山港北岸，海水盐度适宜，水流相对较缓，这里的滩涂属泥沙质浅层性滩涂，是鱼、虾、蟹和贝类的“天堂”，弹涂自然也少不了。受自然环境影响，瞻岐的弹涂较之别处，个头稍小，体形精瘦些，反应敏捷，更接近“弹丸狗狼”的特征。肉质细腻鲜嫩，营养价值很高，有“水中人参”之誉。

如此一来，弹涂的命运便蒙了层阴影——任凭你再能耐，再机警敏捷、水陆畅行，弹跳如飞，在人类面前也都是小把戏。狐狸再狡猾，也斗不过猎人啊。

在瞻岐，我目睹过两种捕弹涂方法。

阿三肩扛一柄三四米长的鱼竿，腰系一个竹鱼篓，脚蹬长筒雨靴，悄声走在一片滩涂上，像一尊活动的雕像。他在“钓弹涂”。五六米开外，一些大大小小的弹涂轻慢了眼前这人的存在，继续着各自的安逸生活。突然“呼”一声，其中一尾个儿大的弹涂，还没来得及反应，就已被一股神奇力量掀起，然后准确落到弹涂阿三手中。“这根还行，这根还行”，阿三呵呵乐着，他是说到手的弹涂，中指大，乌漆墨黑，眼睛鼓凸得似要蹦出来，十字形四棱钩的其中一枚钩锋精准扎入其尾腰部。鱼篓里已有十几尾弹涂，都是阿三钓的。“钓弹涂”跟普通垂钓最大的区别是钓钩不上饵料，钓者手持钓具在滩涂上“行走”，见适当范围内有弹涂活动，手起钩出，四棱钩精准地甩向目标，然后抽钩……手未到而鱼已就擒，再活络的弹涂也难逃脱这飞来的利爪。这“钓”法非行家里手不能办，这样的高手除阿三，瞻岐再找不出第二人。弹涂小而灵动，在五六米开外看过去不过一枚钉子大，扬臂、甩竿，鱼线拽着鱼钩像长眼睛一样直奔目标，没有数十年工夫累积不能办。外行生手切忌盲目模仿，不然弹涂没“钓”着，倒极可能把自个儿给“钓”上。

另一种是“倒弹涂”。这个“倒”有两层意思：一是表示顺序，与“顺”相反；一是作动词的“倒”。滩涂潮退了，渔者蹬着载满“竹管筒”的“泥马”（一种泥涂上的交通工具，便于赶滩人轻松快速活动），一边滑行，一边将“竹管筒”挨个插下。这是特制的竹筒，比手指稍粗，一头竹节打开，一头留存，插进滩涂时，打开的那头朝上。潮涨潮又退，弹涂们在滩涂上嬉戏觅食得兴起，一遇动静，纷纷四散找寻藏身之处，见有现成的洞穴，就一头扎进去，哪里知道这是为它量身定制的陷阱啊。它钻进与它身形相当的竹筒，以为很安全，实则入了渔者的圈套。赶滩人要做的，就是把一个个竹筒拔起来，再把“倒”在里面的弹涂“倒”到鱼篓里。

弹涂肉质细嫩，味道鲜美，营养价值高，食用方法有很多，红烧、油炸、清蒸、串烧等，风味各异，各有其美。瞻岐人吃弹涂更讲究本味和营养，蒸和炖是保持菜品原汁原味和营养价值的最佳方式。清蒸不用说了，无非是盐、姜、葱加黄酒，汤清肉嫩。炖法也简单：一斤弹涂加两斤老酒，投入葱姜，用文火慢慢炖。直炖至弹涂酥烂，汤浓色白，满室鲜香，不吃已津液盈口。

水江湖·大海中

清明时节的鱼

清明时节的马鲛鱼，成就了咸祥人对海鲜的独特理解和对大海的崇高礼敬。而对于我们众多食客来说，一鱼六吃之后，更应懂得，美味是用来品尝、享用的，同时也需要珍惜、保护。不然，再多的资源也有山空的一天。

水江湖·大海中

清明时节，春光正好，油菜花黄了一地。过了瞻岐隧道，就到了咸祥海边，空气中有股浓浓的咸腥味。那是海的味道，仿佛也是象山港蓝点马鲛鱼散发的味道。

吃鱼讲时节，什么时节吃什么时节的鱼，这是嗜鱼客的讲究。正月鳗，二月虾，三月香螺爬上滩，小暑黄鳝赛人参，八月蛸蝉抵只虎等，说的都是这回事。

马鲛鱼在宁波、舟山一带，是一味再寻常不过的海鲜，一年四季菜场都有售，价格也很亲民，按个头和鲜度，每斤二三十元不等。家常的吃法是暴腌或煮咸齑，上宴席则做成熏鱼片。马鲛鱼流线型，形似纺锤，跟青鲇鱼、鲭鱼类同，肉质也差不多，厚实，少刺，吃起来畅快。但是，纵然如此，寻常日子，当地人对马鲛鱼依然提不起劲儿来。论肉质，它不如带鱼、叉鱼；论口感，不及蟹、虾和各种贝类。鸡肋的是，外地人对它也不“感冒”。我一川籍同事，来单位后特爱吃青鲇鱼，问他为何不吃马鲛。他反问，为啥要吃马鲛？青鲇鱼三元多一斤，一样的口味、一样的口感、一样多肉少刺，马鲛的价格却要比青鲇鱼贵上十倍，我为啥要吃马鲛？理由太充分，我被驳得哑口无言。

但是，一到清明节前夕，马鲛鱼就露出了不寻常的一面，价格要比平常翻上十倍，且一鱼难求。要吃到当天新鲜的马鲛，得起早，专程跑到象山港沿岸渔港码头上抢购，却未必能得偿所愿。外地人又看不明白了，马鲛鱼菜场不多的是吗？干吗要起大老早赶到海边码头出大价钱去抢？那当地真正的食客会告诉你，象山港马鲛鱼跟外洋马鲛鱼确实不一样：首先，个头没外洋的大，最大的七八斤，一般四五斤；其次，象山港马鲛鱼的鱼背从鱼头到鱼尾泛着蓝绿色光斑，而其他马鲛鱼的鱼背颜色较深。此外，象山港马鲛鱼嘴略上翘，肉呈自然的粉红色，而外洋马鲛鱼肉色比较白。

同样的问题在宁波当地人中其实也存在。宁西四明山区的人们因距海相对较远，通常很难吃到当天捕捞上岸的海鲜。对于“象山港川乌多少多少鲜”之类说辞也多有不屑，认为有些“洋火蓝气”（方言，吹牛、夸耀意）。这里有个故事，有户人家到鄞东海边咸祥提亲，尝了亲家款待的清明马鲛鱼，这才信服，道：“没吃过清明象山港马鲛鱼，白做介许多年宁波人！”如此看来，要吃到正宗象山港马鲛鱼，应时应节还不够，还得讲究应地——离开了鱼出水的地方，把满背蓝光的马鲛鱼冰封冷冻了再吃，就不是那个味了。

每年清明前后，背上闪着蓝色光斑的马鲛鱼洄游到象山港交配产卵，此时的马鲛鱼泛绿色光泽，肉质细腻、鲜嫩，入口即化，而身价也最为昂贵，当地人称为“鰆鯃”或“川乌”，以别于其他海域的马鲛鱼。这是相对靠谱的一种说法。

咸祥是鄞东古镇，地处东海之滨、象山港北岸，是个品象山港马鲛鱼的好去处。挑个海鲜食府进去，老板娘心下明白：吃马鲛鱼的吧？一鱼三吃，早上刚上岸的鱼，还剩一条，挑一条。但见四尾躺在保鲜冰柜上的马鲛鱼三五斤不等，健硕、挺括、乌油闪亮，背上一溜蓝色斑点，还在泛着蓝绿色的曼妙光泽。我们有些被老板娘招呼糊涂了，“还剩一条，挑一条”，逻辑上似有不通。后来才明白，四条鱼，三条已有人预订，我们拥有先到优势，大小优劣就由我们挑了。

为不辜负这份“优势”，我们挑了条最大的，过秤，五斤出头，去零归整，正好一千元。老板娘是个土生土长的渔家女，老爸、老公至今依然以出海捕鱼为生，出没在象山港的风浪里。她原本也随父亲上船捕鱼，婚后不再上船，孩子上学后就独自撑起了这家店铺。据她介绍，以前象山港马鲛鱼产量高，运输不便，保鲜技术又跟不上，一到清明时节，大批贼骨亮的马鲛鱼上岸，当地人学对岸象山人的样，变着法子吃，做鱼丸、轧鱼面当饭吃，熏鱼做零食。但吃来吃去，总不及传统老三样。后来捕捞量逐年减少，吃的人却越来越多，价格节节攀升。如今一条船出海，一天能打到几尾正宗马鲛鱼都难以保证。她这家主打鱼鲜的食铺生意却越来越好，尤其清明节前后，食客想吃本港马鲛鱼都得预订。我们一行运气好，别人预订了三条，却出水了四尾，不然只能到其他店铺撞运气了。

三道马鲛鱼鲜上桌：马鲛鱼头、鱼尾煮咸齑，不放任何调味料，经大火炖煮，骨酥肉烂，丰富的胶质和不饱和脂肪酸融入汤汁里，渗入咸齑的咸香，变得肥而不腻、鲜而不腥，恰到好处。咸齑在里面起到很好的调和、压阵作用。马鲛鱼纤维紧致，多肉少刺，最适合做熏鱼。鱼胸腹段从脊背纵向剖开，带鱼骨一半片斜刀片，经酱油、料酒和葱姜腌渍，用来炸熏鱼。另一半切段，抹上粗盐、料酒和葱姜，一刻钟后即可下锅蒸制，即为暴腌马鲛鱼。马鲛鱼熏片酥、香、脆，下酒是一绝，做零食就太奢侈了。暴腌马鲛鱼肉质紧实，兼有咸鲜香醇，用筷夹，呈片片白菊瓣状，让人味蕾大动，心生快感。

清明时节的马鲛鱼，成就了咸祥人对海鲜的独特理解和对大海的崇高礼敬。而对于我们众多食客来说，一鱼六吃之后，更应懂得，美味是用来品尝、享用的，同时也需要珍惜、保护。不然，再多的资源也有坐吃山空的一天。

水中的舞者

凡事皆有两面性，鲳鱼身板宽阔，遭受的阻力也大，任何一股小小海流或潮涌都会对它构成威胁，它需要付出额外的努力以保持身体平衡。另外，来自人类的一张张贪婪的网，也让鲳鱼格外受伤，鲳鱼天生身子扁平，许多枫叶大小、体薄如饺子皮的低龄鲳鱼也悉数成为人类的网罗物，被端上餐桌。

鲳鱼仿佛为舞而生，扁而薄的身子，一根柔软的主骨，全身遍布银亮的细鳞，像一轮映在水中的满月，一闪转、一腾挪，都透着舞蹈的优柔之美。

作为一种肉食性鱼类，鲳鱼的身体结构是灾难性的：首尾被不可理喻地无限缩小，小到仅剩概念性的存在，让人怀疑它是否还是肉食性鱼类；身板又不可理喻地被无限放大，正面看像一道高耸的墙，侧面看，说好听似一轮满月，不好听就似一大白面饼子。鲳鱼的吻短而圆，牙口小而碎。我有时候想，鲳鱼凭什么行走江湖？如何在风高浪急、危机四伏的大海里生存？谁会听任这样一副牙口细细啃食、肢解自己？它又靠什么支撑自己相对庞大的身躯？相对合理的是尾鳍，尾身虽紧缩如指，鳍却展开如燕尾，中间深裂，上缘短而下缘长，流畅、紧致、有力。但是即便如此，相对于身躯，这尾鳍还是显得弱了些。鱼类靠尾鳍提供动力，驱动身体前行，追逐猎物，逃避掠食者的追杀。后来我想明白一件事，假如鲳鱼身板圆而宽是一种必然，完全处于劣势的摄食口器与并无多少优势的尾鳍，则决定了它的身体必须往扁平里长，如此方可降低能耗，减少水的阻力和尾鳍的动力输出，以达到与恶劣生存环境的平衡。

事实上，鲳鱼的肚腹确实非常精简，剖洗鲳鱼时可以发现，一尾手掌大的鲳鱼，其肚腹大致只有拇指肚大。这是合理的，跟它的尾鳍尤其牙口适配，所谓黄金比例，也佐证了我上面的猜想。试想，倘若鲳鱼长着一个大肚腩兼一副好胃口，不蠢死也早饿死了。据了解，鲳鱼的食物以浮游生物和小鱼小虾为主，其中，最主要的食物竟是水母。如此，也就不难理解这副身板依然可以在浩瀚大海里生存繁衍的原因了。

鲳鱼善舞却是真的。

一群鲳鱼在碧海里游，说飘可能更准确。不是漂，漂属于没有生命力的随波逐流者。鲳鱼的泳姿游态，分解开来是舞，是飘，连缀起来是翩翩起舞、飘飘欲仙。

这样一尾鱼、一群鱼在碧海中飘，在碧海中舞，是一片炫目的银亮和开阔，确实很养眼。鲳鱼还有一个谜一样的习性，它喜欢模仿同伴的动作，比方说：一尾鲳做了一个漂亮的侧身漂动作，周围的鲳会很快做出反应，也做一个侧身漂；一尾鲳突然做一个高难度的直立侧转，周围的鲳也跟着来一个直立侧转 …… 如此一来，每个动作最终都成为整个鲳群的集体动作，像一个训练有素、整齐划一的集体舞团队。想象一下，这样一个集体舞团队，在碧海里上演一场场精彩绝伦的表演，一个个姿态优美、一气呵成的舞蹈动作，一片片闪烁、耀眼的银光，是何等壮观、震撼！会吸引多少迷妹、迷弟？

确实，鲳鱼以实力圈粉。据说，鲳鱼族群在飘舞进程中，确会吸引大批“粉丝”和看热闹不嫌烦者，围观、起哄，亦步亦趋。这里面有大量各色小鱼，也包括鲨、金枪鱼、海豚等大型掠食性水生动物。这里面，不排除或许真有为鲳鱼的优美舞姿所吸引、征服、陶醉的。不过，老实说，不同鱼类或者说水生动物间暂时还没有艺术表演与观赏的联系，即使有也属极小众范围，更多是各有图谋，心里打着各自的小算盘。比方一群鲨围着一群鲳鱼转，答案就绝不会是痴迷于鲳鱼的舞蹈那么简单。

据悉，鲳鱼在行进过程中，口中会分泌一些黏液，这黏液是一些小型鱼类很好的营养补充品。另外，鲳鱼排的卵，俗称鱼子，营养不必说，也是其他鱼类争食的对象。这就不难理解为什么会有这么多小鱼跟着鲳鱼群跑了。至于那些大型掠食性水生动物，它们的目的其实也是司马昭之心 —— 昭然若揭。在它们眼里，鲳鱼群绝对是一顿免费又美味的营养大餐，别看鲳鱼个不大，头尾小，全身除主骨（还是软的）外无细刺，入口的都是肉啊 —— 绝了。只是，面对鲳鱼群，这些水中的猛兽显得不那么原形毕露，明显比面对其他鱼群温情得多，或者说有些神思恍惚。

从表现角度说，一张满盈的脸盘子在舞台上很讨巧，利于观众认识并记住你。花样游泳有“水上芭蕾”之称，据说，选择花样游泳运动员有一个不成文的规定，就是要脸大，一张大而美的脸像出水芙蓉，可以加深评委和观众的印象。鲳鱼当然不会为取悦“观众”而长一副扁平身板，但肯定有其道理。鲳鱼有一个淡水近亲族群，即武昌鱼，我们那儿叫江鳊鱼，身板几乎跟鲳鱼完全一样，扁而平，像个白瓷盘子，只是吻稍尖，南方的江河湖塘里都有产。我在池塘边洗刷，在湖边垂钓、流连时，偶尔会遇到这样一个景观，随着声声“忽剌”和片片绽开的水花，水面上闪过片片晃眼的银光，像月光透过树梢。那是一些在水面上嬉戏觅食的小江鳊鱼干的好事，它们喜欢这么干，侧着身子快速掠过水面。或者说，由于扁而薄的身子，它们掠过水面时必须把身子侧过来，亮白的身子就充当了一面镜子，把阳光一次次地反射过来，晃人眼睛。我忽然想到，鲳鱼群在海里做着一次次炫美的集体舞动作，人类觉得它们在翩翩起舞，但那是否是有意识的集体自卫动作呢？或许，鲳鱼群是在警告那些胆敢来犯者：俺可不是吃素的！俺有秘密武器！你来试试！

鲳鱼的秘密武器就是那一副白亮的大身板，当数以万计的鲳鱼一齐亮出自己的身板，那交织、闪烁的白亮光芒委实有些晃眼、吓人，被晃到的鲨鱼或许会疑惑：是不是遇上了一片阳光？当鲨鱼神思恍惚时，鲳鱼群已为自己争取到了安全空间和距离。当然，凡事皆有两面性，鲳鱼身板宽阔，遭受的阻力也大，任何一股小小海流或潮涌都会对它构成威胁，它需要付出额外的努力以保持身体平衡。另外，来自人类的一张张贪婪的网，也让鲳鱼格外受伤，鲳鱼天生身子扁平，许多枫叶大小、体薄如饺子皮的低龄鲳鱼也悉数成为人类的网罗物，被端上餐桌。

明代彭大翼《山堂肆考 · 羽集》中说：“（鲳鱼）一名昌侯鱼，以其与诸鱼匹，如娼然。”屠本畯亦在《闽中海错疏》中想象：“鱼以鲳名，以其性善淫，好与群鱼为牝牡故，味美，有似乎娼，制字从昌。”要说文人不负责任起来，也是很可怕的。为什么叫鲳？因鲳好与别的鱼乱搞两性关系，所以叫娼（鲳）鱼，这叫什么逻辑？他们有潜到深海里目证过鲳与其他鱼交配吗？既没有，怎能仅凭想象或猜测就信口开河、妄下定论？相对而言，李时珍在《本草纲目 · 鲳鱼》中的描写要客观一些：“昌，美也，以味名。或云：鱼游于水，群鱼随之，食其涎沫，有类于娼，故名。”虽说“或云 …… 有类于娼”的说法也不那么负责，但至少向人阐明了自己对此说法的不确定。依我看，鲳名之由来，或与其曼妙舞姿有关。古时皇家宫廷有一类以乐舞杂技为业之人，乐人称倡，伎人称优，合起来就是倡优，也称倡伎，鲳（倡）之名或许由此而来，孰料竟给它招来千古莫辩的骂名。

鲳鱼味美也是真的。海边人没有不喜食鲳鱼的。谁会拒绝一尾肉质细腻、飘嫩，又少骨刺、无鲠喉之虞的鲳鱼呢？好东西的吃法往往简洁，清蒸、红烧、葱油、煮咸齑 …… 老少咸宜。鲳鱼体如满月，取一个普通菜盘即可，丰盈圆满，好吃又好看。只是，被请上餐桌的鲳鱼，再不是水中的舞者，再怎么歌舞升平，它也不会在你的餐桌上侧转、旋舞。

现如今，手掌宽、三四两以上的鲳鱼市价早已过百。物以稀为贵，抓紧时间吃吧。再不吃，恐怕要不了几年，连枫叶大小的鲳鱼也吃不到了。

花儿一样的鱼

这样一尾鱼在大海里游弋，在青碧海水的映衬下，就是一朵绽开、飘逸的花儿。一群鱼游弋，就是一片摇曳、瑰丽的花海。难怪人们习惯在它的名字里夹个花字，曰黄花鱼。

节前，得野生黄鱼两尾，各七两不到，如获至宝。

鱼是当天直接从渔船卸下后上市的。一个泡沫箱，里面装了大量的冰，两尾鱼就埋在冰里，鲜亮得刺眼：下巴、肚腹至尾部一带呈鲜润的明黄色，唇口彤红，像抹了唇膏，眼珠晶亮，照得见人影，体态匀称颀长，如一枚美丽滑腻的围网梭。

已经多年不见如此鲜亮、如此个头的野生大黄鱼了。上网查市价，一斤以下、六两以上的野生黄鱼，每斤不低于500元。换算下来，两尾鱼总价超1500元。怎么处理这两尾鱼呢？1500元对于我家来说，差不多是两个月的伙食费，三口人坐下撮一顿当然没问题，但毕竟奢侈了些。可是存冰箱里过年待客，又怕辜负了那一身迷人鲜洁的光泽。思来想去，决定把父母和岳父三位老人都请来，一大家子提前团聚，吃年夜饭，也不枉那两尾鱼的美意。

主意一定，一家三口分头行动：儿子驱车去乡下请三位老人。老婆上菜场另购一些配菜。我则着手处理两尾鱼。

黄花鱼自古受到人们的推崇。明代李东阳诗云："夜网初收晓市开，黄鱼无数一时来。风流不斗莼丝品，软烂偏宜豆乳堆。"描写黄鱼的上市盛况和佳美口感。现代诗人黄贤所作"麦熟村家小有余，一锅大蒜煮黄鱼。隔溪呼得邻翁饮，古套长年说子虚"，展现了乡邻老翁相约对饮，食鱼喝酒，闲话陈年往事的和美景象，俨然一幅洋溢着浓郁乡土气息的风俗画。清末名士周楚良的"白花不似黄花好，鳃下分明莫误求"，则大方披露选购黄鱼的心得，想必也是一枚不折不扣的吃货。

野生黄鱼委实不同凡响，从体态到色泽，都透着股仙气：线条紧凑流畅，鳞片富有光泽，背脊浅褐，肚腹和腹鳍呈银白，又闪耀着一层曼妙、程度不一的金红色泽，透着一股天然的祥瑞与喜庆。这样一尾鱼在大海里游弋，在青碧海水的映衬下，就是一朵绽开、飘逸的花儿。一群鱼游弋，就是一片摇曳、瑰丽的花海。难怪人们习惯在它的名字里夹个花字，曰黄花鱼。

黄花鱼是洄游性鱼类。跟我们人类一样，故乡情结是黄花鱼生命基因的一个组成部分。每年三四月份，楝子花开，新麦初熟，就到了黄花鱼繁殖季，生物钟向发育成熟的黄花鱼发出“回乡”的指令，于是，一尾尾、一拨拨、一批批花儿似的黄花鱼从大海的角角落落汇集起来，向着生命的故乡奋勇游行、进发。所谓黄花鱼汛，就是黄花鱼集体回乡之旅或爱情派对之旅，就像人类的春节回家一样。所不同的是，它们回乡，肩负着生命繁衍、种族承继的使命。人类正是利用黄花鱼洄游这一特点，在它们必经的途中布下天罗地网，大行虐杀剿灭之能事。

古代人不仅以黄花鱼为食，还以之制弓。元大德《昌国州图志》载：“盖附海之民，岁造鱼鲞”“晒之曝干曰白鲞，鳔可胶弓”。《天工开物·佳兵》亦云：“凡胶乃鱼脬杂肠所为，煎治多属宁国郡，其东海石首鱼，浙中以造白鲞者，取其脬为胶，坚固过于金铁……天生数物，缺一而良弓不成，非偶然也。”“脬”即鳔，人们通常以为黄花鱼的鱼鳔极名贵，孰料竟还可以用来制作弓胶。传统海八珍包括“燕窝、海参、鱼翅、鲍鱼、鱼肚、干贝、鱼唇、鱼子”，被视为宴席上的极品佳肴。黄花鱼就奉献了其中两珍——鱼肚和鱼唇。当然鱼肚、鱼唇也可以其他鱼类代之，但品质与黄鱼肚、唇不可相提并论。

人们对黄花鱼的喜爱还反映在民俗中。江苏仪征民间有“当裤子，买黄鱼”的俗谚，可见当地人对黄花鱼的痴迷程度。周作人《知堂杂诗抄》中有首《端午》诗，道：“端午须当吃五黄，枇杷石首得新尝。黄瓜好配黄梅子，更有雄黄烧酒香。”此绝非一家之言。周作人是绍兴人，江浙一带确有端午吃“五黄”的习俗，只是“五黄”的内容与周作人所言稍有差异。在舟山沈家门，至今还流传着这样的习俗:男女青年订婚,男方要先送两条即将产子的大黄鱼给女方,女方回礼时再把这两条鱼送回来,来时鱼头要朝着男方家,寓意女方嫁到男方“百年到老,多子多福,不再回头”。

黄花鱼在洄游过程中,会相互呼唤,它们咕咕地“叫”着,呼朋引伴,结伴前行。早先渔民们捕捞时,常常用中间打通的毛竹筒插到海中,探听黄花鱼群的“叫声”,借以判断鱼群的前行方向、方位和群落大小。围网出水,黄花鱼进舱,船舱里一片乱眼的、闪烁的金光和盈耳的、不知是生气还是惊恐的咕咕声。天地人寰,多少美丽的生命在人类贪婪的围网与枪口下死亡,又有多少美丽的生命像黄花鱼一样濒临灭绝。大黄鱼、小黄鱼曾经是大小金条的代名词,谁料而今,黄花鱼真可以价比黄金。

黄花鱼的吃法很多,可以清蒸、红烧、做羹、放汤,也可晒成鲞,或做成拖黄鱼、黄鱼脆等,既可下酒,也可下饭。而烹饪方式取决于鱼的鲜洁度。鲜度差的可以用来晒干制鲞,稍好的可红烧、熘鱼片、炸熏鱼,刚上岸、透骨新鲜的黄花鱼最合宜的烹制方式是尽量保持原汁原味,不让调味品的味道掩盖了鱼的本来味道。

我在鱼身两面剞上柳叶花刀,又切了些葱姜丝、咸齑末和冬笋片、火腿片待用。我想好了,对于眼下两尾黄花鱼,最适合的做法,一尾镶冬笋火腿片清蒸,另一尾煲汤,用咸齑末去腥提鲜,本色本味,此外没有更好的烹制方式。

现在,就等三位老人上门了。

梅子黄时鱼

鲥鱼踏着时间的潮汐一年一度洄游，因时而至，因时而去，每到一地都有固定的时间段，每个地方都只做短暂的逗留，就像一列按时间轨道运行的列车……

入梅以后，绵绵烟雨中梅熟杏黄，菜场偶尔有鲥鱼出没，三四指宽，比巴掌稍长，两条纵贯头尾的荧光带泛着红绿相间的曼妙光泽，扁而宽的轻盈身子让人想象得到其在水中悠游的样子。

鲥鱼是与梅雨时节一起现身江南的。这时节的鲥鱼，雌鱼丰满雍容，雄鱼膘肥体壮，最宜品尝。但是，由于长期过度捕捞和生态恶化，目前长江、钱塘江等主要的鲥鱼洄游流域休说形不成鱼汛，连鲥鱼踪影都难得一见。出现在菜场的鲥鱼大多是养殖的，局限于几个摊位，三三两两难成气候。就像几滴水融入大海，野生鲥鱼长期货歉，加之价昂，普通人家的菜篮子对鲥鱼的期待一年不如一年，以至于今日，哪怕不多的几尾鱼在那，也乏人问津。

不过我倒是要问问的，这些日子心里有鲥鱼情结在，问问，或许能消解一些。我问一位四十出头的女摊主鲥鱼价，答曰：“36 元。”“本地的外地的？”我本意是问野生的还是养殖的，话没出口心里已有答案，于是临时改口。鲥鱼是来自大海的客人，它来江河做客或者说度“蜜月”，本没有地域之分，一定说有，那也是大海与江河的不同。我改口是给自己留条退路，免得被人笑话，也不掂量一下自己的口袋，吃不吃得起一条野生鲥鱼。孰料对方竟答是“长江的”，我就没继续问下去。长江是我国最大鲥鱼产区，鲥鱼也是传统“长江三鲜”之一。自然洄游的时令长江鲥鱼时价，我估计 36 后面加个零不止。且甭管其是长江产还是长江养的，36 元一斤勿伤元气，我决定买两尾尝尝鲜。

鲥鱼踏着时间的潮汐一年一度洄游，因时而至，因时而去，每到一地都有固定的时间段，每个地方都只做短暂的逗留，就像一列按时间轨道运行的列车，到上海南通是五月初，到下一站赣州鄱阳湖差不多是五月中旬，抵达武汉宜昌或许就要到月底了。鲥者，时也，鲥鱼名就是这样来的。鲥鱼特娇贵，出水即死，死了又特易变质，不耐保存，冰冻后又鲜味尽失，不复原初细腻鲜嫩的口感。所以，吃鲥鱼要趁时，失其时则不可得，即使贵为天子也无缘品鉴。

“五月鲥鱼已至燕，荔枝卢橘未应先。”长江鲥鱼自古被列为皇室贡品，食用鲥鱼因而成为社会等级和身份的象征。《金瓶梅》里，西门庆帮助管皇家砖厂的刘太监的弟弟逃脱了盗窃皇木的罪责，刘太监送来答谢的礼物即有“两包糟鲥鱼”。这皇家内监送来的鲥鱼，西门庆又将两尾分赠给自己的帮闲应伯爵。第二天，应伯爵来为这两条鱼道谢：“昨日蒙哥送了那两尾好鲥鱼与我。送了一尾与家兄去。剩下一尾，对房下说，拿刀儿劈开，送了一段与小女，余者打成窄窄的块儿，拿他原旧红糟儿培着，再搅些香油，安放在一个磁罐内，留着我一早一晚吃饭儿，或遇有个人客儿来，蒸恁一碟儿上去，也不枉辜负了哥的盛情。”一番言语，突显那个时代鲥鱼的不凡地位。据说，民国时期，钱塘江每年打的第一网鲥鱼，要挑出三条最好的，一条直送南京总统府；一条送组织部部长陈果夫；另一条才轮到浙江省主席陈仪享用。

鲥鱼年年因时而至，就量产而言，古时并不稀有。王安石“鲥鱼出网蔽洲渚，荻笋肥甘胜牛乳”、梅尧臣“四月鲥鱼逴浪花，渔舟出没浪为家”、谢墉“网得西施国色真，诗云南国有佳人。朝潮拍岸鳞浮玉，夜月寒光尾掉银”等诗句，说的皆是捕捞鲥鱼时的盛况。让鲥鱼倍显珍贵的，一是其美味，二是其易变质、不易储藏之特性。从宋到清，赞美鲥鱼的诗词很多，如北宋苏轼、明代何景明、清代陈维崧等，都有诗作赞美鲥鱼清腴的滋味和它的难得。

张爱玲在《红楼梦魇》开篇说此生有“三恨”：一恨海棠无香，二恨鲥鱼多刺，三恨《红楼梦》未完。“恨鲥鱼多刺”，根源在于鲥鱼味美，不然也就无所谓刺多不多了。张爱玲常居上海。有意思的是，古往今来，对鲥鱼赞赏有加的文人墨客大多是在羁留江浙沪期间写下相关诗文。究其原因，鲥鱼以刚从大海洄游至江河入海口阶段口味最佳，此时的鲥鱼满腹膘腴，肉肥味美。后鲥鱼溯江而上，经南京、镇江，过赣州、鄱阳湖，肉质口味逐渐降级，待西游至湖北境内，卵已产尽，瘦骨嶙峋，肉质枯涩，被当地人视为“瘟鱼”，自然再无人为鲥鱼抒写颂词赞歌了。

说鲥鱼味美，不能不说鲥鱼的鳞。食鲥鱼不刮鳞，这不是江湖传说，而是坊间流传的一条美食经验。因其鳞下脂肪丰腴，若刮鳞，脂肪尽失，就不是这味了。不仅如此，老底子大厨在烹制鲥鱼时还要用猪网油将它裹起来蒸，这样才鲜美异常，鳞片绵软，入口即化。但也有例外。话说，沪上某酒楼某日迎来一桌西北客人，慕名点了清蒸鲥鱼这道菜。鱼上桌，客人们举箸夹鱼，傻了，鱼没刮鳞，咋吃？服务员笑曰，这是鲥鱼，不刮鳞的。客人不信，叫来大厨，大厨道，鲥鱼不刮鳞，是有说法的。客人道，你说道说道。大厨把吃鲥鱼不刮鳞的来龙去脉说了，客人道，行，你把鱼鳞吃了，鱼我们吃。你不把鱼鳞吃完，这鱼退回。大厨傻了。最后惊动了酒楼老总。老总道，鲥鱼鳞不是用来吃的，是用来滋润鱼肉的，鱼鳞蒸烹加温过程中，油脂溶入鱼肉，使鱼肉更加细嫩润泽，口感更好。当然，鲥鱼鳞也是可以吃的，农历五月中上旬是品鲥鱼的最佳时节，刚出水的鲥鱼，鳞绵软油润，很好吃。但现在不是 …… 最后双方协调，这道菜的费用各承担一半，了了这桩鱼事。

鲥鱼也有香烤、酥烧等多种吃法，但最合宜、最经典的还是清蒸。我将两尾鲥鱼处理停当，入沸水略焯，沥干水分，抹上盐，置于盆中，码上熟火腿片、香菇片、笋片，然后淋上绍酒，浇上熟油，放入姜片、葱结，上蒸锅 …… 十分钟后，就是我们一家品尝美味鲥鱼的时间。

让带鱼再飞一会儿

一片碧海里，成群银亮细长的带鱼在悠然漂游，嬉戏、觅食，它们的身段绸缎一样柔软，又旗幡一样飘展，像一条在蓝天上飘舞的白丝带。而到了晚上，它们又像一枚枚细长银梭，静静竖立在海底，仅仅依靠背鳍和胸鳍的微微摆动维持身体平衡……

“鲸鱼翻海浊，水碧带鱼飞”，这是宋代诗人李廌《赠钱之道子武昆仲》诗中的一句。

带鱼，有的地方叫刀鱼，体扁而狭长，通体银白，光滑无鳞，像一条银色绸带。这样一群鱼，在碧海里游，形同飘、舞、飞，是何等壮观！虽无缘亲见，却也可以想见。李廌的《赠钱之道子武昆仲》洋洋近百言，感觉就这句漂亮，可谓至美。

有意思的是，我曾在一文中引用此句，结果招来质疑，道“诗人所指‘带鱼’，未必是带鱼”，言下之意，诗人所指也许是“带状之鱼”，而不局限于带鱼。以不确定喻指确定，属于乱引用、无知。大凡写作之人，都遇到过此类人，你不能说他毫无道理：以海之大，带状之鱼当然不止带鱼一种。问题是，诗人归尘已近千年，他老人家又没明确注释曰“带鱼者，带鱼也”——死无对证，你跟谁说理去？生活当中，这样的人常有，自己不干事或懒得做事，却喜欢挑干事人的疵，找干事人的茬，说干事人的不是。站在别人的头顶上，显得比谁都能干，都高明。其实他就这点“本事”，懒症一种，除了指责别人，什么都懒得干，不愿干。就这句诗而言，其中的带鱼意象，个人以为是明确的，毋庸置疑。“鲸鱼翻海浊”摆明告诉我们此鱼为海中之鱼。李廌为华州（今陕西华县）人，中年应举落第，后定居长社（今河南长葛市）。一个千年前的内陆穷弱书生，以当时的交通、传播与科普条件，他诗中描写的海中之带鱼最可能是我国近海量产最高、民众普遍认识的普通带鱼——这还有疑问吗？除此外，还会有什么“带状之鱼”呢？

带鱼长相凶猛，尖而长的头，尖而深陷的嘴，加上两排锐利无比的牙，让人油然而生一份恐惧感。它的食谱里包括虾、鲳、鲷和其他比它小的鱼类，甚至包括小的带鱼。它的美，唯有在大海碧水的映衬下才会显现出来。带鱼是深海鱼类，白天群集到中上层水面活动，晚上下沉到海底歇憩。我总是无法摆脱这样一个唯美画面：一片碧海里，成群银亮细长的带鱼在悠然漂游，嬉戏、觅食，它们的身段绸缎一样柔软，又旗幡一样飘展，像一条在蓝天上飘舞的白丝带。而到了晚上，它们又像一枚枚细长银梭，静静竖立在海底，仅仅依靠背鳍和胸鳍微微的摆动维持身体平衡……这成为我心中最美的景观之一，那白与碧相互融合、渗透的纯净之美，有润目养心之功效。每当心绪烦躁时，想想大海中的这一幕，心情自会慢慢复归宁静。文人总是善于想象的。李鹰或许是见过大海的，但他有没有亲见带鱼在海中飞呢？我表示怀疑。他写出“鲸鱼翻海浊，水碧带鱼飞”这样唯美的诗句，估计也是凭的想象。

带鱼是洄游性鱼类。跟候鸟一样，洄游（或迁徙）总是跟季节、气候与繁殖有关。洄游同时也形成了鱼汛。我的家乡地处我国东南沿海浙东象山港畔。天台山向东北延伸的余脉像两只伸入东海嬉水的大脚板，形成大片浅海滩涂，滋养着众多生灵。其中尤以带鱼为多。神奇的是，象山港等东海沿岸所产的带鱼与别的地方显著不同，从食用、肉质角度说，其特征是头小、嘴尖、眼小，人称东海细眼带鱼。其中，又以两三指宽的味最美，肉质飘而细嫩，鲜美无比。相比之下，其他海域的带鱼肉质要柴、老得多。专业的说法是跟水质、水温有关。象山港流域汇集了天台山、四明山区丰沛的、富含营养物质的山水，水温、盐度适宜，最适合水生物生长。不仅带鱼，象山港所产东海鲳鱼、蓝点马鲛鱼、鳗、梭子蟹等海产品，肉质、口味普遍比其他海域产的好。让人费解的是，就带鱼而言，其个体又普遍比其他海域所产的带鱼要小。这或许就是天意。不同的山水生养不同的人或物，这就是自然之道，好多人无法理解。

小时候，每年春秋时节是带鱼上市季，菜场水产摊位上多是带鱼。一尾尾银亮的带鱼在一个个摊位上堆成一个个银亮耀眼的山。逛菜场的主妇倒拎起一把带鱼细细地瞅,瞅鱼眼睛的透亮度,瞅鳞色的闪光度。通常,眼睛越透亮、鳞色越白亮的带鱼鲜度越足。另外,鱼身板要挺括,有弹性,仿佛其中还蕴藏着带鱼最后的生命能量。一尾上市的带鱼如果真像丝绸一样柔软,裤带一样扭作一团,那多半快要变味变质了。因此,当你发现某一摊位的带鱼鱼身柔若无骨,鳞色却贼亮,该警觉了,其中可能有诈。现如今,没有什么是不能造假的,带鱼的银白也是可以染出来的。

中医认为,带鱼能和中开胃、暖胃补虚,还有润泽肌肤、美容的功效,不过,患有疮、疥的人不宜多食。带鱼可煎,可炒,可烧,可熘,还可腌制糟渍,无一不美。早先宁波的渔老大,据说每次出海,所带食物只有晚稻粳米。到了渔场,要烧饭了,舀一碗米在锅里,同时拎几条刚捕获的带鱼,去除肚里杂碎,在海水中汰洗一下,整条扔锅里与米同煮。锅开三五分钟后,鱼已脱骨,筷子一挑,整条鱼骨就一线儿挑了出来。接着,继续用小火熬煮,直至饭粒充分粥化,与鱼肉完全融合在一起,不分你我,一锅鲜美的带鱼粥就成了。渔老大们在渔场里,一日三餐就吃这样的带鱼粥。这可谓带鱼最本色的一种吃法。据说,这种带鱼粥,因鱼是刚捕上来的,鲜得过分,滋味不可言喻。宁波话对此有生动表达:“鲜得头发也要脱光!”俺非渔民,所以注定无缘品尝这样的带鱼粥,但心向往之。

海边人家对带鱼的喜爱是显而易见的,不仅因带鱼价格亲民,味道鲜美,还因为带鱼天生一副好身材,扁扁窄窄一条,好打理。一条带鱼在手,背鳍一剪,肠和鳃一掏,剪成段就行,极省心,很讨家庭主妇们的欢心。清晨,两个相邻的马大嫂逛菜场归来,在家门口相逢,带鱼是菜篮子里的保留品种,彼此讨教带鱼的吃法。一个说昼过(中午)清蒸蒸,夜到(晚上)红烧烧;一个讲中午暴腌腌,晚头“油搁搁”。都是鄞州乡间带鱼的家常吃法。清炖、红烧不用说了。暴腌相对于腌,时间上要紧缩很多,通常头天腌,隔日吃(也可当日吃),晾去多余水分,皮肉紧致,可蒸着吃,也可油煎了下酒,比清蒸多了份嚼劲与油煎后鲜、咸、酥、脆的味道。宁波话“油搁搁”的意思就是油煎，锅里润点儿油，不煳不焦，正好。

宁波地区另一种带鱼的经典、本色吃法，是烩萝卜丝。东海细眼带鱼细嫩鲜美，与白圆萝卜最配。新鲜上市、两三指宽的东海细眼带鱼，去杂碎鱼鳃，切成段。白圆萝卜切丝，在沸水里焯过待用。锅里放适量油，下姜末爆香，然后捞姜末留油（目的是不让姜末煎焦，影响成品口感和色泽），开始煎带鱼段。煎至两面淡黄，烹入适量绍酒，撇入焯过的萝卜丝，加适量水，就可以加盖烩制了。中火烩六七分钟之后，调入适量盐，撒上几粒葱花，宁波乡间一道最家常、最传统，也最受欢迎的带鱼烩萝卜丝就可以盛盘上桌了。

成品带鱼烩萝卜丝，鱼段橙黄，萝卜丝半透明，汤色白如炼乳，葱花青翠养眼，色泽简美清雅。鱼味与萝卜味相互渗透融合，自然妥帖，美白鲜嫩，天衣无缝，让人百吃不厌。需要说明的是，制作带鱼烩萝卜丝时，除了姜、料酒，其他调料皆可不放，葱花也仅仅起点睛作用，不然会影响成品的色泽和口味。

当然，带鱼红烧、油炸、醋熘，皆美，皆讨人喜。不过，相比之下，还是带鱼烩萝卜丝更得我心。跟“水碧带鱼飞”一样，每到带鱼上市时节，我总希望带鱼烩萝卜丝的味道能够在舌尖上飞得更久、更久一些。对于食客而言，对美食的探求是没有时限的，假如带鱼没有时节局限的话。

蟹脚痒了

蟹之另一种美感在于吃法简洁。一只好的蟹，用水蒸熟或煮熟即可，蘸酱或蘸醋，或者什么也不蘸，清清爽爽白吃，最能体现蟹之本味。

朔风起，蟹脚痒。民谚是民间智慧，总是最有说服力。

“朔风起”意为天气转寒，冷空气要来了。跟人一样，天气跟蟹也大有关系。天要冷了，人要穿冬衣御寒，储秋粮过冬。蟹也一样。但是，天冷了，蟹脚真会痒吗？套用一句老话：子非蟹，安知蟹之痒？民谚是确定无疑的，许多地方都有这话流传：天要冷了，蟹脚要痒了。

其实民谚中的“蟹脚痒”，并非纯指生理上的痒，而是说蟹的一种生命状态。

蟹是一种洄游性物种。雌蟹成熟后，到了繁殖季，都要回到生命初始地孕育后代。幼蟹孵化出来后，会顺着那条神秘的生命之路返回。这一来一去，就像候鸟南迁北归，多少漫漫长途、重重关隘、道道险阻在等着它们。那是一次生命的长征。对蟹来说，这一切全凭那八只脚。蟹脚痒了，即指这超负荷、伤筋骨的生命旅程的开始。

另一种说法是，蟹在成长过程中，每年都要经历一次脱胎换骨，以此换得身体的成长突破。这是蟹生命中的另一个冬季。蟹脱壳时是它最脆弱的时期，既无法进食，又无力防御，本身又要消耗大量能量。所以，在此前，蟹要大量进食，进行营养或能量储备，把自己喂得膏满胶丰，然后找一个隐秘的居所（洞穴）住下来，静待这一涅槃时刻的到来。蟹脚痒了，就是说蟹吃撑了，要开始脱壳了。

与民谚相呼应，北风初起，菜场里的水产摊档，毛蟹、青蟹、梭子蟹也开始大量上市。市民的菜篮子里又多了种选择，而家家户户的餐桌上，顿时胶白膏红、活色生香起来。

蟹是个好东西，很少有人不喜欢吃蟹的。一壶老酒一只蟹。北风吹吹，蟹脚嗫嗫，老酒注注（意为抿）。叫花子吃死蟹，只只好……这都是民间描述嗜蟹者的惬意状态和对蟹的间接赞美。

古往今来，人们对蟹的味觉审美始终如一，无改毫厘。苏东坡嗜蟹成癖，竟一诗换两蟹，“堪笑吴兴馋太守，一诗换得两尖团”。也难怪宋代徐似道会发出“不到庐山辜负目，不食螃蟹辜负腹”之叹。有诗云：“传方那鲜烹羊脚，破戒尤惭擘蟹脐。蟹肥暂擘馋涎堕，酒绿初倾老眼明。”动手掰开肥蟹时，馋得口水直淌，持螯把酒之际，昏花的老眼也亮了起来。黄庭坚喜食扬州贡蟹，云其物美绝伦：“鼎司费万钱，玉食常罗珍。吾评扬州贡，此物真绝伦。”他还谙熟烹蟹之法，认为蟹性寒，宜拌一点姜，“解缚华堂一座倾，忍堪支解见姜橙”。南宋杨万里有诗道：“一腹金相玉质，两螯明月秋江。”说的正是上好秋蟹的品相。人称“蟹仙”的李渔嗜蟹，谓此物“心能嗜之，口能甘之，无论终身一日皆不能忘之”。嗜蟹到这份上，也不枉“蟹仙”美名了。

蟹之美，一在视觉。蟹分长团公母，长脐生胶，团脐为膏。无论长团公母，蟹皆盔甲裹身，其貌不扬，但一旦蒸熟出锅，则似换了身大红袍，光彩照人。掰开蟹盖，肉的白映膏的红，像雪野里燃起一堆篝火，还没吃，心里先酥软起来。二在味觉。蟹肉细白脆嫩，呈条缕状，入口即条缕分离，不塞牙，无丝毫纤维感。蟹膏似咸鸭蛋黄般红亮，但比蛋黄细腻，满口细微的颗粒在口腔里奔突、游走，每一筷都给人满足感。胶给人的味觉享受又不同，它似鱼肚，但比鱼肚滋润、清爽、不油腻，其鲜美滋味以分子形式扩散，水粉一样洇开，不露痕迹。食之既久，味道仍在口腔里荡漾。蟹之另一种美感在于吃法简洁。一只好的蟹，用水蒸熟或煮熟即可，蘸酱或蘸醋，或者什么也不蘸，清清爽爽白吃，最能体现蟹之本味。当然，蟹也无妨烹炸煎炒，浓油赤酱，但如此一来，蟹味尽失。

蟹的种类繁多，但于人类餐桌而言，最主要的无非三种：毛蟹、青蟹和梭子蟹。毛蟹是淡水蟹，梭子蟹即白蟹，为海蟹，青蟹则介于两者间，生养于河海交汇处。毛蟹中最著名的当为阳澄湖大闸蟹，每年食蟹季，阳澄湖令千千万万国人向往之。我幼时，老家稻田沟渠里尚有毛蟹现身，它们以鱼虾螺蛳为食，在田埂堤坝里打洞安身，当然也难免沦为农家下饭。现则已无踪迹可寻。

重点说说白蟹。白蟹的吃法太多。几只弹门蟹上门，先挑只长脐子蟹现斩斩暴腌腌（现腌现吃的意思），再挑一只清蒸蒸白切切，然后做个葱油蟹添添香，炖个土豆西红柿蟹煲增增色、暖暖身，要不然，再来个年糕炒白蟹垫垫胃圆圆场，余下的卤腌了做红膏䲠蟹 …… 一桌美味的家庭版全蟹宴齐全了。

朔风起，蟹脚痒，菊花香。想到一段食蟹趣话：同事老肖，湖南籍。初来乍到，一伙人赴一饭局，席中有白蟹，同时配菊花露一盆，用以食后漱口净手去腥。可是，待到众人要漱口净手时，那盆菊花露竟只留几朵残瓣在盆里，空空如也。大伙疑服务生忘了添水，正要“兴师问罪”，老肖惊起，仗义道：“不赖她。不就是一碗菊花汤吗？全被我喝了，怎么了？口渴 ……”

少顷，老兄又嘀咕道：“不过得跟你们大厨说说，这汤的味道也太淡了点 ……”

图书在版编目(CIP)数据

江南物华录 / 寒石著 . -- 宁波 : 宁波出版社 ,
2024.4

ISBN 978-7-5526-4460-9

Ⅰ . ①江 … Ⅱ . ①寒 … Ⅲ . ①散文集—中国—当代
Ⅳ . ① I267

中国版本图书馆 CIP 数据核字(2021)第 226791 号

江南物华录 寒 石 著
JIANGNAN WUHUA LU

责任编辑 晏 洋
责任校对 陈凌欧
版式设计 宁波工程学院文化创意产教融合中心
插　　画 马联飞
封面设计 金宇斋
出版发行 宁波出版社
地址邮编 宁波市甬江大道 1 号宁波书城 8 号楼 6 楼　315040
网　　址 http : //www.nbcbs.com
印　　刷 宁波白云印刷有限公司
开　　本 710mm × 1000mm　1/16
印　　张 18.5
字　　数 250 千
版　　次 2024 年 4 月第 1 版
印　　次 2024 年 4 月第 1 次印刷
标准书号 ISBN 978-7-5526-4460-9
定　　价 72.00 元

如发现缺页或倒装,影响阅读,请与出版社联系。调换电话:0574—87248279